CARAMBAIA

1

Ambrose Bierce

Dicionário do Diabo

Tradução e apresentação
Rogerio W. Galindo

APRESENTAÇÃO
Rogerio W. Galindo
7

CRONOLOGIA
13

PREFÁCIO DO AUTOR
15

A — Z
17

Apresentação
Misantropia
em verso e prosa

Em abril de 1888, Ambrose Bierce publicou um poeminha que mais tarde sairia em livro no seu *Dicionário do Diabo*, ilustrando o verbete "Perda". Era um epitáfio para o magnata das ferrovias Collis P. Huntington. Ao contrário do que ocorre nos epitáfios em geral, não se tratava de uma homenagem:

> Aqui jaz *sir* Huntington, voltou ao pó.
> A perda que teve foi nossa vitória,
> Pois quando vivia, em toda a sua glória,
> O que ele ganhava perdíamos nós.

Um detalhe a ser levado em consideração: Huntington estava vivíssimo. Só morreria em 1900, doze anos depois, não antes de outro enfrentamento com Bierce, mais direto e mais célebre. Huntington havia emprestado do governo americano 130 milhões de dólares para suas ferrovias e estava fazendo tramitar no Congresso, por meio de um deputado amigo, um projeto que anistiava sua dívida – coisa de 10 bilhões de dólares em dinheiro de hoje.

Bierce foi designado pelo jornal em que trabalhava para cobrir o assunto. O projeto só passaria se corresse em sigilo. Ao descobrir que o jornalista estragaria tudo, Huntington teria perguntado a ele qual era o seu preço. A resposta que ficou registrada nos jornais foi a seguinte: "Meu preço são 130 milhões de dólares. Se quando você estiver pronto para pagar eu estiver fora da cidade, pode entregar a meu amigo, o secretário do Tesouro dos Estados Unidos".

Quem tinha mandado Bierce cobrir a história fora outro multimilionário, este muito mais famoso: William Randolph Hearst, o modelo para o *Cidadão Kane* de Orson Welles, e que também é citado em um poema do *Dicionário*, ilustrando o verbete "Diário".

Novamente, o personagem aparece como morto quando ainda estava vivo, e de novo para ser criticado – dessa vez, na verdade, ridicularizado. O "anjo cartorário" ri de todas as "tolices de segunda mão" que Hearst escreveu em seu diário e decide que ele não está pronto para o céu nem para o inferno. Chuta-o de volta para a Terra.

Hearst, que herdou o *The Examiner* muito cedo, foi patrão de Bierce durante mais de uma década. O jornalista rompeu com ele devido ao tratamento dado a seus textos e colunas no jornal. Entre os textos que ele publicou via Hearst estava boa parte do que viria a ser este *Dicionário*.

Os dois poemas servem para mostrar a verdadeira *irreverência* de Bierce. Palavra usada em excesso para qualquer tipo de humor, no caso de Bierce ela se encaixa à perfeição: ele realmente parecia não refrear seu instinto de crítica diante de nada nem de ninguém. Pelo contrário: quanto mais poderoso o alvo – e quanto maior o tabu que o envolvesse –, mais ácido seria o comentário de Bierce.

Por acaso, mas também por sorte, a primeira definição no *Dicionário*, na ordem alfabética original, em inglês, é a de "*Abasement*", aqui traduzida por "Rebaixamento": "Atitude mental decente e costumeira na presença de riqueza e poder. Particularmente adequada em um empregado ao falar com o empregador". Ao iniciar assim o livro, fica claro que Bierce não está disposto a se rebaixar nem à riqueza nem ao poder.

O autor realmente não presta reverência. Critica todas as culturas – mas principalmente a sua, dos Estados Unidos; questiona todas as religiões, mas com maior ênfase no cristianismo, que está à sua volta; ironiza todas as profissões, mas com acidez especial às próprias, de jornalista, escritor e até mesmo a de dicionarista.

Nos poemas, nesta edição traduzidos pela primeira vez integralmente para o português, vê-se com clareza que a crítica demolidora não se voltava só a instituições, culturas e categorias: e sim, também, a indivíduos. Como Dante séculos antes, Bierce coloca seus contemporâneos – os mais intocáveis dentre eles – em uma espécie de inferno, em círculos destinados aos hipócritas, aos covardes e aos vaidosos. Muito especialmente aos vaidosos.

O *Dicionário* é, no fundo, um libelo contra a soberba humana, contra as nossas pretensões. A religião é criticada antes de mais nada por sua pretensão a tudo saber. Os políticos, por sua pretensão à infalibilidade. Os norte americanos, por sua pretensão a serem superiores aos demais. A soberba, diz a teologia, é a mãe de todos os pecados. Bierce, em um livro que se intitula "diabólico", concorda.

O Diabo do título – muitas vezes em sua carreira Bierce fazia uso de um personagem-colaborador intitulado John Satan – substituiu a palavra "cínico" das primeiras edições do livro. E aparece aqui e ali justamente punindo personagens da época de Bierce, como o governador de Illinois que comutou a pena de um grupo preso por terrorismo, e que aparece (também ainda vivo) torrando no fogo do inferno, no verbete "Suspensão".

A crítica à instituição religiosa, porém, não significa que Bierce fosse realmente diabólico. Primeiro porque curiosamente uma das raras figuras que ele elogiava era... Jesus Cristo. (Conte quantas pessoas aparecem no *Dicionário* sem ser como maus exemplos. Há alguns grandes escritores, como Shakespeare e Milton. Mas não espere muito mais...)

Em uma carta a um amigo, Bierce diz que, para ele, o grande teste moral para decidir se uma ação é boa ou não (o seu imperativo categórico, por assim dizer) era pensar: o que Cristo faria? Deixando claro que ele respeitava o Cristo histórico: não o dos padres nem o dos comentadores, dirá em seguida.

Mas o Cristo de Bierce parece ser o que expulsa os vendilhões do templo. E na maior parte do tempo, no *Dicionário*, é dos vendilhões que ele fala. E de nós todos – pois somos todos vendilhões em alguma medida, em algum momento. Um crítico, Clifton Fadiman, já disse que o que perpetuaria a obra de Bierce, muito mais do que seu talento, era a "pureza de sua misantropia".

Mas a misantropia dele dizia respeito muito mais à espécie. Os personagens selecionados são expostos por serem o epítome de um pecado que cabe a todos – ou, como ninguém é de ferro, por terem pisado nos calos de Bierce. No entanto, na vida real, o escritor (embora pudesse ser vil, conforme relatam seus biógrafos) era também capaz de gestos raros para proteger alguém.

Ao contrário dos que dizem amar a humanidade (o mais fácil) e rejeitam cada um dos seus espécimes, Bierce faz o caminho oposto, e muito menos trilhado – desespera-se com a humanidade, mas na Guerra Civil (1861-65) coloca-se em risco para salvar colegas. Não à toa, acabou com uma bala na cabeça que o retirou temporariamente de combate.

Em todos os gestos "misantropos" de Bierce há também algo de crença no humano. No confronto com o magnata da ferrovia, sua afronta só faz sentido porque ele queria defender uma boa causa – o erário. No seu texto, vale o mesmo. Se enfrenta a soberba, é porque quer defender alguém contra ela. Quer defender a própria humanidade? Nós?

—

O *Dicionário do Diabo* é mais do que centenário. As primeiras definições começam a aparecer em 1881. Durante 25 anos, Bierce foi acumulando verbetes. Aparentemente, escrevia os textos e deixava-os na gaveta, usando para completar o espaço de suas colunas quando precisava. Mas já em 1869, comentando um texto de Noah Webster, ele falava na ideia de um "dicionário cômico" a ser produzido por um autor norte-americano.

Em 1906, esse dicionário virou livro, com o título *Vocabulário do cínico*. Cinco anos mais tarde, com mais definições, apareceria já como *Dicionário do Diabo*, nesta versão clássica que você agora tem em mãos. Desde então, devido ao uso de pseudônimos, de verbetes que não foram incluídos apesar de publicados em jornal e de dificuldades de estabelecer quais textos realmente são de Bierce, várias edições aumentaram o volume de verbetes.

Isso significa que o projeto ocupou metade da vida (conhecida) de Bierce. Nascido em 1842, ele tinha menos de 30 anos por ocasião das primeiras definições. Na edição do livro em seu formato atual, ele estava à beira dos 70. E até onde se pode saber, viveria apenas mais três anos – na verdade ninguém tem como ter certeza, já que ele aparentemente partiu para o México para acompanhar Pancho Villa na Revolução Mexicana e desapareceu; ninguém sabe onde e como morreu.

David E. Schultz e S.T. Joshi, organizadores de uma edição clássica do *Dicionário* publicada pela Universidade da Geórgia, afirmam que esta pode não ser a obra-prima de Bierce – nos Estados Unidos, ele é muito mais admirado por alguns contos, como *An Occurrence at Owl Creek Bridge*. Mas este, dizem eles, é o livro que melhor transmite o espírito do autor.

"Na verdade", afirmam, "a vida e a carreira de Bierce podem ser resumidas em uma única frase". E essa frase é do *Dicionário* e está na definição do verbete "Cínico": "Um canalha cuja visão defeituosa vê as coisas como elas são, não como devem ser". Poderia também ter dito: e não como os outros querem que vejamos.

—

As edições do *Dicionário* traduzidas para o português omitiram os poemas (assim como algumas edições em língua inglesa e em traduções para outros idiomas). Os poemas, alegou-se em algum momento, não são a parte mais interessante da obra.

Pode ser. Bierce, de fato, era um prosador antes de tudo – a poesia ele praticava sempre, mas não com a mesma naturalidade. Os versos do *Dicionário*, por exemplo, são formalmente bem-acabados, mas talvez alguém não se empolgue com eles por não serem escritos na intenção de revelarem um estado de espírito, um sentimento: não são poemas líricos, e sim poemas descritivos, usados para contar histórias que ilustrem aquilo que a descrição do verbete não faria melhor.

Amputar os poemas, assim, é retirar do leitor a chance de conhecer o projeto inteiro de Bierce, como ele se propôs a escrevê-lo. Sem eles, por exemplo, não se fica sabendo em plena escala das diatribes do autor contra seus contemporâneos. E há poemas realmente bons: alguns hilários, outros formalmente perfeitos, todos escritos com competência e domínio da técnica. Mas a técnica é o que menos importa. O que conta é que os poemas são mais uma arma na mão do autor para combater seu bom combate. O combate contra a arrogância humana que marca o *Dicionário* da primeira à última palavra.

Para isso, Bierce se serve de moldes de poetas clássicos da língua inglesa, de Pope a Longfellow, passando por Byron, e assina os poemas com vários nomes falsos. Alguns viram verdadeiros personagens do livro, como o padre Gassalasca Jape ou Judibras. Ao leitor brasileiro, todos são novos.

Às vezes a tradução, principalmente em função do gosto de Bierce por jogos de palavras e trocadilhos, pode ter feito perder algo do original. Mas a força da palavra dele há de ter sobrevivido para mostrar como lidava com o mundo ao seu redor o mais puro dos misantropos – em prosa e verso.

ROGERIO W. GALINDO é tradutor, jornalista e mestre em Filosofia pela Universidade Federal do Paraná (UFPR).

Cronologia

1842
Nasce em Ohio, nos Estados Unidos, em 24 de junho, Ambrose Gwinnett Bierce.

1857
Sai de casa aos 15 anos para ser aprendiz de impressor em um pequeno jornal de Ohio.

1861
Depois de se alistar no Exército, Bierce participa, ao lado dos Unionistas, da campanha contra os Confederados na Virgínia Ocidental.

Na batalha de Rich Mountain, os jornais o citam por um ato de bravura, ao fazer um resgate ousado de um companheiro de armas ferido.

1862
Promovido a primeiro-tenente, atua como engenheiro topográfico na confecção dos mapas de batalha. Participa da batalha de Shiloh.

1865
Depois de ser atingido por uma bala na cabeça, ainda na Guerra de Secessão, Bierce é dispensado do Exército. No ano seguinte, participa ainda de outra expedição para inspecionar postos militares quando vai a cavalo até a Califórnia.

1871
Casa-se com May Ellen Day. Com ela, teria três filhos: Day, Leigh e Helen.

1872
Muda-se para a Inglaterra, onde mora até 1875.

1873
Publica, em Londres, *The Fiend's Delight* e *Nuggets and Dust*, seus primeiros livros, sob o pseudônimo Dod Grile.

1879
Tenta carreira como gerente de uma mina, mas a empresa vai à falência e ele decide voltar ao jornalismo.

1881
Torna-se editor da revista *The Wasp*, em que começa uma seção chamada "Prattle" – ali surgem os primeiros verbetes do *Dicionário do Diabo*.

1887
Passa a trabalhar no *The Examiner*, de William Randolph Hearst.

1891
Publica *Tales of Soldiers and Civilians*, uma coletânea de contos sobre a Guerra Civil Americana.

1899
Muda-se para Washington, como correspondente do *The Examiner*. Publica *Fantastic Fables*.

1904
Já separado da mulher desde 1888, Bierce se divorcia.

1906
Publicada a primeira edição do dicionário, com o título *O vocabulário do cínico*.

1911
O Dicionário do Diabo sai em sua versão acabada.

1912
Sai o último dos 12 volumes de sua obra completa.

1913
Bierce deixa Washington, supostamente para cobrir a Revolução Mexicana, e desaparece. Presume-se que tenha morrido no México.

Prefácio do autor

O *Dicionário do Diabo* começou a ser publicado em um jornal semanal em 1881 e continuou de maneira inconstante e por longos intervalos até 1906. Naquele ano, grande parte dele foi publicada em livro com o título *O vocabulário do cínico*, nome que o autor não teve o poder de rejeitar nem a felicidade de aprovar. Para citar os editores desta obra que aqui vai: "Este título mais reverente tinha sido anteriormente a ele imposto pelos escrúpulos religiosos do último jornal em que uma parte do trabalho havia aparecido, com a consequência natural de que, quando foi publicado em formato de livro, o país já havia sido inundado por imitadores que publicaram dezenas de livros 'cínicos' – *O cínico isso*, *O cínico aquilo* e *O cínico sei lá o quê*. A maior parte desses livros era simplesmente estúpida, embora alguns deles tenham acrescido a distinção da tolice. A desaprovação que esses livros trouxeram à palavra 'cínico' foi tal que qualquer livro a usá-la caía em descrédito antes de sua publicação".

No meio-tempo, além disso, alguns dos empreendedores humoristas do país tinham se servido das partes da obra que lhes interessavam, e muitas de suas definições, anedotas, frases e assim por diante tinham se tornado mais ou menos correntes na fala do povo. Essa explicação vai aqui, não por qualquer orgulho de anterioridade em ninharias, mas simplesmente para negar as possíveis acusações de plágio, o que não é uma ninharia. Ao meramente compendiar o próprio trabalho, o autor tem esperanças de ser visto como isento de culpa por aqueles a quem a obra se dirige – almas esclarecidas que preferem vinhos secos a doces, razão a sentimento, espirituosidade a humor e inglês puro a gíria.

Uma característica conspícua, e espera-se que não desagradável, do livro são as abundantes citações ilustrativas de eminentes poetas, principalmente deste erudito e engenhoso clérigo, o padre Gassalasca Jape, S.J., cujos versos trazem suas iniciais.

O autor reconhece sua imensa dívida ao padre Jape pelo gentil incentivo e pela assistência recebida.

A.B.

A–Z

A

abatis
(*abatis*), s.m.

Lixo em frente a um forte para impedir que o lixo de fora moleste o lixo de dentro.

abdicação
(*abdication*), s.f.

Ato pelo qual um soberano atesta sua sensação da alta temperatura do trono.

Morreu pobre Isabela, cuja abdicação
moveu todas as línguas da Espanha de
então.
Não deve o gesto macular sua memória:
Foi sábia, o trono era quente para ela.
Não há de ser nenhum enigma para a
História –
mais uma ervilha seca a pular da panela.

— G.J.

abdômen
(*abdomen*), s.m.

O templo do deus estômago, de cuja adoração, com direitos sacrificiais, todos os homens de verdade participam. Das mulheres essa antiga religião exige apenas um assentimento hesitante. Elas por vezes oficiam no altar de maneira indecisa e ineficaz, mas não conhecem a verdadeira reverência pela única deidade que os homens realmente adoram. Se as mulheres pudessem decidir livremente sobre os negócios do mundo, a espécie se tornaria herbívora.

aborígines
(*aboriginies*), s.2g.pl.

Pessoas de pequeno valor encontradas penando sobre o solo de um país recém-descoberto. Em breve eles deixam de penar; passam a fertilizar.

abracadabra
(*abracadabra*), s.m.

Com Abracadabra é possível você
usar muitos significados.
É a resposta para O quê? e Como? e
Por quê?
E De onde? E Para onde? – um termo
que vê
A Verdade (que nos deixa descansados)
Abrir-se aos que tateiam na hora escura
Clamando pela luz sagrada da cultura.

Se a palavra é verbo ou substantivo
É algo além de meu recurso.
Só sei que o termo se manteve vivo,
passando de erudito para erudito
ao longo do tempo infinito –
uma parte imortal do discurso!

Conta-se a lenda de um velho singular
Que chegou a ser dez vezes secular,
Vivendo numa gruta fora da cidade

(Por fim ele morreu, verdade.)
Sua sabedoria tinha fama vasta
Pois, além da bela calva, basta
mencionar a longa barba gris
E o brilho incomum do olhar feliz.

Filósofos vinham de todo lugar
Para estar a seus pés e escutar e escutar,
Apesar de ninguém ter jamais escutado
Uma outra palavra a seu lado
Que não "Abracadabra, abracadabr,
Abracadab, abracada,
Abraca, abrac, abra, abr!"
Era a única palavra falada,
Era tudo que eles queriam ouvir, e a
plateia
Tomava muitas notas dessa mística
ideia,
Que publicavam presto –
Uma gota de texto
Num imenso mar de comentários.
Eram livros poderosos e gigantes,
E em quantidade, vários;
Quanto ao conteúdo, impressionantes!

Ele morreu,
Disse eu,
E os livros dos sábios já viraram nada,
Mas a sabedoria permanece e é
sagrada.
Em Abracadabra ela soa com
solenidade
Sino antigo badalando pela
eternidade.
Ah, adoro ouvir
Essa palavra traduzir
O Juízo Geral das Coisas pela
Humanidade.

— Jamrach Holobom

abreviar
(*abridge*), v.t.

Encurtar.

Quando no transcorrer dos eventos humanos torna-se necessário para um povo abreviar o governo de seu rei, um respeito decente pelas opiniões da humanidade exige que se declarem as causas que o impelem à separação.

— Oliver Cromwell*

*   Oliver Cromwell (1599-1658), militar e líder político inglês, foi o principal responsável pela prisão e execução do rei da Inglaterra Charles I, em 1649. [Todas as notas são do tradutor.]

abrupto
(*abrupt*), adj.

Súbito, sem cerimônia, como a chegada da bala de canhão e a partida do soldado cujos interesses são mais afetados por ela. O dr. Samuel Johnson disse belamente sobre as ideias de outro autor que elas eram "concatenadas sem movimentos abruptos".

A

absentista
(*absentee*), s.2g.

Pessoa com posses que teve a prudência de se retirar da esfera de extorsão.

absoluto
(*absolute*), adj.

Independente, irresponsável. Uma monarquia absoluta é aquela em que o soberano faz o que lhe convém desde que agrade aos assassinos. Não restam muitas monarquias absolutas, a maior parte delas foi substituída por monarquias limitadas, nas quais o poder do soberano para fazer o mal (e o bem) é bastante reduzido, e por repúblicas, que são governadas pelo acaso.

abstêmio
(*teetotaler*), adj.

Aquele que se abstém de bebidas alcoólicas, às vezes de maneira completa, às vezes de maneira toleravelmente completa.

abstinente
(*abstainer*), s.2g.

Pessoa fraca que se rende à tentação de negar a si mesma um prazer. Um total abstinente é aquele que se abstém de tudo, exceto da abstenção e, especialmente, da inatividade em relação aos assuntos alheios.

"Você não era abstinente rematado?",
Falou o homem ao garoto embriagado.
"Sou sim", falou após o flagra o vil
tratante –
"Mas não, senhor, daquele tipo
intolerante".

— G.J.

absurdo
(*absurdity*), s.m.

Afirmação ou crença que está em manifesto desacordo com a própria opinião.

academe
(*academe*), s.m.

Escola antiga em que se ensinavam moralidade e filosofia.

academia
(*academy*), s.f. [de academe].

Escola moderna em que se ensina futebol.

acéfalo
(*acephalous*), adj.

A surpreendente condição do cruzado que distraidamente passou a mão no topete horas depois de uma cimitarra sarracena ter, sem que ele percebesse, passado por seu pescoço, como relatado por De Joinville*.

* Jean de Joinville (c. 1224-1317), cronista medieval das Cruzadas.

acidente
(*accident*), s.m.

Ocorrência inevitável devida à ação de leis naturais imutáveis.

acordeão
(*accordion*), s.m.

Instrumento em harmonia com os sentimentos de um assassino.

acordo
(*accord*), s.m.

Harmonia.

acusar
(*accuse*), v.t.

Afirmar a culpa ou a falta de valor de outrem; mais comumente como uma justificação pelo fato de termos sido injustos com essa pessoa.

adágio
(*adage*), s.m.

Verdade desossada para dentes fracos.

adivinhação
(*divination*), s.f.

A arte de farejar o oculto. Há tantos tipos de adivinhação quanto há variedades frutíferas do palerma vicejante e do néscio precoce.

adjunto
(*deputy*), s.m.

Parente do sexo masculino de uma pessoa que exerce um cargo ou de seu fiador. O adjunto geralmente é um homem jovem e bonito com uma gravata vermelha e um intrincado sistema de teias de aranha que vão de seu nariz até a mesa. Quando acidentalmente a vassoura do zelador o acerta, ele solta uma onda de pó.

"Ó meu caríssimo adjunto",
Falou o chefe, "Eis o assunto:
Uns contadores dos ministros
Vêm hoje ver nossos registros.

A Se houver um roubo no escritório
Vamos entrar no relatório.
Por isso cuida das entradas,
Mostre as planilhas adequadas,
E nas saídas dê a baixa –
Não haja erro em nosso caixa.
Eu te admiro. Sem alarde
Chegas tão cedo e sais tão tarde,
E enfrentas todos lá sentado,
O que se esgoela, o outro irado,
E mesmo quem nervoso avança
O teu semblante eu sei que amansa –
No teu olhar há certa paz
Que acalma mesmo o mais audaz,
Acaba com toda revolta
E pacifica tudo em volta.
Até quem vem com o propósito
De vir sacar faz um depósito.
Mas esse vasto gênio agora
Virá também em boa hora
Se o empregarmos noutros ramos.
Levanta! Não se avexes, vamos!
Inspira todo subalterno
E põe a alma em algo eterno!"
O chefe bate levemente
Nas costas curvas do assistente,
E vê rolar ali no chão
Esfera inerte, globo vão.
Era a cabeça de um humano
Que estava morto há mais de um ano!

— Jamrach Holobom

---

admiração
(*admiration*), s.f.

Nosso educado reconhecimento
da semelhança que outra pessoa
tem conosco.

---

admoestação
(*admonition*), s.f.

Advertência gentil, como com um
cutelo. Alerta amistoso.

Enviada, como admoestação,
Sua alma para eterna danação.

— Judibras

---

admoestação
(*expostulation*), s.f.

Um dos muitos métodos pelos
quais os tolos preferem perder
seus amigos.

---

adoração
(*worship*), s.f.

Testemunho dado pelo *Homo
Creator* da sólida construção e do
belo acabamento do Deus *Creatus*.
Forma popular de abjeção que
tem um elemento de orgulho.

---

adorar
(*adore*), v.t.

Venerar aguardando algo.

advogado
(*lawyer*), s.m.

Alguém perito em achar brechas na lei.

aflição
(*distress*), s.f.

Doença que se contrai pela exposição à prosperidade de um amigo.

aforismo
(*aphorism*), s.m.

Sabedoria pré-digerida.

O flébil odre de sua mente
Age patologicamente
E tira desse oco abismo
A gota de um aforismo.

— O filósofo louco (1697)

africano
(*african*), s.m.

Um negro cujo voto é semelhante ao nosso.

agitador
(*agitator*), s.m.

Estadista que chacoalha as árvores frutíferas dos vizinhos – para desalojar as larvas.

agradar
(*please*), v.t.

Construir as fundações de uma superestrutura de imposição.

agrura
(*predicament*), s.f.

O salário da coerência.

água de arroz
(*rice-water*), s.f.

Bebida mística secretamente usada por nossos mais populares romancistas e poetas para regular a imaginação e entorpecer a consciência. Diz-se ser rica tanto em embotadito como em letargina, e é destilada na névoa da meia-noite por uma bruxa gorda do Pântano Sombrio.

A

alá
(*allah*), s.m.

O Ser Supremo Maometano, em oposição ao cristão, ao judeu e assim por diante.

Ao bom Alá eu fui fiel e à sua lei,
Pelos pecados dos mortais sempre chorei;
E várias vezes de joelho na mesquita
Cruzei as mãos em reverência e cochilei.

— Junker Barlow

álbum de recortes
(*scrap-book*), s.m.

Livro geralmente editado por um tolo. Muitas pessoas de pequena notoriedade compilam álbuns de recortes com tudo o que leem sobre elas mesmas ou empregam outras pessoas para fazê-lo. Um desses egocêntricos foi citado nos versos a seguir, de Agamemnon Meancthon Peters:

Ó Frank, aquele álbum de recorte
Que tu amas com prazer
Com citações de toda sorte
Que adoras ler;

Eu sei que lá tu pões as zombarias
Que envolvem a tua cama,
Achando que as patifarias
Atestam fama;

E sei que pões toda caricatura
Que teu traço semita
Só faz de troça e desfigura –
E não te irrita;

Empresta-me por favor; vou registrar
Que surras tu irias
Tivesse punhos Deus levar
Todos os dias.

alcance
(*reach*), s.m.

O raio de ação da mão humana. A área dentro da qual é possível (e comum) satisfazer de maneira direta a propensão de obter o que se deseja.

Aprendemos na vida e com experiências
De um fato sem contestação:
Tem o pobre a mais grave das deficiências,
Um problema de alcance na mão.

— G.J.

alface
(*lettuce*), s.f.

Erva do gênero *Lactuca*. "Com a qual", diz aquele devoto gastrônomo, Hengist Pelly, "a Deus prouve recompensar os bons e punir os maus. Pois usando sua luz interior o homem justo percebeu um meio de compor para ela um molho para o gosto do qual conspira uma multidão de apetitosos condimentos, que podem ser harmonizados e melhorados com profusão de óleo, fazendo com que o prato como um todo alegre o coração dos pios e leve seu rosto a brilhar. Mas a pessoa sem valor espiritual é com êxito tentada pelo Inimigo a comer a alface desprovida de óleo, mostarda, ovos, sal e alho, e com um desprezível banho de vinagre poluído por açúcar. Por conseguinte, a pessoa sem valor espiritual sofre com um tormento intestinal de estranha complexidade e entoa o canto."

aligátor
(*alligator*), s.m.

O crocodilo dos Estados Unidos, superior em todos os detalhes ao crocodilo das monarquias caducas do Velho Mundo. Heródoto diz que o Indo é, com uma exceção, o único rio que produz crocodilos, mas parece que eles foram para oeste e cresceram com os outros rios. Em função dos entalhes em suas costas, o aligátor é chamado de sáurio.

aljava
(*quiver*), s.f.

Estojo portátil em que os antigos estadistas e os advogados nativos carregavam seus argumentos mais leves.

Extraiu de sua aljava
Argumento atinente
Àquela discussão.
Com cuidado mirava
No ouvido renitente
Do oponente em questão.

— Oglum P. Boomp

alma
(*soul*), s.f.

Entidade espiritual sobre a qual houve sérias disputas. Segundo Platão, as almas que em um estágio anterior da existência (anterior a Atenas) tinham obtido os vislumbres mais claros da verdade eterna entravam nos corpos de pessoas que se tornavam filósofos. O próprio Platão era um filósofo. As almas que tinham contemplado menos a verdade divina animavam os corpos de usurpadores e déspotas. Dionísio I, que tinha ameaçado decapitar o filósofo de sobrancelhas grossas, era um usurpador e um déspota. Platão, sem dúvida, não foi o primeiro a construir um sistema de filosofia que podia ser citado contra seus inimigos; certamente não foi o último.

"No que diz respeito à natureza da alma", disse o renomado autor de *Diversiones sanctorum*,

A "provavelmente não houve maior discussão do que sobre o lugar que ela ocupa no corpo. Minha própria crença é que a alma tem sua sede no abdômen – uma doutrina em que podemos discernir e interpretar uma verdade até aqui inteligível, ou seja, que o glutão é o mais religioso de todos os homens. Nas Escrituras, diz-se que ele 'faz de sua barriga um deus' – por que, então, não deveria ele ser pio, tendo sempre com ele sua deidade para renovar sua fé? Quem como ele pode conhecer o poder e a majestade que abriga? De modo verdadeiro e soberbo, a alma e o estômago são uma só entidade divina; e essa era a crença de Promasius que, no entanto, errou ao negar sua imortalidade. Ele tinha observado que sua substância visível e material enfraquecia e decaía junto com o resto do corpo após a morte, mas não se sabia nada sobre sua essência imaterial. Ela é o que chamamos de Apetite, que sobrevive ao naufrágio e ao vapor da mortalidade, sendo recompensado ou punido em outro mundo, de acordo com o que tivesse exigido da carne. O Apetite que clamava grosseiramente pelos mantimentos insalubres do mercado e do refeitório público deve ser jogado à fome eterna, enquanto aquele que firme mas civilizadamente insistia em pedir sombrios, caviar, tartarugas, anchovas, patês de *foie gras* e todas essas comidas cristãs poderá cravar seus dentes espirituais em suas almas para todo o sempre e matar sua sede divina nas partes imortais dos mais raros e valiosos vinhos que costumava sorver com prazer cá embaixo. Essa é minha crença religiosa, embora eu tema confessar que nem Sua Santidade o papa nem Sua Graça o arcebispo de Cantuária (ambos os quais reverencio de maneira igualmente profunda) concordem com sua disseminação."

---

almirante
(*admiral*), s.m.

Aquela parte do navio de guerra que fala enquanto a carranca pensa.

---

altar
(*altar*), s.m.

O lugar em que o sacerdote anteriormente abria o pequeno intestino da vítima sacrificial com o objetivo de praticar a adivinhação e cozia sua carne para os deuses. A palavra hoje raramente é usada, exceto quando em referência ao sacrifício da liberdade e da paz de dois tolos, macho e fêmea.

Ofereceram eles próprios no altar
O fogo que sua gordura ia fritar.
A chama era profana, e o sacrifício
em vão!
Oferta assim os deuses não aceitarão.

— M.P. Nopput

alvorada
(*reveille*), s.f.

Sinal para que soldados
adormecidos parem de sonhar
com campos de batalha,
levantem-se e fiquem prontos
para que contem seu nariz roxo.
No exército americano a palavra
inglesa (*reveille*) é
engenhosamente chamada de
"rev-e-lee", e a essa pronúncia
nossos compatriotas deram sua
vida, seu azar e sua desonra
sagrada.

amaldiçoar
(*curse*), v.t.

Ridicularizar alguém com força
usando um porrete verbal. Essa é
uma operação que na literatura,
especialmente no drama, com
frequência é fatal para a vítima.
No entanto, a vulnerabilidade a
uma maldição é um risco que
pouco é levado em conta quando
se estabelecem os prêmios de
seguros de vida.

ambição
(*ambition*), s.f.

Desejo irresistível de ser difamado
pelos inimigos enquanto vivo e de
ser ridicularizado pelos amigos
depois de morto.

ambidestro
(*ambidextrous*), adj.

Capaz de tungar bolsos com a mão
direita e com a esquerda com a
mesma habilidade.

amigar
(*befriend*), v.t. e pron.

O ato de tornar alguém ingrato.

amizade
(*friendship*), s.f.

Um navio grande o suficiente para
carregar duas pessoas quando há
bom tempo, mas apenas uma na
tormenta.

Navegávamos os dois no calmo mar
E debaixo desse azul do céu solar.
(Pois felizes co'a leitura da pressão.)
No navio que balançava, o temporal
Despencou e naufragamos afinal.
(Oh, o caminho é mesmo torpe e
sempre em vão.)

— Armit Huff Bettle

A

amor
(*love*), s.m.

Insanidade temporária curada pelo casamento ou pela remoção do paciente das influências sob as quais ele contraiu a doença. Essa doença, como a *cárie* e muitas outras, só se encontra entre raças civilizadas que vivem em condições artificiais; nações bárbaras que respiram ar puro e comem alimentos simples gozam de imunidade contra seus ataques. Às vezes é fatal, mas com maior frequência para o médico do que para o paciente.

amor marital
(*uxoriousness*), s. e adj.

Afeição pervertida que é desperdiçada com a própria esposa.

anistia
(*amnesty*), s.f.

A magnanimidade do Estado em relação aos infratores cuja punição sairia muito cara.

ano
(*year*), s.m.

Período de 365 decepções.

anormal
(*abnormal*), adj.

Que não se adapta ao padrão. Em questões de pensamento e de conduta, ser independente é ser anormal, ser anormal é ser detestado. Por isso, o lexicógrafo aconselha um esforço em direção a uma semelhança maior com o homem médio do que com ele próprio. Quem quer que consiga isso terá paz, a perspectiva da morte e a esperança do inferno.

antiamericano
(*un-american*), adj.

Mau, intolerável, pagão.

antipatia
(*antipathy*), s.f.

O sentimento inspirado pelo amigo de seu amigo.

aparte
(*repartee*), s.f.

Insulto prudente dado como resposta. Praticado por cavalheiros que têm uma aversão constitucional à violência, mas forte disposição para ofender. Em uma guerra de palavras, a tática do índio norte-americano.

apelo
(*appeal*), s.m.

Em Direito, colocar os dados outra vez no copo para nova tentativa.

apetite
(*appetite*), s.m.

Instinto cuidadosamente implantado pela Providência como solução para a questão do trabalho.

aplauso
(*applause*), s.m.

O eco de uma platitude.

aplausos
(*plaudits*), s.m.pl.

Moedas com que a multidão paga aqueles que a divertem e a devoram.

apocalipse
(*revelation*), s.m.

Famoso livro em que São João Evangelista escondeu tudo o que sabia. As revelações são feitas pelos comentaristas, que não sabem de nada.

apóstata
(*apostate*), s.2g.

Sanguessuga que, tendo penetrado o casco de uma tartaruga e descoberto que a criatura havia muito tempo estava morta, julga conveniente formar novo vínculo com uma tartaruga viçosa.

apresentação
(*introduction*), s.f.

Cerimônia social inventada pelo Diabo para prazer de seus servidores e para aborrecimento de seus inimigos. A apresentação obteve seu mais maléfico desenvolvimento neste país, estando, na verdade, intimamente relacionada a nosso sistema político. Considerando todo americano igual a cada um dos outros americanos, segue-se que todo mundo tem o direito de conhecer todos os demais, o que acarreta o direito de se apresentar sem pedir permissão. A Declaração de Independência deveria estar escrita da seguinte maneira:

"Consideramos essas verdades como autoevidentes: que todos os homens são criados iguais; que são dotados pelo Criador de certos direitos inalienáveis; que entre esses estão a vida e o direito a tornar a vida de outra pessoa miserável ao empurrar sobre ele uma quantidade incalculável de conhecidos; a liberdade, especificamente a liberdade de apresentar pessoas uns aos outros sem primeiro nos certificarmos de que elas já não são inimigas; e a busca da felicidade de outrem junto a uma multidão de desconhecidos."

---

apresentável
(*presentable*), adj.

Vestido de maneira hedionda de acordo com a moda do lugar e da época.

Em Boorioboola-Gha um homem está apresentável para ocasiões cerimoniais se está com o abdômen pintado de azul brilhante e vestindo um rabo de vaca; em Nova York ele pode, se quiser, deixar de lado a pintura, mas depois do pôr do sol ele deve usar dois rabos feitos da lã de uma ovelha e pintados de preto.

---

ar
(*air*), s.m.

Substância nutritiva fornecida por uma bondosa Providência para engordar os pobres.

---

ar livre
(*out-of-doors*), s.m. e adj.

Aquela parte do ambiente de alguém sobre a qual o governo não foi capaz de coletar impostos.

Usada principalmente para inspirar poetas.

Fui ao topo de uma alta montanha num dia
Para ver o sol pôr-se em glória,
E pensei vendo a luz que já esmaecia
Numa bela e esplêndida história.

Era sobre um sujeito e seu burro leal
Que se exauriu durante o traslado.
O tal homem então carregou o animal
Até Neddy ficar descansado.

Pois a lua surgiu bem solene e então
Sobre o topo dos morros a leste
Exibiu seu fulgor sobre a escuridão,
Nova forma no arco celeste.

E pensei em um chiste (e ri-me à sobeja!)
Uma jovem pra ver se era bela
Uma noiva espiava da porta da igreja –
E no entanto essa noiva era ela.

A um poeta a Natura com cada imagem
Emociona e nos dá o que pensar.
Tenho pena de quem não entende a linguagem
Do oceano, da terra e do ar.

— Stromboli Smith

---

arado
(*plow*), s.m.

Instrumento que clama aos céus por mãos acostumadas à caneta.

arcebispo
(*archbishop*), s.m.

Dignitário eclesiástico cuja
santidade está um degrau acima
da de um bispo.

Se eu fosse arcebispo feliz comeria
Na sexta sem falta só lindos pescados –
Salmões e robalos e trutas, linguados;
E o resto todo no outro dia.

— Jodo Rem

---

ardor
(*ardor*), s.m.

A qualidade que distingue o amor
sem conhecimento.

---

arena
(*arena*), s.f.

Em política, uma praça de touros
em que um estadista luta contra
sua história.

---

arenga
(*harangue*), s.f.

Discurso de um oponente,
conhecido como um arengo-tango.

---

aristocracia
(*aristocracy*), s.f.

Governo dos melhores homens.
(Neste sentido a palavra é
obsoleta; o mesmo vale para esse
tipo de governo.) Sujeitos que
usam chapéus felpudos e camisas
limpas – culpados de ter educação
e suspeitos de ter contas bancárias.

---

armadura
(*armor*), s.f.

O tipo de roupa usado por um
homem cujo alfaiate é um ferreiro.

---

arquiteto
(*architect*), s.m.

Alguém que planeja a estrutura de
sua casa e planeja desestruturar
sua conta bancária.

---

arrependimento
(*repentance*), s.m.

O fiel servo e seguidor da punição.
Normalmente se manifesta em
um grau de reforma que não é
incompatível com a continuidade
do pecado.

Parnell*, por evitar a dor do inferno,
Irás te converter ao Deus eterno?
Qual nada! O Diabo vai poupar-te
traumas

A

E usar-te de aguilhão contra outras almas.

— Jomater Abemy

* Charles Parnell (1846-1891), nacionalista irlandês.

---

arruinar
(*ruin*), v.t.

Destruir. Especificamente, destruir a crença de uma donzela nas virtudes das donzelas.

---

arsênico
(*arsenic*), s.m.

Tipo de cosmético muito consumido pelas mulheres, e que as consome na mesma medida.

"Comer arsênico? Sim, vá em frente", Consentindo ele disse claramente;

"É melhor você comer, querida, Do que botar na minha bebida."

— Joel Huck

---

arte
(*art*), s.f.

Esta palavra não tem definição. Sua origem é relatada como segue pelo engenhoso padre Gassalasca Jape, S.J.

Um dia – por onde andaria? – algum gaiato
Mexeu em duas só das letras de um RATO,
E disse ser aquilo o nome de algum deus!
E logo após surgiram padres (com os seus
Mistérios, hinos, ritos, com mil mascaradas,
Com as discórdias e com pernas fraturadas)
Para servir no templo dele com suas chamas,
Para julgar e para mandar telegramas.
Impressionada, a choldra ia aos rituais,
E quanto menos compreendia, cria mais,
Souberam lá que é bem melhor ter uma parte
E também outra de um cabelo unidas (n'arte),
Já que o valor do mesmo fio antes do corte
É bem menor e sua graça menos forte;
Nos dias em que há sacrifício dão seu dote
E vendem tudo para dar ao sacerdote.

árvore
(*tree*), s.f.

Vegetal de grande porte que a natureza desejava que servisse como instrumento penal, embora por um erro da Justiça a maior parte das árvores tenha pendurados em seus galhos apenas frutos insignificantes, ou mesmo nenhum fruto. Quando frutifica de maneira natural, a árvore é um agente benéfico para a civilização e um importante fator na moral pública. No austero Oeste e no sensível Sul, seu fruto (branco e negro respectivamente), embora não seja comestível, agrada ao gosto público e, embora não seja exportado, é vantajoso para o bem-estar geral. O fato de a legítima relação entre a árvore e a Justiça não ter sido descoberta pelo juiz Lynch (que, na verdade não deu a ela nenhuma primazia sobre o poste de luz e a viga da ponte) fica claro pela passagem a seguir de Morryster, que o antecedeu em dois séculos:

Enquanto estava em suas terras, fui levado a ver a árvore de Ghogo, da qual muito ouvira falar; mas ao olhá-la não reparei nela nada de notável, no entanto muitos da vila onde ela crescia responderam como se segue:

"A árvore não está agora carregada de seu fruto, mas na época certa vereis de seus galhos dependurados todos os que afrontaram o Rei Sua Majestade."

E fui ainda informado de que a palavra "ghogo" significa na língua deles o mesmo que "patife" na nossa.

— Viagens ao Oriente

asno

(*ass*), s.m.

Cantor com boa voz, mas sem ouvido. Em Virginia City, Nevada, ele é chamado de Canário de Washoe; na Dakota, de Senador, e em todos os demais lugares, de burro. O animal é amplamente celebrado de diversas maneiras na literatura, na arte e na religião de todas as épocas e de todos os países; nenhum outro ocupa e incendeia tanto a imaginação humana quanto esse nobre vertebrado. Na verdade, alguns questionam (Ramasilus, *liv. II, De Clem.*, e C. Stantatus, *De temperamente*) se não se trata de um deus; e sabemos que nessa condição foi adorado pelos etruscos e, se podemos confiar em Macrobius, também pelos cupasianos. Dos dois únicos animais admitidos no paraíso maometano junto com as almas dos homens, o asno que carregava Balaão é um, o outro é o cachorro dos Sete Adormecidos. Não é pequena distinção. Com o que se escreveu sobre esse animal pode-se compilar uma biblioteca de grande esplendor e magnitude, rivalizando com a do culto shakespeariano e com aquela que se reúne em torno da Bíblia. Pode-se dizer, em geral, que toda literatura é mais ou menos asinina.

"Salve, grande asno sagrado!" Cantam anjos num só brado;

A

"Sacerdote da tolice,
Da discórdia tu és artífice!
Pois tu és cocriador,
Brilha o teu esplendor:
Deus criou a natureza;
Mas a mula é tua proeza!"

— G.J.

---

astúcia
(*cunning*), s.f.

A faculdade que distingue animais e pessoas fracos dos fortes. Dá àquele que a possui grande satisfação mental e imensa adversidade material. Um provérbio italiano diz: "Obtém o peleiro mais couro de raposas do que de asnos".

---

aurora
(*dawn*), s.f.

A hora em que a razão do homem vai se deitar. Alguns homens velhos preferem levantar-se nesse mesmo horário, tomar um banho frio e dar uma longa caminhada com o estômago vazio, mortificando a carne de outras maneiras. Eles então indicam com orgulho serem essas práticas a causa de sua saúde robusta e de sua idade madura: sendo verdade que eles são vigorosos e velhos não em função de seus hábitos, mas apesar deles. O motivo de apenas acharmos pessoas robustas fazendo isso é o fato de que isso matou todos os outros que tentaram.

---

ausente
(*absent*), adj.

Particularmente exposto às garras da degradação; desonrado; irremediavelmente errado; suplantado na atenção e no afeto de outrem.

Dos homens só se vê a mente. Quem se importa
Com seu semblante ou então como ele se comporta?
Mas na mulher o corpo é essencial. Querida,
Adia sempre que puder tua partida,
E escuta o sábio que te diz corretamente:
A morte é o preço da mulher que está ausente.

— Jogo Tyree

---

austrália
(*australia*), s.próp.

País que fica no Mar do Sul, cujo desenvolvimento industrial e comercial foi indizivelmente retardado por uma infeliz disputa entre geógrafos sobre se tratar de um continente ou de uma ilha.

autoestima
(*self-esteem*), s.f.

Avaliação equivocada.

autoevidente
(*self-evident*), adj.

Evidente para a pessoa e para
mais ninguém.

averno
(*avernus*), s.m.

O lago pelo qual os antigos
entravam nas regiões infernais.
O fato de que o acesso às regiões
infernais era obtido por meio de
um lago, segundo o erudito
Marcus Ansello Scrutator, pode
ter sugerido o rito do batismo
cristão por imersão. Lactâncio,
no entanto, mostrou que isso é
um erro.

Facilis descensos Averni,
Nos diz o poeta e concerne
A um bom problema da descida:
Há muitos socos nesta lida.

— Jehal Dai Lupe

avestruz
(*ostrich*), s.2g.

Ave grande à qual (por seus
pecados, sem dúvida) a natureza
negou o dedo traseiro em que
tantos naturalistas religiosos
viram evidente indício de um
plano divino. A ausência de um
bom par funcional de asas não é
defeito, já que, como se disse
inteligentemente, a avestruz
não voa.

baal
(*baal*), s.próp.

Antiga deidade outrora adorada sob vários nomes. Como Ball, ele era popular entre os fenícios; como Belus ou Bel, teve a honra de ser servido pelo sacerdote Beroso, que escreveu o famoso relato do dilúvio; como Babel, teve uma torre parcialmente erigida em honra à sua glória na planície de Sinar. De Babel vem a palavra em português "balbuciar". Independentemente do nome sob o qual era adorado, Baal é o Deus-Sol. Como Belzebu, ele é o senhor das moscas, que são geradas pelos raios do sol que incidem sobre a água estagnada. Na Medicália, Baal ainda é adorado como Bolus, e, como Bojo, ele é adorado e servido com abundantes sacrifícios pelos sacerdotes de Glutônia.

baco
(*bacchus*), s.próp.

Deidade conveniente inventada pelos antigos como pretexto para se embebedar.

O culto público será pecado?
Pois toda vez que Baco é adorado
Lictores ousam criticar fiéis
E até lhes dão castigos bem cruéis.

— Jorace

baixaria
(*billingsgate*), s.f.

A ofensa de um adversário.

bajulador
(*lickspittle*), s.m.

Útil funcionário, que não poucas vezes é encontrado editando um jornal. Neste personagem de editor, ele está intimamente aliado ao chantagista pelo laço da identidade ocasional; pois em verdade o bajulador é apenas o chantagista sob outro aspecto, embora este último seja encontrado como uma espécie independente. Bajular é mais detestável do que chantagear, precisamente do mesmo modo como o negócio de um golpista é mais detestável do que o de um assaltante que atua nas estradas; e o paralelo vai mais além, pois poucos assaltantes enganam, mas todo dissimulado acaba saqueando, se tiver coragem para isso.

bandeira
(*flag*), s.f.

Trapo colorido que se carrega diante de exércitos e se iça em fortes e navios. Parece servir ao mesmo propósito que certos sinais vistos em certos terrenos baldios em Londres – "Pode-se jogar lixo aqui".

banho
(*bath*), s.m.

Tipo de cerimônia mística substituída pela adoração religiosa, motivo que impediu que sua eficácia espiritual fosse determinada.

Tomou um banho quente,
no vapor,
Perdendo toda a pele no calor.
E, estando assim fervido
e escaldado,
Achou que com Limpeza
era casado,
Sem perceber que o banho,
aos borbotões,
Levava vapor tóxico aos pulmões.

— Richard Gwow

banquete
(*feast*), s.m.

Um festival. Uma celebração religiosa normalmente marcada por glutonice e bebedeira, com frequência em homenagem a uma pessoa sagrada que se distinguiu por ser abstêmia. Na Igreja Católica Romana, as festas desse tipo são divididas em "móveis" e "imóveis", mas os celebrantes são invariavelmente inamovíveis até estarem saciados. Em seus primeiros tempos, esse tipo de entretenimento se dava na forma de banquetes para os mortos; eles eram realizados pelos gregos, com o nome de *Nemeseia*, pelos astecas e pelos peruanos, assim como em tempos modernos são populares na China; embora se acredite que os mortos antigos, assim como os modernos, não comessem muito. Entre os vários dos romanos encontrava-se o *Novemdiale*, que, segundo Lívio, era realizado sempre que pedras caíam dos céus.

barba
(*beard*), s.f.

O pelo que é normalmente cortado por aqueles que corretamente execram o absurdo costume chinês de raspar a cabeça.

barômetro
(*barometer*), s.m.

Engenhoso instrumento que indica o clima.

barraca
(*barrack*), s.f.

Casa onde os soldados desfrutam de parte daquilo que é seu trabalho privar os outros.

B

barraco
(*hovel*), s.m.

O fruto de uma flor chamada palácio.

Sandil morava num barraco,
Sandeu morava num palácio;
Sandil pensou: "Vou puxar saco"
Por não acharem que o invejasse.
Original como tabaco
Fumado por castor rosáceo.

Por entre as pernas pois sentiu
Sandeu que algo ali cresceu
E era a cabeça de Sandil
Que se curvava por Sandeu.
Sacuda-se o senhor servil –
E sem cueiros, disparate
Recém-nascida autossuficiência e se acha uma [pilhéria].

— G.J.

barulho
(*noise*), s.m.

Fedor na orelha. Música não domesticada. O principal produto e signo autenticador da civilização.

basilisco
(*basilisk*), s.m.

Cocatrice. Uma espécie de serpente chocada do ovo de um galo. O basilisco tinha mau- -olhado, e seu olhar era fatal. Muitos incréus negam a existência dessa criatura, mas Semprello Aurator viu e tocou um espécime que havia sido cegado por um relâmpago como punição por ter olhado fatalmente para uma senhora de estirpe amada por Júpiter. Posteriormente Juno restabeleceu a visão do réptil e escondeu-o em uma caverna. Nada é tão bem comprovado pelos antigos quanto a existência do basilisco, mas os galos pararam de botar.

bastonada
(*bastinado*), s.f.

O ato de andar sobre madeira sem fazer esforço.

batalha
(*battle*), s.f.

Método para desatar com os dentes um nó político que não pôde ser desfeito com a língua.

batismo
(*baptism*), s.m.

Rito sagrado de tal eficácia que aquele que se encontrar no paraíso sem ter passado por ele será infeliz para sempre. Realiza-se com água de dois modos – por imersão, ou mergulho, e por aspersão, ou borrifadas.

Deixemos o debate sobre se a imersão
Supera, ou talvez não, a simples aspersão
A todos os imersos
E também aos aspersos
Que poderão ouvir a Bíblia, a tradição
E a febre então medir, só por comparação

— G.J.

---

bebê ou neném
(*babe* ou *baby*), s.2g.

Criatura disforme, sem idade, gênero ou condição específicos, que impressiona principalmente pela violência das simpatias e antipatias que desperta nos outros, não tendo ela própria sentimentos ou emoções. Houve bebês famosos; por exemplo, o pequeno Moisés, de cujas aventuras sobre os juncos os hierofantes egípcios de sete séculos antes sem dúvida derivaram sua tola lenda do pequeno Osíris sendo preservado em uma folha de lótus flutuante.

Elas iam tão bem
Sem haver um neném.
Hoje o homem não tem
Mais dinheiro com tanto bebê.
Pois eu acho, mas não sei você,

Que pelo bem comum
O bebê número um
Deveria ter ido ao além
Com condor ou com águia
ou alguém.

---

beijo
(*kiss*), s.m.

Palavra inventada pelos poetas como rima para "desejo". Supostamente significa, de modo geral, algum tipo de rito ou cerimônia próprio para que as pessoas se conheçam melhor; a maneira como se realiza, porém, é desconhecida por este lexicógrafo.

---

beladona
(*belladonna*), s.f.

Em italiano, uma bela mulher; em inglês, um veneno mortal. Um impressionante exemplo da identidade essencial das duas línguas.

---

beleza
(*beauty*), s.f.

O poder pelo qual uma mulher encanta um amante e aterroriza um marido.

beneditinos
(*benedictines*), s.m.pl.

Uma ordem de monges também conhecida como frades negros.

De longe pensou que era um corvo, mas era
Um monge de São Benedito trajado.
"A ordem produz cozinheiros", pondera;
"Aqui são assim; no outro mundo, assados."

— *O Diabo na Terra* (Londres, 1712)

benfeitor
(*benefactor*), s.m.

Pessoa que faz compras pesadas de ingratidão, sem, no entanto, afetar essencialmente o preço, que continua ao alcance de todos.

bigamia
(*bigamy*), s.f.

Erro de julgamento para o qual a sabedoria futura irá estabelecer uma punição chamada trigamia.

bisbilhotar
(*eavesdrop*), v.i.

Ouvir secretamente um catálogo de crimes e de vícios de outrem ou da própria pessoa.

Uma mulher, o ouvido posto à fechadura,
Ouviu falarem do outro lado da abertura
Duas mulheres fofocando alegremente –
Ela era o tema da conversa inconsequente.
"Pois para mim", disse uma delas, toda prosa,
"A sirigaita é enxerida e curiosa!".
Quando não pôde continuar ali na escuta
Ela tirou o ouvido da madeira bruta
E disse irada, com o rosto afogueado:
"Que injúria! Eu nunca cometi esse pecado!".

— Gopete Sherany

bobo
(*zany*), s.m.

Em antigas peças italianas, personagem popular que imitava com ridícula incompetência o *buffone*, ou palhaço, e assim macaqueava um macaco; pois o próprio palhaço imitava os personagens sérios da peça. O bobo era o ancestral do especialista em humor da maneira como hoje temos a infelicidade de conhecê-lo. No bobo vemos um exemplo de criação; no humorista, de transmissão. Outro excelente espécime de bobo moderno é o cura, que imita o reitor, que imita o bispo, que imita o arcebispo, que imita o Diabo.

bobo da corte
(*court fool*), s.m.

O querelante.

boca
(*mouth*), s.f.

No homem, a entrada para a alma; na mulher, a saída para o coração.

bodas
(*wedding*), s.f.pl.

Cerimônia na qual duas pessoas se tornam uma, uma se torna nada, e o nada se torna insuportável.

bolso
(*pocket*), s.m.

Berço do motivo e túmulo da consciência. Na mulher esse órgão está ausente; por isso, ela age sem motivo e sua consciência, à qual se nega sepultura, permanece viva para sempre, confessando os pecados alheios.

bom
(*good*), adj.

Sensível, madame, ao valor do presente autor. Consciente, senhor, das vantagens de ser deixado em paz.

bordoada
(*ribroaster*), s.f.

Linguagem censurável usada por você para falar de outrem. A palavra tem uma sofisticação clássica, e diz-se que teria sido usada em uma fábula de Georgius Coadjutor, um dos mais fastidiosos escritores do século XV – na verdade, comumente tido como o fundador da Escola Fatidiótica.

botânica
(*botany*), s.f.

A ciência dos vegetais – tanto dos que não são bons para comer como dos que são. Lida em grande medida com suas flores, que são normalmente mal desenhadas, privadas de arte em suas cores e com cheiro ruim.

boticário
(*apothecary*), s.m.

Cúmplice do médico, benfeitor do coveiro e fornecedor do verme de túmulo.

De Júpiter as bênçãos aos humanos
Foi portador Mercúrio, amigo dos enganos,
que, bem discreto, incluiu a enfermidade
por garantir ao boticário sanidade.

> "A minha droga mais mortal",
> proclamou este,
> "Terá o nome de patrono
> tão celeste!"

— G.J.

---

brama
(*brahma*), s.próp.

Aquele que criou os hindus, que são preservados por Vishnu e destruídos por Shiva – uma divisão de trabalho mais elegante do que a que se encontra entre as deidades de algumas outras nações. Os abracadabrenses, por exemplo, são criados por Pecado, mantidos por Roubo e destruídos por Tolice. Os sacerdotes de Brama, como os dos abracadabrenses, são homens santos e eruditos que nunca são maus.

Ó Brama, sois antiga divindade,
Na Índia sois o primeiro da trindade,
Sentais aí tão calmo e sossegado
E em tão modesta pose, pés cruzados,
Pessoa singular sois vós, de fato.

— Polydore Smith

---

branco
(*white*), adj. e s.

Preto.

---

bruto
(*brute*), s.m.

Ver MARIDO.

---

bruxa
(*hag*), s.f.

Mulher mais velha de quem você por acaso não gosta; às vezes chamada, igualmente, de galinha ou de gato. Magas velhas, feiticeiras etc. eram chamadas de bruxa pela crença de que sua cabeça era cercada por um tipo de iluminação maligna ou nuvem – bruxa era o nome popular daquela luz elétrica peculiar que às vezes se observa nos cabelos. Em certa época, bruxa não era uma palavra de censura: Drayton fala de uma "bela bruxa, toda sorrisos", mais ou menos como Shakespeare falava de "doce meretriz". Hoje não seria adequado chamar a sua amada de bruxa – esse elogio está reservado para o uso dos netos dela.

---

bufão
(*jester*), s.m.

Funcionário antigamente ligado à casa real cujo ofício era divertir a corte por meio de ações e falas ridículas, tendo o absurdo confirmado por seu variegado vestuário. Estando o próprio rei vestido com dignidade, foram necessários alguns séculos para que o mundo descobrisse que a conduta e os decretos dele próprio eram suficientemente ridículos para divertir não apenas a corte como também toda a humanidade. O bufão era frequentemente chamado de bobo, mas os poetas e romancistas sempre se deliciaram representando-o como alguém singularmente sábio e esperto. Nos circos de hoje, o fantasma melancólico do bobo da corte deprime audiências mais humildes com as mesmas graças que em vida usava para entristecer salões de mármores, ofender o senso de humor dos patrícios e abrir o reservatório de lágrimas reais.

A imperatriz viúva herdou
Bufão ousado em Lisboa.
No seu confessionário entrou
E, disfarçado, confessou-a.

"Bom padre", disse. E ele: "Pois não".
"Não sei como isso aconteceu,
Mas eis que amo o meu bufão –
Blasfemo, pobre e mais: plebeu."

"Ó filha", o falso padre disse,
"É mesmo horrendo esse pecado,
A Igreja não perdoa isso,
E o vosso amor é condenado.

"Porém se teima o coração
Ainda podeis dar nisso um jeito
E por decreto do bufão
Fazer um homem de respeito."

Tornou-o duque à socapa
Para o tabu tentar driblar.
O padre contou tudo ao papa
Que a condenou de seu altar!

— Barel Dort

B

C

caaba
(*caaba*), s.f.

Grande pedra dada de presente pelo arcanjo Gabriel ao patriarca Abraão e preservada em Meca. O patriarca talvez tenha pedido pão ao arcanjo.

cabeça-redonda
(*roundhead*), s.m.

Membro do partido parlamentarista na guerra civil inglesa – chamado assim por seu hábito de cortar curto os cabelos, enquanto seu inimigo, o cavaleiro, usava-os longos. Havia outros pontos de diferença entre eles, mas o modo de usar os cabelos era a causa fundamental da disputa. Os cavaleiros eram monarquistas porque o rei, um sujeito indolente, achava mais conveniente deixar o cabelo crescer do que lavar a nuca. Os cabeças-redondas, que em sua maioria eram barbeiros e fabricantes de sabão, consideravam isso um prejuízo para os negócios, e o pescoço real tornou-se então o objeto particular de sua indignação. Descendentes dos beligerantes hoje usam todos o cabelo da mesma maneira, mas as chamas da animosidade acesas naquela antiga disputa continuam a arder até hoje sob as neves da civilidade britânica.

cabeleira de berenice
(*berenice's hair*), s.f.

Uma constelação (*Coma Berenices*) batizada em homenagem a uma mulher que sacrificou os cabelos para salvar o marido.

Houve uma senhora que
amava o marido
E deu os seus cachos por
salvar-lhe a vida;
Os homens achando a conduta
tão bela
Puseram seu nome no céu,
nas estrelas.

As damas modernas ninguém
reconhece –
Pois por suas mechas dariam em prece
Seu homem sem falta – não
há firmamento
Nem astros pra dar tal
reconhecimento.

— G.J.

cabo
(*corporal*), s.m.

Homem que ocupa o degrau mais baixo na escada militar.

Após dura batalha relata
o tenente:
"Sim, tombou nosso cabo, mas
heroicamente!".
Diz a Fama, do topo, fazendo mesura:

"É verdade, tombou, mas de bem pouca altura".

— Giacomo Smith

cachorro
(*dog*), s.m.

Tipo adicional de divindade auxiliar concebido para pegar o fluxo superabundante e o excedente de adoração no mundo. Esse ser divino em algumas de suas encarnações menores e mais sedosas assume, no afeto feminino, o lugar a que nenhum homem aspira. O cachorro é um sobrevivente – um anacronismo. Ele não labuta nem tece e, no entanto, Salomão em toda a sua glória nunca ficou deitado sobre um capacho de porta o dia todo, encharcado de sol, cercado de moscas e gordo, enquanto seu senhor trabalhava para obter os meios com os quais comprar o preguiçoso abano do rabo salomônico, temperado com um olhar de tolerante reconhecimento.

cadeado
(*lock-and-key*), s.m.

O instrumento que distingue a civilização e o esclarecimento.

calamidade
(*calamity*), s.f.

Lembrete muito frequentemente direto e inequívoco de que tudo o que diz respeito a esta vida não depende de nossa vontade. As calamidades são de dois tipos: as que nos trazem infelicidade e as que trazem felicidade para outrem.

calças
(*pantaloons*), s.f.pl.

Traje inferior do macho adulto civilizado. A indumentária é tubular e desprovida de articulações nos pontos de flexão. Supõe-se que foi inventada por um humorista. Chamada de "calça" pelos esclarecidos e de "bombacha" pelos desprezíveis.

calor
(*heathen*), s.m.

Calor é movimento, diz Tyndall·,
E eu sei o que ele usa para tal
Provar; mas, isso eu sei,
palavras quentes

Sempre impulsionam nosso punho à frente,
E onde ele para surgem mil estrelas.
Crede expertum – eu vi já muitas delas.

— Gorton Swope

* John Tyndall (1820-1893), físico britânico.

---

caluniar
(*backbite*), v.t.

Falar o que acha de um homem quando ele não tem como encontrar você.

---

calunio
(*calumnus*), s.m.

Estudante da Escola de Escândalos.

---

camelo
(*camel*), s.m.

Um quadrúpede (o *Splaypes corcovidorsus*) de grande valor para o mundo do entretenimento. Há dois tipos de camelos – o camelo verdadeiro e o camelo nada verdadeiro. Este último é o tipo sempre exibido.

---

camundongo
(*mouse*), s.m.

Animal que torna seu caminho pleno de mulheres desmaiadas. Assim como em Roma cristãos eram atirados aos leões, séculos antes em Otumwee, a mais antiga e famosa cidade do mundo, fêmeas hereges eram jogadas aos camundongos. Jakak-Zotp, o historiador, o único otumwupês cujos escritos sobreviveram até nós, diz que essas mártires encontravam a morte com pouca dignidade e muito empenho. Ele até tenta desculpar os camundongos (tal é a malícia da intolerância) declarando que as infelizes mulheres pereciam, algumas de exaustão, algumas por pescoços quebrados em quedas e algumas por falta de revigorantes. Os camundongos, ele afirma, gostavam dos prazeres da perseguição com compostura. Mas, se "a história de Roma é noventa por cento falsa", dificilmente podemos esperar proporção menor daquela figura retórica nos anais de um povo capaz de tal incrível crueldade com adoráveis mulheres; pois um coração duro tem uma língua falsa.

---

canalha
(*blackguard*), s.m.

Um homem com as qualidades exibidas como numa caixa de frutas no mercado – as boas para cima. Mas a caixa foi aberta do lado errado. Um cavalheiro ao contrário.

cânhamo
(*hemp*), s.m.

Planta de cuja casca fibrosa se faz um artigo usado em torno do pescoço que frequentemente é colocado depois de um discurso em público ao ar livre e previne a pessoa contra resfriados.

canhão
(*cannon*), s.m.

Instrumento utilizado na correção das fronteiras nacionais.

canibal
(*cannibal*), s.m.

Um gourmet à moda antiga que mantém os gostos simples e adere à dieta natural do período pré-porco.

capital
(*capital*), s.f.

A sede do desgoverno. Aquela que provê o fogo, a panela, o jantar, a mesa, a faca e o garfo para o anarquista; a parte da refeição que ele próprio fornece é dizer desgraças antes de comer.

Pena capital, uma punição de cuja justiça e conveniência muitas pessoas de valor – incluindo todos os assassinos – têm receio mortal.

C

carmelita
(*carmelite*), s.2g.

Um frade mendicante da Ordem de Monte Carmelo.

Cruzava a cavalo o monte Carmelo
A Morte, a galope, e ouviu o apelo
De um frade noventa (ou então cem) por cento
Bebum que dizia em seu triste lamento,
De santo estrabismo e o cinismo mais pio,
Bem gordo e pior que o pecado mais vil.
Falou ao se pôr nos roliços joelhos:
"Escuta o Amor e seus santos conselhos,
Concede, te peço, que este filho da Igreja
Consiga viver e a miséria não veja!".
Respondeu a amazona
Em voz bem bonachona:
"Concedo, meu padre – concedo carona".

Os ossos chocou num estalo.
Num salto saiu do cavalo
Tão alvo e co'a espada bem larga.
O corpo daquele sujeito
Botou na garupa sem jeito
Ali, de través sobre a ilharga.

Riu forte o monarca e era o som do torrão
de terra que cai no fechado caixão:
"Há, há! Um mendigo a cavalo, e ainda monge,
Que diabo!", e então upa! Caiu da garupa
E viu o cavalo fugir para longe.

À toda fugiu, tão veloz que bem logo,
Aos olhos selvagens que lembram o fogo,
Tão grandes e negros qual torta de amora,
Fundiu-se à cena de fundo
Mesclado ao resto do mundo
Às pedras e plantas – e tudo indo embora.

A Morte sorriu, e seu riso era a tumba
Que vê durante um funeral,
Frustrar-se a plateia local:
O morto levanta a cabeça
E objeta de modo que impeça
Que o levem de vez para a tal catacumba.

Tudo isso é história.
O monge é memória,
E um corpo ao léu.
A Morte jamais viu de novo o corcel.
O frade guiou-o puxando no rabo
Ao seu monastério, onde ao fim e ao cabo
Vivendo com muitos e veros cuidados
Debaixo de um teto e entre muros caiados

Comendo pão, óleo e também muito grão,
Pôs corpo, mais gordo que um frade, e então
Ao tempo indicaram-no para deão.

— G.J.

---

carne
(*flesh*), s.f.

A Segunda Pessoa da Trindade secular.

---

carnívoro
(*carnivorous*), adj.

Viciado na crueldade de devorar o receoso vegetariano, seus herdeiros e delegados.

---

carrasco
(*hangman*), s.m.

Autoridade da lei encarregada de deveres da mais alta dignidade e de máxima gravidade, tido em hereditária baixa conta pela choldra com ancestrais criminosos. Em alguns dos estados americanos, suas funções são hoje desempenhadas por um eletricista, como em Nova Jersey, onde as execuções por eletricidade foram ordenadas recentemente – o primeiro exemplo conhecido por este lexicógrafo de alguém questionar a conveniência de enforcar homens de Nova Jersey.

---

cartesiano
(*cartesian*), adj.

Relativo a Descartes, um famoso filósofo, autor de um dito célebre, *Cogito ergo sum* – que o fez ficar satisfeito por supostamente ter demonstrado a realidade da existência humana. O dito pode ser melhorado, no entanto, assim: *Cogito cogito ergo cogito sum* – "Penso que penso, logo penso que existo"; uma abordagem mais próxima da certeza do que qualquer filósofo jamais conseguiu.

---

casa
(*house*), s.f.

Edifício oco erigido para a residência de homem, rato, camundongo, besouro, barata, mosca, mosquito, pulga, bacilos e micróbios. *Casa de correção*, um lugar de recompensa por serviços políticos e pessoais e para a detenção de infratores e de verbas. *Casa de Deus*, edifício com um campanário e uma hipoteca. *Casa do cachorro*, lugar onde se mantém um animal pestilento com premissas domésticas para insultar pessoas que passam e assustar o intrépido visitante. *Criada da casa*, pessoa jovem do sexo oposto empregada para ser desagradável de várias maneiras diferentes e engenhosamente imunda no lugar onde aprouve a Deus colocá-la.

---

casamento
(*marriage*), s.m.

O estado ou condição de uma comunidade composta por um mestre, uma amante e dois escravos, totalizando duas pessoas.

---

cascavel
(*rattlesnake*), s.f.

Nosso irmão prostrado, *Homo ventrambulans*.

---

castigo
(*retribution*), s.m.

Chuva de fogo e enxofre que cai tanto sobre os justos quanto sobre os injustos que não procuraram abrigo expulsando os primeiros.

Nos versos a seguir, dirigidos a um imperador no exílio pelo padre Gassalasca Jape, o reverendo poeta parece indicar sua percepção de que é imprudente voltar atrás para receber a vingança quando ela está em curso:

O quê? Dom Pedro, queres tu voltar
Para o Brasil viver teu fim em paz?

Mas vês, que garantias tu terás?
Há pouco havia uma tensão no ar.
Os teus amados súditos, vê bem,
Queriam teu pescoço, são os fatos.
Tu sabes que os impérios são ingratos,
Repúblicas, pois sim, ferem também.

---

cavaleiro
(*knight*), s.m.

Já foram guerreiros de estirpe
e pendor,
Depois as pessoas de grande valor,
Agora sujeitos que causam furor.
Guerreiros, pessoas, sujeitos...
Mais baixo?
Faremos dos cães cavaleiros,
eu acho.
Gentis Cavaleiros dos nobres canis,
Viris paladinos da Pulga Feliz,
Da Ordem Dourada de Santo Rabão,
São Goela defendam, e Santa Ração.
Passemos aos cães essa nossa mania
E os cães enlouqueçam – que
chegue este dia!

---

cemitério
(*cemetery*), s.m.

Local suburbano isolado onde
pessoas de luto comparam
mentiras, poetas miram em um
alvo e cinzeladores fazem aposta
sobre soletração. As inscrições a
seguir servirão para ilustrar o
sucesso obtido nesses Jogos
Olímpicos:

Suas virtudes eram tão conspícuas
que seus inimigos, não sendo capazes
de deixá-las passar despercebidas,
negavam-nas, e seus amigos, para
quem elas serviam de reprovação a
suas vidas relapsas, representavam-
-nas como vícios. Elas são celebradas
por sua família, que as compartilha.

Aqui nesta terra nosso amor prepara
Um parco lugar para a pequena Clara
Seus pais, Thomas M. e Maria Marsala

P.S. – O arcanjo Gabriel irá adotá-la.

---

cenobita
(*coenobite*), s.m.

Um homem que piamente se isola
para meditar sobre o pecado da
maldade; e para manter isso vivo
em sua mente se une a uma
irmandade de exemplos terríveis.

Ó cenobita, esse asceta
que é monge, mas gregário,
Diferes do anacoreta,
Que vive solitário:
Com tuas orações metralhas
o diabo
Já ele o enoja com seu brando
menoscabo.

— Quincy Giles

centauro
(*centaur*), s.m.

Membro de uma espécie de pessoas que viveu antes de a divisão do trabalho ter alcançado tamanho grau de diferenciação, que seguia a máxima econômica primitiva "Todo homem é seu próprio cavalo". O melhor do gênero foi Quíron, que à sabedoria e às virtudes do cavalo acrescentou a rapidez do homem. A história bíblica da cabeça de João Batista sobre um cavalo mostra que os mitos pagãos de certo modo sofisticaram a história sagrada.

cérbero
(*cerberus*), s.m.

O cão de guarda do Hades, cujo dever era proteger a entrada – não fica claro contra quem ou o quê; todos, mais cedo ou mais tarde, tinham de acabar indo lá, e ninguém queria fraudar a entrada. Cérbero é conhecido por ter três cabeças e alguns poetas atribuíram-lhe até cem. O professor Graybill, que em função de sua erudição acadêmica e de seu profundo conhecimento de grego tem uma opinião a ser levada em conta, fez uma média de todas as estimativas e chegou ao número 27 – um julgamento que seria totalmente conclusivo caso o professor Graybill soubesse (a) algo sobre cães e (b) algo sobre aritmética.

cérebro
(*brain*), s.m.

Aparato com o qual pensamos que pensamos. Aquilo que distingue o homem que fica contente por *ser* algo do homem que deseja *fazer* algo. Um homem de grande riqueza, ou alçado involuntariamente à categoria de importante, tem tanto cérebro na cabeça que seus vizinhos mal conseguem manter seus chapéus. Em nossa civilização, e sob nossa forma republicana de governo, o cérebro é tido em tão alta conta que é recompensado com a isenção de ter de assumir postos no governo.

cetro
(*scepter*), s.m.

Bastão com que o rei governa, sinal e símbolo de sua autoridade. Originalmente era uma maça com a qual o soberano admoestava seu bufão e vetava medidas dos ministros quebrando os ossos de quem as propunha.

chato
(*bore*), s.m.

Aquele que fala quando você quer que ele ouça.

chiste
(*witticism*), s.m.

Observação contundente e esperta, normalmente citada, e em que dificilmente se presta atenção; aquilo que o filisteu gosta de chamar de "piada".

chumbo
(*lead*), s.m.

Metal pesado azul-acinzentado muito usado para dar estabilidade a amantes leves – particularmente àqueles que não amam de maneira sábia, preferindo as esposas de outrem. O chumbo é algo de grande utilidade como antídoto a um argumento de tal gravidade que desequilibra a balança do debate para o lado errado. Um fato interessante na química da controvérsia internacional é que no ponto de contato entre dois patriotismos o chumbo se precipita em grandes quantidades.

Ó Santo Chumbo, tu és juiz no universo
De toda humana desavença; e és capaz
De entrar nas nuvens de fumaça
densa, as quais

Muito enevoam todo ódio controverso
E com veloz, inevitável precisão
Vais e encontras o lugar que é tão secreto,
Mas que é vital. O teu juízo muito reto
Define tudo, se não há cirurgião.
Ó bom metal! – não fosses tu esse elixir
Agarraríamos aos outros pela orelha:
Mas quando passas com zumbido de
 abelha
À Muhlenberg "não opomos a partir".
E enquanto os vivos vão fugindo
pelas alas
Satã transforma já os cadáveres
em balas.

cimitarra
(*scimitar*), s.f.

Espada curva muito afiada, no manejo da qual certos orientais adquirem uma surpreendente proficiência, como o incidente aqui relatado servirá para mostrar. A história é traduzida do japonês por Shusi Itama, famoso escritor do século XIII.

Quando o grande Gichi-Kuktai foi Mikado ele condenou à decapitação Jijiji Ri, alto funcionário da corte. Pouco depois da hora marcada para a execução do rito, qual não foi a surpresa de Sua Majestade ao ver calmamente se aproximando do trono o homem que àquela hora deveria estar morto havia dez minutos!

"Mil e setecentos impossíveis dragões!", exclamou o enfurecido monarca. "Eu não te condenei a ir à praça pública e a ter a cabeça decepada pelo carrasco às três da tarde? E agora não são 15h10?"

"Filho de um milhar de deidades ilustres", respondeu o ministro condenado, "tudo o que dizeis é tão verdadeiro que em comparação a isso a própria verdade é uma mentira. Mas os desejos solares e vivificantes de Vossa Majestade celestial foram pestilentamente negligenciados. Com alegria corri e pus meu indigno corpo em praça pública. O carrasco apareceu com sua espada nua, girou-a no ar de maneira ostentatória, e então, batendo de leve no meu pescoço, se afastou, apedrejado pelo povo, de quem jamais fui um favorito. Vim pedir que se faça justiça à desonrada e traiçoeira cabeça dele".

"A que regimento de carrascos pertence esse néscio de negras entranhas?"

"Ao valente 9.837º – conheço o homem. Seu nome é Sakko-Samshi."

"Que o tragam até mim", disse o Mikado a um serviçal, e meia hora depois o réu estava em sua presença.

"Seu bastardo de um corcunda de três pernas sem polegares!", urrou o soberano – "Por que apenas bateste de leve no pescoço que por prazer deverias cortar?"

"Senhor das garças e do florescer das cerejeiras", respondeu o carrasco, impassível, "ordenai que ele assoe o nariz com os dedos".

Tendo recebido a ordem, Jijiji Ri segurou o nariz e fez um alarde como o de um elefante, todos esperando ver a cabeça decepada atirada violentamente para longe dele. Nada ocorreu: a manobra prosperou pacificamente até o final, sem incidentes.

Todos os olhos se voltaram para o carrasco, que ficou branco como a neve no topo do Fujiama. As pernas dele tremeram e a respiração saía em sobressaltos de pavor.

"Pelas caudas pontudas dos leões de cobre!", ele gritou; "Sou um espadachim arruinado e desonrado! Bati de leve no vilão porque ao agitar a espada acidentalmente passei-a por meu próprio pescoço! Pai da Lua, peço demissão de meu cargo."

Ao dizer isso, agarrou seu escalpo, levantou a cabeça e, avançando em direção ao trono, deixou-a humildemente aos pés do Mikado.

cínico
(*cynic*), s.m.

Um canalha cuja visão defeituosa vê as coisas como elas são, não como devem ser. Daí o costume dos sicilianos de arrancar os olhos do cínico para melhorar sua visão.

circo
(*circus*), s.m.

Lugar em que cavalos, pôneis e elefantes podem ver homens, mulheres e crianças agindo como tolos.

citação
(*quotation*), s.f.

O ato de repetir erroneamente as palavras de outrem. As palavras erroneamente repetidas.

Para evitar errar a citação
Do Brewer infalível lançou mão
E prometeu então ser condenado
Por toda a eternidade, o coitado!

— Stumpo Gaker

ciumento
(*jealous*), adj.

Preocupado com a preservação do que só poderia ser perdido se não valesse a pena tê-lo.

clarinete
(*clarionet*), s.m.

Instrumento de tortura operado por uma pessoa com algodão nos ouvidos. Há dois instrumentos piores do que o clarinete – dois clarinetes.

cleptomaníaco
(*kleptomaniac*), s.m.

Ladrão rico.

clima
(*weather*), s.m.

A temperatura do momento. Permanente tópico de conversação entre pessoas que não se interessam por ele, mas que herdaram a tendência de falar sobre ele de seus ancestrais arbóreos nus a quem ele afetava diretamente. A criação de organismos estatais de previsão do tempo e a manutenção de sua mendacidade provam que até governos são acessíveis à persuasão dos rústicos antepassados da floresta.

Certa vez eu vi o futuro até onde foi permitido,
Lá eu vi o principal homem do tempo falecido –
Morto e condenado ao Hades como mentiroso nato,
Raro haver neste planeta alguém assim tão insensato.
Vi que estava levantando a incandescente juventude,
Dos carvões que preferiu a ter vantagens da virtude.
Com os olhos procurava algo; então ele escreveu
Numa chapa de amianto o que agora cito eu –

Pois eu li na rósea luz do brilho eterno
e sempre leve:
"Nuvens; ventos variáveis, com
pancadas; frio e neve".

— Halcyon Jones

---

clio
(*clio*), s.próp.

Uma das nove musas. A função de
Clio era governar a história – o
que ela fez com grande dignidade,
tendo muitos dos destacados
cidadãos de Atenas ocupado
cadeiras no palco, sendo os
eventos frequentados pelos srs.
Xenofonte, Heródoto e outros
oradores populares.

---

cobra
(*adder*), s.f.

Um tipo de réptil. Chamada assim
pelo seu hábito de acrescentar às
demais contas da vida cobranças
relativas a funerais.

---

coceira
(*itch*), s.f.

O patriotismo de um escocês.

---

cocô de mosca
(*fly-speck*), s.m.

O protótipo da pontuação.
Garvinus observa que os sistemas
de pontuação usados em várias
nações letradas dependiam
originalmente dos hábitos sociais
e da dieta geral das moscas que
infestavam os diferentes países.
Essas criaturas, que têm sempre
se distinguido por uma
familiaridade próxima e sociável
com os escritores, embelezavam
de maneira liberal ou mesquinha
os manuscritos que estavam em
processo de crescimento debaixo
da pena, de acordo com seus
hábitos corporais, tornando
público o sentido da obra por
meio de uma espécie de
interpretação superior às forças
do autor e independente delas.
Os "antigos mestres" da
literatura – ou seja, os escritores
antigos cuja obra é tão admirada
pelos escribas e críticos
posteriores de mesmo idioma –
jamais usavam qualquer
pontuação e trabalhavam o
tempo todo com liberdade, sem
aquela interrupção de
pensamento que vem com o uso
de pontos. (Observamos a mesma
coisa nas crianças hoje, cujo uso
nesse particular é um
impressionante e belo exemplo
da lei segundo a qual a infância
dos indivíduos reproduz os
métodos e as fases que

caracterizam a infância das raças.) Na obra desses escribas primitivos descobre-se, com os instrumentos ópticos e os testes químicos usados pelo moderno investigador, que toda a pontuação foi inserida pelo engenhoso e prestativo colaborador dos escritores, a mosca doméstica – *Musca maledicta*. Ao transcreverem esses antigos manuscritos, ou com o propósito de assumir para si as obras ou para preservar aquilo que naturalmente viam como revelações divinas, autores posteriores reverente e precisamente copiaram todas as marcas que encontraram sobre o papiro ou pergaminho, causando um indizível aumento da lucidez do pensamento e do valor da obra. Escritores contemporâneos dos copistas naturalmente tiram proveito, na própria obra, das evidentes vantagens desses pontos e, com a ajuda que as moscas de sua residência podem estar dispostas a dar, frequentemente rivalizam e às vezes superam as composições anteriores, pelo menos no que diz respeito à pontuação, o que não é pequena glória. Para compreender plenamente os importantes serviços que as moscas desempenham na literatura, basta apenas colocar uma página de algum romancista popular ao lado de um pires com creme e melaço em uma sala ensolarada e observar "como a sabedoria se aguça e o estilo se refina" numa proporção precisa ao tempo de exposição.

colo
(*lap*), s.m.

Um dos mais importantes órgãos do sistema feminino – uma admirável provisão da natureza para o repouso das crianças, mas útil principalmente em festividades rurais para apoiar pratos de frango frio e cabeças de adultos do sexo masculino. O macho de nossa espécie tem um colo rudimentar, imperfeitamente desenvolvido e que de modo algum contribui para o bem-estar do animal.

comandar
(*preside*), v.t.

Guiar a ação de um corpo deliberativo para que chegue a um resultado desejável. Em jornalês, tocar um instrumento musical; como "comandou o espetáculo tocando o *piccolo*".

O editor, co'o texto à sua mão,
Leu com voz bem solene:
"O concerto foi pura emoção.
Foi um belo de um show
Que este Brown comandou.

Uma noite com graça perene".
O editor já parou a leitura
E o jornal abaixou.
E botou sobre a assinatura:
"Comandante dá show".

— Orpheus Bowen

comer
(*eat*), v.i.

Realizar sucessivamente (e com sucesso) as funções da mastigação, umedecimento e deglutição.

"Eu estava na sala de estar, apreciando o meu jantar", disse Brillat-Savarin, começando uma anedota. "Quê!", interrompeu Rochebriant: "Jantando em uma sala de estar?". "Devo solicitar que observe, *monsieur*", explicou o grande *gourmet*, "que eu não disse que estava jantando, e sim que estava apreciando o jantar. Eu havia comido uma hora antes."

comércio
(*commerce*), s.m.

Tipo de transação em que A saqueia de B os bens de C, e em compensação B bate a carteira de D, que tinha dinheiro que pertencia a E.

comestível
(*edible*), adj.

Próprio para comer e de digestão saudável, como um verme para um sapo, um sapo para uma cobra, uma cobra para um porco, um porco para um homem e um homem para um verme.

compadecer-se
(*condole*), v.t.d. e pron.

Mostrar que a perda é um mal menor do que a simpatia.

compaixão
(*pity*), s.f.

Leve sensação de isenção, inspirada pelo contraste.

compensação
(*redress*), s.f.

Reparação sem satisfação. Entre os anglo-saxões um súdito que considerava ter sido vítima de um erro do rei tinha permissão, caso provasse o dano, de bater em uma imagem de latão do agressor real com uma chibata que depois era aplicada às próprias costas nuas. Este último rito era desempenhado pelo carrasco oficial e garantia que o autor da queixa tivesse moderação na escolha da chibata.

comportamento
(*behavior*), s.m.

Conduta, como é determinada não por princípio, e sim por criação. A palavra parece ter sido livremente usada na tradução que o dr. Jamrach Holobom fez dos seguintes versos do *Dies Iræ*:

Recordare, Jesu pie,
Quod sum causa tuæ viæ.
Ne me perdas illa die.

Lembrai, Jesus do Sacramento,
Minha salvação causou vosso sofrimento.
Perdoai este comportamento.

compreensão
(*understanding*), s.f.

Secreção cerebral que permite à pessoa distinguir uma casa de um cavalo ao perceber que sobre a casa há um telhado. Sua natureza e suas leis foram exaustivamente expostas por Locke, que cavalgou uma casa, e por Kant, que morava em um cavalo.

De tão aguda compreensão
Tudo o que via, ouvia e lia
Interpretava e entendia,
Mesmo se estava na prisão.
Agia por inspiração
E em todo tema era profundo.
No hospício, longe já do mundo,
Deixou completa a coleção.

Era o melhor (juravam ser)
Autor que nunca iriam ler.

— Jorrock Wormley

compromisso
(*compromise*), s.m.

Arranjo de interesses conflitantes que dá a cada oponente a satisfação de pensar que ficou com o que não devia e não foi privado de nada, exceto daquilo que lhe era justamente devido.

compulsão
(*compulsion*), s.f.

A eloquência do poder.

confiável
(*truthful*), adj.

Burro e iletrado.

confidente
(*confidant, confidante*), s.2g.

Alguém a quem A confiou segredos de B, que tinham sido confiados a *ele* por C.

conforto
(*comfort*), s.m.

Estado mental produzido pela contemplação dos problemas de um vizinho.

confusão
(*hash*), x.

Não há definição desta palavra – ninguém sabe o que é confusão.

congratulação
(*congratulation*), s.f.

A cortesia da inveja.

congresso
(*congress*), s.m.

Grupo de homens que se reúne para revogar leis.

conhaque
(*brandy*), s.m.

Um tônico composto de uma parte de trovão-e-relâmpago, uma parte de remorso, duas partes de assassinato sangrento, uma parte de morte-inferno-e-cova e quatro partes de Satã destilado. Dose, uma cabeça cheia o tempo todo. Dr. Johnson dizia que era a bebida dos heróis.

Apenas um herói se aventura a bebê-la.

conhecedor
(*connoisseur*), s.m.

Especialista que sabe tudo sobre algo e nada sobre qualquer outra coisa.

Um velho conhecedor de vinhos foi esmagado em uma colisão de trens e puseram um pouco de vinho em seus lábios para despertá-lo. "Paulliac, 1873", ele murmurou e morreu.

conhecido
(*acquaintance*), s.m.

Pessoa que conhecemos bem o suficiente para pedir algo emprestado, mas não o suficiente para emprestar algo a ela. Um grau de amizade chamado de trivial quando seu objeto é alguém pobre ou obscuro, e íntimo quando se trata de alguém rico ou famoso.

conquista
(*achievement*), s.f.

A morte do esforço e o nascimento do descontentamento.

conselho
(*advice*), s.m.

A menor moeda em circulação.

"Ia aflito de tal jeito",
Disse Tom, "aquele velho,
Que o mínimo a ser feito
Foi lhe dar um bom conselho".
"Conheço-te bem de perto",
Disse o pai. "Não és de errar.
Fosse o caso sei que, esperto,
Inda menos ias dar."

— Jebel Jocordy

conservador
(*conservative*), s.m.

Estadista apaixonado por males reais, em oposição ao Liberal, que deseja substituí-los por outros.

consolo
(*consolation*), s.m.

A compreensão de que um homem melhor é mais infeliz do que você.

cônsul
(*consul*), s.m.

Na política americana, uma pessoa que, não tendo conseguido ser eleita para um cargo pelo povo, recebe um do governo sob a condição de que saia do país.

consultar
(*consult*), v.t.

Tentar obter a desaprovação de alguém para algo que a pessoa já decidiu fazer.

contravenção
(*misdemeanor*), s.f.

Infração da lei que tem menos dignidade do que um delito e não serve como crédito para ser admitido nas melhores sociedades criminosas.

Pela contravenção quis escalar um dia
Da criminalidade a aristocracia.
Coitado! Com fineza e com educação
Os "capitães da indústria" lhe disseram não,
Os "grandes financistas" viraram o rosto
E "reis das ferrovias" só viram mau gosto.
Ele roubou um banco pra chegar mais perto.
Ainda o rejeitaram, pois foi descoberto.

— S.V. Hanipur

controvérsia
(*controversy*), s.f.

Batalha em que a saliva ou a tinta substituem a nociva bala de canhão e a imprudente baioneta.

Na controvérsia a língua não emperra –
Não há o sangue, mas se faz
a guerra.
É sempre bom tentar que
o oponente
Em fúria cega a ele mesmo enfrente,
E tal qual cobra presa no quintal
Inflija a si a mordida fatal.
"Como é possível tamanho portento?"
Adote dele sem falta o argumento,
E a rebatê-lo incite-o; cegamente
Detonará a todos, inclemente.
Então comece a defender seu ponto
E diga: "Para me explicar eu conto
Aqui com tua bela exposição"
Ou "Vês, contigo eu aprendi, meu
irmão".
Ou algo que lhe diga "Então aqui
Eu devo àquilo que agorinha ouvi".
O resto todo ele fará sozinho
Para provar que está no bom caminho.

— Conmore Apel Brune

---

convento
(*convent*), s.m.

Lugar para onde se retiram
mulheres que desejam ter tempo
de sobra para pensar sobre o vício
do ócio.

---

conversa
(*conversation*), s.f.

Espaço para exposição das
mercadorias mentais menos
relevantes, em que cada expositor
está tão absorto com a disposição
dos próprios produtos que nem
observa os do vizinho.

C

---

convicto
(*positive*), adj.

Expondo seu erro a plenos pulmões.

---

coração
(*heart*), s.m.

Aparelho muscular automático
de bombeamento de sangue.
Figurativamente, diz-se que esse
útil órgão é a sede das emoções e
dos sentimentos – uma fantasia
muito bonitinha que, no entanto,
não é nada mais do que a
sobrevivência de uma crença que
já foi universal. Hoje se sabe que
os sentimentos e as emoções
residem no estômago, evoluindo
a partir da comida por meio da
ação química do fluido gástrico.
O processo exato pelo qual um
bife se torna uma emoção – suave
ou não, de acordo com a idade do
animal de que ele foi retirado; as
etapas sucessivas de elaboração
pelas quais um sanduíche de
caviar se transmuta em uma
fantasia pitoresca e reaparece
como um pungente epigrama; os
maravilhosos métodos ficcionais
de conversão de um ovo cozido
em contrição religiosa, ou uma
bomba de creme em um suspiro

de sensibilidade – essas coisas têm sido pacientemente averiguadas pelo sr. Pasteur e por ele têm sido expostas com convincente lucidez. (Ver, também, minha monografia, *A identidade essencial das afeições espirituais e de certos gases intestinais liberados na digestão* – tomo 4, pág. 687.) Em uma obra científica intitulada, creio, *Delectatio demonorum* (John Camdem Gotton, Londres, 1873), essa visão dos sentimentos recebe uma impressionante ilustração; e, para esclarecimento adicional, consultar o famoso tratado do professor Dam, *Amor como um produto da maceração alimentar.*

corão
(*koran*), s.m.

Livro que o profeta Maomé tolamente acreditava ter sido escrito por inspiração divina, mas que os cristãos sabem ser uma perversa impostura que contradiz as Sagradas Escrituras.

corda
(*rope*), s.f.

Utensílio obsolescente para lembrar aos assassinos que também eles são mortais. É colocada em torno do pescoço e lá fica enquanto durar a vida da pessoa. Foi em grande medida superada por um mecanismo elétrico mais complexo posto em outra parte da pessoa; e isso está rapidamente cedendo lugar a um aparato conhecido como pregação.

coroação
(*coronation*), s.f.

Cerimônia na qual se investe um soberano com os sinais exteriores e visíveis de seu direito divino a ser explodido com uma bomba de dinamite.

corporação
(*corporation*), s.f.

Instrumento engenhoso para obter lucro individual sem responsabilidade individual.

corsário
(*corsair*), s.m.

Um político dos mares.

corvo
(*magpie*), s.m.

Pássaro cuja disposição para o roubo sugeriu a alguém que era possível ensiná-lo a falar.

costas
(*back*), s.f.pl.

A parte de seu amigo que você tem o privilégio de contemplar quando passa por problemas.

covarde
(*coward*), s.2g.

Aquele que em uma emergência perigosa pensa com as pernas.

credor
(*creditor*), s.m.

Membro de uma tribo de selvagens que se estende além dos Estreitos Financeiros e é temida por suas incursões devastadoras.

cremona
(*cremona*), s.f.

Violino italiano de alto valor feito em Connecticut.

criminoso
(*felon*), s.m.

Pessoa que se caracteriza mais pelo empreendedorismo do que pela discrição e que ao aproveitar uma oportunidade acabou gerando uma ligação infeliz.

cristão
(*christian*), s.m.

Alguém que acredita que o Novo Testamento é um livro inspirado por Deus e admiravelmente adequado às necessidades espirituais de seu vizinho. Aquele que segue os ensinamentos de Cristo na medida em que eles não sejam inconsistentes com uma vida de pecado.

Sonhei que um dia estava sobre uma
colina
E multidões andavam pias
na campina
Com roupas boas para aquela ocasião
Os rostos tristes, sem nenhuma
animação,
Com o solene som dos sinos pelo
prado,
Um grande alarme aos que vivem em
pecado.
E vi olhando aquele show
lá adiante
Um homem alto, tinha paz
em seu semblante,
Vestindo bata toda branca, pensativo,
Com um olhar tão luminoso
e persuasivo.
"Deus te proteja", eu exclamei, "bom
forasteiro".
"Consigo ver que és de fora,
estrangeiro;
E entanto trago dentro do
meu coração
Uma esperança de que sejas
tu cristão."

Ergueu o rosto e tão austero
era o olhar
Que corei muito e até fiquei meio sem ar.
E respondeu com um desdém que
nunca é visto:
"Que! Eu, cristão? Não é verdade! Eu
sou Cristo!".

— G.J.

---

crítico
(*critic*), s.m.

Pessoa que se vangloria de ser
difícil de agradar porque ninguém
tenta agradá-lo.

Sei de um lugar que existe e
é puro encanto
Além da foz do rio Jordão
Vestido só de branco um
grupo santo
Atira lá em devolução
No crítico da lama que ele tanto
Arremessou com sua mão

E enquanto sobe sujo assim ao céu
O tom de terra em toda a tez
Ele lamenta e reconhece incréu
Os arremessos mil que fez.

— Orrin Goof

---

cruz
(*cross*), s.f.

Antigo símbolo religioso que se
supõe erroneamente dever seu

significado ao mais solene evento
da história do cristianismo, mas
na verdade o precede em milhares
de anos. Muitos acreditaram ser
ela idêntica à *crux ansata* da
antiga adoração fálica, mas já se
rastrearam origens que vão ainda
além de tudo o que conhecemos,
chegando aos ritos dos povos
primitivos. Temos hoje a cruz
branca como um símbolo da
castidade e a cruz vermelha como
emblema da benevolente
neutralidade na guerra. Tendo em
mente a primeira dessas, o
reverendo padre Gassalasca Jape
tange a lira com o efeito que
se segue:

"Sê bom! Sê bom!", nos dizem em
bom som
As irmãs em brados santos,
E na difícil guerra contra o vício
Nos desfilam seus encantos.

Mas e por que nunca, nunca se vê
Uma moça sem carranca
Ou com um belo rosto e com apelo
Carregando essa cruz branca?

E nem carece de toda essa prece
Para sermos todos justos.
Há melhor meio de salvar-nos, creio
(Será que valem os custos?)

Queridas, quando for ele pensando
Em ceder à tentação,
Ignorar a lei, a fé e o rei,
E pecar – lhe diga não.

cui bono?
[latim], loc.

Que bem isso faria *para mim*?

cúmplice
(*accomplice*), s.2g.

Aquele que se associa a outrem em um crime, tendo conhecimento dos fatos e cumplicidade, como um advogado que defende um criminoso sabendo-o culpado. Esse ponto de vista sobre a situação dos advogados não tem ainda o assentimento dos advogados, já que ninguém lhes ofereceu honorários para que assintam.

cupido
(*cupid*), s.m.

O chamado Deus do Amor. Essa criação bastarda de um bárbaro extravagante foi sem dúvida infligida à mitologia em razão dos pecados de suas divindades. De todas as concepções sem beleza e inadequadas, essa é a mais disparatada e ofensiva. A noção de simbolizar o amor sexual por meio de um bebê semiassexuado, e de comparar as dores da paixão às dos ferimentos de uma flecha – de introduzir esse homúnculo rechonchudo na arte de maneira grosseira para materializar o espírito sutil e a

sugestão do trabalho –, isso é eminentemente digno da era que, dando-lhe vida, deixou-o às portas da posteridade.

curiosidade
(*curiosity*), s.f.

Qualidade questionável do cérebro feminino. O desejo de saber se uma mulher é ou não amaldiçoada com a curiosidade é uma das paixões mais ativas e insaciáveis da alma masculina.

dado

(die), s.m.

O singular de "dados". Raramente ouvimos a palavra, já que há um provérbio proibitivo, "O que é dado nunca é bom". A longos intervalos, porém, alguém diz: "O dado é lançado", o que não é verdade, já que o lançamento do produto ocorreu há séculos. A palavra é encontrada em um dístico imortal do eminente poeta e economista de nosso país, senador Depew:

Um cubo de queijo menor do que um dado
É isca o bastante pr'um rato esfomeado.

dançar

(dance), v.i.

Saltitar ao som de música risonha, preferencialmente com os braços em torno da esposa ou da filha do vizinho. Há muitos tipos de dança, mas todas as que exigem a participação dos dois sexos têm duas características em comum: são visivelmente inocentes e são calorosamente desejadas pelos depravados.

datário

(datary), s.m.

Alta autoridade eclesiástica da Igreja Católica Romana, cuja importante função é marcar as bulas papais com as palavras *Datum Romae*. Goza de uma remuneração principesca e da amizade de Deus.

decálogo

(decalogue), s.m.

Série de mandamentos, em número de dez – só o suficiente para permitir uma seleção inteligente dos que devem ser obedecidos, sem ser uma quantidade excessiva que dificulte a escolha. Segue-se abaixo a edição revisada do Decálogo, calculada para este meridiano.

Adorarás a mim e a mais ninguém:
Paga mais caro quem mais deuses tem.

Imagens não farás, é idolatria
E Robert Ingersoll* as quebraria.

Não usarás o Santo Nome em vão,
E sim se der proveito a alusão.

Respeitarás o sábado, de sol
A sol, e só verás o futebol.

Honrarás pai e mãe. Esse ato
Faz teu seguro ficar mais barato.

Não matarás nem darás dinheiro
A quem matar; não pagues o açougueiro.

Não beijarás mulher de teu vizinho –
Ou só se a tua lhe fizer carinho.

Não roubarás; e nunca dessa ajuda
Nos teus negócios usarás. Iluda.

Tu não darás um testemunho vil.
Dirás: "É só rumor, mas você viu?".

Tu não cobiçarás o que outro tem.
Irás e pegarás, por mal ou bem.

— G.J.

* Robert Ingersoll (1833-1899) era
um líder político contemporâneo
de Bierce, famoso pela defesa do
agnosticismo.

---

decidir
(*decide*), v.t.d.

Sucumbir à preponderância de
um grupo de influências em vez
de sucumbir a outro.

Ao desprender-se de seu galho, disse
a folha:
"Eu vou cair ali no chão, é a minha
escolha".

O vento oeste lhe mudou
a direção.
"O leste", disse, "é minha
nova decisão".

O vento leste então ficou muito
mais forte.
"Um novo rumo. Isso é sábio.
Quanta sorte."

Vê-se um empate em seguida num
momento
Entre os dois ventos. "Suspendi meu
julgamento."

Porém o vento logo cessa. Bem
contente,
A folha disse: "Decidi cair.
Em frente!".

"Já sei: melhor o que pensei lá por
primeiro?"
Amigo, não. Perdeste o ponto por
inteiro.

Independente do que escolhas, meu
irmão,
Dificilmente pesa nisso a tua mão.

— G.J.

---

degenerado
(*degenerate*), adj.

Aquele que é visto como menos
admirável do que seus antepassados. Os contemporâneos de
Homero eram exemplos impressionantes de degeneração; eram
necessários dez deles para levantar
uma rocha ou para fazer uma
rebelião quando um dos heróis da
guerra de Troia teria feito o mesmo
com facilidade. Homero nunca se
cansa de escarnecer de "homens
que vivem nesses tempos degene-
rados", o que talvez tenha sido o
motivo de eles deixarem que ele
mendigasse seu pão – um exemplo

notável de pagar o mal com o bem, pois, se o tivessem proibido, ele certamente teria morrido de fome.

D

degradação
(*degradation*), s.f.

Uma das etapas do progresso moral e social que leva da vida privada à nomeação política.

déjeuner
(*déjeuner*), s.m.

O café da manhã de um americano que esteve em Paris. Pronuncia-se de diversas maneiras.

dela
(*hers*), pron.

Dele.

delegação
(*delegation*), s.f.

Na política americana, uma mercadoria que vem em grupos.

deliberação
(*deliberation*), s.f.

O ato de examinar o pão para determinar de qual lado se passou manteiga.

delírio
(*delusion*), s.m.

O pai de uma família muito respeitável, que inclui Entusiasmo, Afeto, Abnegação, Fé, Esperança, Caridade e muitos outros admiráveis filhos e filhas.

Meu caro Delírio, de nós não esqueças,
Sem ti este mundo estaria
às avessas;
Com vestes vistosas e limpas o Vício
Daria à Virtude ar de bem tosco ofício.

— Mumfrey Mappel

dentista
(*dentist*), s.2g.

Um prestidigitador que, colocando metal em tua boca, tira moedas do teu bolso.

deplorável
(*pitiful*), adj.

Estado de um inimigo ou oponente após encontro imaginário com a pessoa.

depravado
(*debauchee*), s.m.

Aquele que perseguiu com tanto empenho o prazer que acabou tendo a infelicidade de obtê-lo.

deputado
(*representative*), s.m.

Na política nacional, um membro da Câmara Baixa neste mundo, sem esperança visível de promoção no outro.

descansar
(*repose*), v.i.

Parar de perturbar.

desculpar
(*apologize*), v.t. e pron.

Criar as condições para uma futura ofensa.

desertar
(*flop*), v.i.

Mudar subitamente de opinião e passar para o outro lado. A mais notável deserção já registrada foi a de Saulo de Tarso, que tem sido severamente criticado como vira-casaca por alguns de nossos jornais mais inflamados.

desiludir
(*disabuse*), v.t.

Presentear o próximo com um erro diferente e melhor do que aquele ao qual ele tinha considerado vantajoso aderir.

desobedecer
(*disobey*), v.i.

Celebrar com cerimônia adequada a maturidade de uma ordem.

O seu direito de me governar é claro.
E desobedecer é meu dever, declaro.
Se eu jamais falhar com esse compromisso,
Tenhamos, eu e o dever, um fim: sumiço.

— Israfel Brown

desobediência
(*disobedience*), s.f.

O lado positivo da servidão.

desprezo
(*contempt*), s.m.

O sentimento que um homem prudente tem por um inimigo que é perigoso demais para ser enfrentado sem riscos.

destino
(*destiny*), s.m.

A autoridade que um tirano tem para cometer crimes e a desculpa de um tolo para o fracasso.

dever
(*duty*), s.m.

Aquilo que nos impele firmemente em direção ao lucro, seguindo o caminho do desejo.

O sr. Vinhoporto rosnou para a corte:
O patrão lhe beijou a fiel companheira.
Furioso pediu que lhe dessem a morte.
O dever foi mais forte e aceitou a carteira,
E a algibeira.

— G.J.

dever
(*owe*), v.t.

Ter (e manter) uma dívida. Antigamente a palavra significava não a dívida, mas a posse; significava "deter", e na cabeça dos devedores ainda há grande confusão entre créditos e débitos.

dia
(*day*), s.m.

Período de 24 horas, muitas vezes desperdiçado. Esse período é dividido em duas partes: o dia propriamente dito e a noite, ou dia impropriamente dito – o primeiro é dedicado aos pecados dos negócios e o segundo, ao outro tipo. Esses dois tipos de atividade social se sobrepõem.

diafragma
(*diaphragm*), s.m.

Partição muscular que separa as doenças do tórax das doenças intestinais.

diagnóstico
(*diagnosis*), s.m.

A previsão que um médico faz para a doença do paciente de acordo com seu pulso e seu bolso.

diamante
(*adamant*), s.m.

Mineral frequentemente encontrado debaixo de um espartilho. Solúvel em solicitato de ouro.

diário
(*diary*), s.m.

Registro diário daquela parte da vida da pessoa com que ela pode se relacionar sem corar.

Mantinha Hearst* um diário onde escrevia
O que pensava, cheio de sabedoria.
Quando morreu, lhe disse o anjo cartorário:
"O que anotei eu já rasguei. Por seu diário
Eu vou julgá-lo". Riu-se Hearst por inteiro.

"Mas isso é bom. Vais ver que sou
santo primeiro." –
E lhe entregou, tirando lá de um bolso
interno,
Com muito orgulho, o celebérrimo
caderno.
Folheava o anjo lentamente aquilo e
então
Toda tolice viu que era de segunda
mão,
A cada riso se seguia um ar sombrio,
A inteligência era alheia e o tom,
vazio;
Depois fechou e devolveu o
tal livrinho,
"Pois olha, amigo, desviaste do
caminho:
O além jamais teria como te alegrar –
No céu ideias grandiosas não têm lar,
E todo júbilo no inferno já se encerra",
Falou chutando o velho homem para a
Terra.

— O filósofo louco

*   William Randolph Hearst
(1863-1951), empresário, magnata
e dono de jornais americano,
patrão de Bierce de 1887 a 1909.

dicionário
(*dictionary*), s.m.

Maligno instrumento literário
para limitar o crescimento de um
idioma e torná-lo duro e inelástico.
O dicionário, contudo, é uma obra
muito útil.

difamar
(*asperse*), v.t.

Imputar maliciosamente a
outrem as más ações que o
acusador não foi tentado a
cometer ou não cometeu por falta
de oportunidade.

difamar
(*defame*), v.t.

Mentir sobre outrem. Falar a
verdade sobre outrem.

diferente
(*otherwise*), adj.

Indiferente.

digestão
(*digestion*), s.f.

A conversão de víveres em
virtudes. Quando o processo é
imperfeito, no entanto, o
resultado são vícios – uma
circunstância que levou aquele
escritor cruel, dr. Jeremiah Blenn,
à conclusão de que as mulheres
são as que mais sofrem de
dispepsia.

dilúvio
(*deluge*), s.m.

Um primeiro experimento notável de batismo que varreu os pecados (e os pecadores) do mundo.

dinheiro
(*money*), s.m.

Uma bênção que não nos traz vantagens exceto quando nos separamos dele. Um indício de cultura e um passaporte para a sociedade educada. Propriedade tolerável.

dinotério
(*deinotherium*), s.m.

Extinto paquiderme que floresceu quando o pterodáctilo estava na moda. Este último era nativo da Irlanda, e seu nome se pronuncia Terry Dactyl ou Peter O'Dactyl, dependendo de quem pronuncia ter tido a oportunidade de ouvir o nome falado ou de tê-lo visto impresso.

diplomacia
(*diplomacy*), s.f.

A patriótica arte de mentir pelo seu país.

direito
(*right*), s.m.

Autoridade legítima para ser, fazer ou ter: como o direito de ser rei, o direito de fazer mal ao próximo, o direito de ter sarampo e assim por diante. O primeiro desses direitos, segundo se acreditou em certa época, derivava diretamente da vontade de Deus; e às vezes ainda se afirma isso *in partibus infidelium* fora dos domínios esclarecidos da democracia; como mostram os conhecidos versos de *sir* Abdenego Bink, que se seguem:

Com que direito nos governa
a realeza?
Quem dá aval a essa tal soberania?
Só um teimoso como a mula, com
certeza,
Sem a vontade do Senhor se manteria
Por um segundo em seu bom trono ou
na cadeira
De presidente sem levar uma rasteira.

Pois o direito, como for, é sim divino;
O que acontece Deus o quer, em terra
ou mar.
Pois pavoroso nos seria se o desígnio
Pudesse um tolo ou um patife
superar!
Senão meu Deus (e por dizer peço
clemência)
Ele seria réu confesso em negligência.

discriminar
(*discriminate*), v.t.

Perceber os detalhes em que uma
pessoa ou coisa é, se possível,
mais censurável do que outra.

discussão
(*discussion*), s.f.

Método de tornar os outros mais
convictos de seus erros.

disparates
(*nonsense*), s.m.pl.

As objeções levantadas contra
este excelente dicionário.

dissimular
(*dissemble*), v.i.

Vestir uma camisa limpa por cima
do caráter.

Dissimulemos.

— Adão

distância
(*distance*), s.f.

A única coisa que os ricos querem
que os pobres tenham e
continuem tendo.

distinto
(*genteel*), adj.

Refinado, aos modos de um
cavalheiro.

A diferença, filho, observa
com cuidado:
Suave é o cavalheiro; o nobre
é refinado.
Esqueça os léxicos que digam
o contrário,
Pois são os nobres que escrevem
dicionários.

— G.J.

ditador
(*dictator*), s.m.

O chefe de uma nação que prefere
a pestilência do despotismo à
praga da anarquia.

dívida
(*debt*), s.f.

Engenhoso substituto para as
correntes e o chicote do feitor.

Assim como o peixinho que no
aquário nada
Em busca da saída tanto desejada
E vai até o vidro transparente à volta
Sem ver que é uma prisão e que jamais
o solta;
Também o endividado pobre sofre e
sente

A grade que lhe prende sem que a veja em frente,
A dívida lamenta e bola o seu sumiço.
Conclui que era melhor ter pago o compromisso.

— Barlow S. Vode

donzela
(*maiden*), s.f.

Pessoa jovem do sexo injusto viciada em conduta imprevisível e com opiniões que induzem ao crime. O gênero tem vasta distribuição geográfica, podendo ser encontrado onde quer que se procure e deplorado onde quer que se ache. A donzela não é totalmente desagradável aos olhos nem insuportável para o ouvido (tirando o piano e as opiniões), embora sua beleza seja manifestamente inferior à do arco-íris e, no que se refere à parte audível, seja batida pelo canário – que, além disso, é mais portátil.

Por não correspondida,
uma donzela
Cantou esta canção tão bela;
"Ó jovem, que no esporte
vai surgindo
E com um músculo tão lindo!
Será o capitão
Não é ilusão!

Seu rosto tem luz de menino,
Um rei por direito divino.
E quem vai estar lá? Eu não!"

— Opoline Jones

dor
(*pain*), s.f.

Estado de espírito desconfortável que pode ter origem física em algo que está sendo feito ao corpo, ou que pode ser puramente mental, causada pela boa fortuna de outrem.

dragão
(*dragoon*), s.m.

Soldado que combina ímpeto e segurança em porções de tal maneira iguais que faz seus avanços a pé e suas retiradas a cavalo.

dragona
(*epaulet*), s.f.

Emblema ornamental que serve para distinguir um oficial militar do inimigo – ou seja, do oficial de patente mais baixa para quem sua morte representaria uma promoção.

dramaturgo

(*dramatist*), s.m.

Aquele que adapta peças do francês.

druidas

(*druids*), s.m.pl.

Sacerdotes e ministros de antiga religião celta que não se furtavam a empregar o humilde fascínio do sacrifício humano. Sabe-se muito pouco sobre os druidas e sua fé. Plínio diz que a religião deles, tendo se originado na Bretanha, espraiou-se a leste até a Pérsia. César diz que aqueles que desejavam estudar seus mistérios iam à Bretanha. O próprio César foi à Bretanha, mas não parece ter conseguido nenhuma nomeação de vulto na Igreja Druidística, embora seu talento para o sacrifício humano fosse considerável.

Os druidas realizavam seus ritos religiosos em bosques e nada sabiam sobre hipotecas de igrejas ou o sistema de venda de ingressos para a temporada nos bancos da igreja. Eram, em resumo, pagãos e – como certa vez foram catalogados de maneira complacente por um distinto prelado da Igreja Anglicana – dissidentes.

duas vezes

(*twice*), loc. adv.

Uma vez a mais do que devia.

D

duelo

(*duel*), s.m.

Cerimônia formal preliminar de reconciliação de dois inimigos. É necessário que haja grande habilidade para que se realize de maneira satisfatória; se realizada de maneira desajeitada, pode trazer as consequências mais inesperadas e indesejáveis. Muito tempo atrás um homem perdeu a vida em um duelo.

O duelar é vício nobre e elegante;
E bem queria ter nascido em um lugar
Onde pudesse eu exercê-lo
sem pesar –
Algum país onde se achasse relaxante
O seu rival partir ao meio
num instante,
Cortar um pai como batata, sem piscar,
Ou com um tiro seco pôr
fora do ar
Um devedor, e pôr no gelo
o arrogante.
Há uns patifes que desejo
ver no chão,
Matar a bala, ou co'uma faca, ou de
outro jeito
Que lhes fizesse melhorar
suas maneiras,
Parece até que os vejo vindo
em multidão.

Vieram só desafiar-me, é o
que eu suspeito,
Marchando alegres com trombetas e
bandeiras!

— Xamba Q. Dar

E

economia
(*economy*), s.f.

Comprar o barril de uísque de que você não precisa pelo preço da vaca que você não tem como pagar.

editor
(*editor*), s.m.

Pessoa que combina as funções judiciais de Minos, Radamanto e Éaco, mas que pode ser aplacada com um óbolo; um censor inflexivelmente virtuoso, mas ao mesmo tempo tão caridoso que tolera as virtudes alheias e os os próprios vícios; que lança a seu redor as fagulhas relampejantes e os firmes trovões da reprimenda a ponto de parecer um monte de fogos de artifício falando tudo o que quer de maneira petulante preso ao rabo de um cachorro; depois imediatamente murmura uma doce melodia, suave como o arrulho de um asno entoando sua oração para a estrela Vésper. Mestre dos mistérios e senhor da lei, posto nas alturas do trono do pensamento, seu rosto impregnado dos esplendores opacos da transfiguração, suas pernas entrelaçadas e a língua para fora, o editor derrama sua vontade pelo jornal e a corta de modo a caber no espaço. E a intervalos ouve-se vinda de trás do véu do templo a voz do feitor exigindo dez centímetros de sabedoria e seis linhas de meditação religiosa, ou determinando que ele pare com a sabedoria e escreva algo de "interesse humano".

Eis que o Senhor da Lei no Trono da Razão
É um impostor dourado.
As vestes são farrapos e panos de chão,
A coroa é latão
Ele próprio um anão
E seu poder é só nonsense vão e inflado.
Ó rabugento de linguagem babujante
Tinteiro tonto que é, grão-rei
Raciocinante.
A opinião pública é tua velha claque.
Bem sei que o ataque (só de araque) é
pelo saque.
Afetado,
Grosseiro,
Odiado,
Embusteiro,
Contemporâneo respeitado!

— J.H. Bumbleshook

educação
(*education*), s.f.

Aquilo que se expõe ao sábio e disfarça para o tolo a sua falta de compreensão.

efeito
(*effect*), s.m.

O segundo de dois fenômenos que sempre ocorrem juntos na mesma ordem. Diz-se que o primeiro, chamado de causa, gera o outro – o que não é mais sensato do que seria alguém que nunca viu um cachorro, exceto durante uma caça a um coelho, declarar que o coelho é a causa do cachorro.

egoísta
(*selfish*), adj.

Desprovido de consideração pelo egoísmo alheio.

egotista
(*egotist*), s.2g.

Pessoa de mau gosto, mais interessada nela mesma do que em mim.

Megalocefo, eleito em seu estado
Partiu então para ser deputado.
No Capitólio um dia então assoma
Levando à mão o seu novo diploma.

Disse o sarcástico recepcionista
Ao ver o eminente egotista:
"Senhor, vá embora, a pauta está lotada:
Questões as mais difíceis e intrincadas.
E não podemos ter lá no plenário
Alguém que a todo assunto, por mais vário,

Só diga inflando sempre o nobre peito:
'A essa pergunta também digo: Aceito'".

ejeção
(*ejection*), s.f.

Remédio aprovado para a doença da tagarelice. Também é muito usada em casos de extrema pobreza.

elegia
(*elegy*), s.f.

Composição em versos na qual, sem empregar quaisquer dos métodos do humor, o autor tenta produzir na mente do leitor a mais desanimada melancolia. O mais famoso exemplo começa mais ou menos assim:

O cão já prenuncia o fim da tarde fria,
O gado em vão vadia pela pradaria,
Arrasta-se o pastor olhando o sol se pôr,
E eu fico aqui tão só, cantando em tom menor.

eleitor
(*elector*), s.m.

Aquele que goza do sagrado privilégio de votar na pessoa que outra pessoa escolheu para ele.

eletricidade
(*electricity*), s.f.

A força que causa todos os fenômenos naturais cuja causa sabe-se não ser outra. É o mesmo que relâmpago e sua famosa tentativa de acertar o dr. Franklin é um dos incidentes mais pitorescos na grande e boa vida daquele homem. A memória do dr. Franklin é com justiça reverenciada, especialmente na França, onde uma efígie em cera dele foi recentemente exposta, com o seguinte relato tocante de sua vida e dos serviços que prestou à ciência:

"Monsieur Franqulin, inventor da eletricidade. Esse ilustre sábio, depois de ter realizado muitas viagens em torno do mundo, morreu nas ilhas Sandwich e foi devorado por selvagens, sem que se tenha jamais recuperado um único fragmento de seu corpo".

A eletricidade parece destinada a desempenhar um papel muito importante nas artes e na indústria. A questão sobre sua aplicação econômica a alguns propósitos continua sem solução, mas experimentos já provaram que ela servirá melhor à propulsão de um carro de rua do que um jato de gás e fornecerá mais luz do que um cavalo.

elísio
(*elysium*), s.próp.

Lugar imaginário encantador que os antigos tolamente acreditavam ser habitado pelos espíritos do bem. Essa fábula ridícula e enganosa foi varrida da face da Terra pelos primeiros cristãos – que suas almas sejam felizes no paraíso!

elogio
(*commendation*), s.m.

A homenagem que fazemos às conquistas que se parecem com as nossas, sem igualá-las.

eloquência
(*eloquence*), s.f.

A arte de convencer os tolos, por meio da fala, de que o branco é a cor que parece ser. Inclui o dom de fazer com que todas as cores pareçam branco.

emancipação
(*emancipation*), s.f.

A passagem de um servo da tirania de outrem para o próprio despotismo.

Era um escravo; obedecia ao seu senhor;

E sob os ferros era lento o caminhar.
Vem Liberdade e apaga o nome do feitor,
Pressiona mais e põe seu nome no lugar.

— G.J.

embalsamar
(*embalm*), v.t.

Fraudar a vegetação prendendo os gases dos quais ela se alimenta. Ao embalsamarem seus mortos e desse modo prejudicarem o equilíbrio entre a vida animal e a vida vegetal, os egípcios tornaram seu país, anteriormente fértil e populoso, um lugar estéril e incapaz de alimentar qualquer coisa que exceda uma pequena população. O moderno caixão metálico é um passo na mesma direção, e muitos mortos que deveriam hoje estar ornamentando o gramado do vizinho na forma de árvore ou enfeitando sua mesa na forma de rabanetes estão fadados a uma longa inutilidade. Depois de algum tempo tiraremos proveito dele se Deus nos poupar, mas enquanto isso a violeta e a rosa definham ávidas por uma mordida em seu *gluteous maximus*.

embebedar-se
(*tope*), v.t. e pron.

Alcoolizar-se, inebriar-se, libar, beber demais, embriagar-se, virar uma esponja, enxugar. Quando se refere ao indivíduo, embebedar-se é tido como um problema, mas nações que bebem muito estão na linha de frente da civilização e do poder. Quando comparados aos cristãos, que bebem muito, os abstêmios maometanos têm a mesma chance que a grama tem diante da foice. Na Índia, 100 mil britânicos comedores de carne e bebedores de conhaque com soda mantêm submissos 50 milhões de vegetarianos abstêmios da mesma raça ariana. Com que graça e facilidade os americanos adoradores de uísque expulsaram os moderados espanhóis de seus territórios! Desde o tempo em que os bárbaros nórdicos devastaram toda a costa da Europa ocidental e se embebedaram depois de cada porto conquistado, tem sido a mesma coisa: em toda parte vê-se que as nações que bebem demais combatem valorosamente e de maneira não muito honrada. O que faz com que as respeitáveis velhinhas que aboliram o cantil do exército americano possam com justiça se gabar de terem aumentado materialmente o poder militar da nação.

emoção
(*emotion*), s.f.

Doença incapacitante causada por uma determinação que o coração dá à cabeça. Às vezes é acompanhada por uma copiosa descarga de cloreto de sódio hidratado dos olhos.

empalar
(*impale*), v.t.

Em uso popular, perfurar com qualquer arma que permaneça presa à ferida. Isso, no entanto, é impreciso; empalar é, no sentido próprio, matar traspassando uma estaca vertical afiada pelo corpo, estando a vítima em posição sentada. Esse era um modo comum de punição em muitas nações da Antiguidade, e ainda é muito bem visto na China e em outras partes da Ásia. Até o início do século XV era bastante empregada como "penitência" para hereges e cismáticos. Wolecraft denomina a técnica de "banco do arrependimento", e entre os populares era jocosamente conhecida como "cavalgar o cavalo de uma só perna". Ludwig Salman nos diz que no Tibete o empalamento é considerado a punição mais adequada para crimes contra a religião; e, embora na China ela seja concedida às vezes em casos de ofensas seculares, é mais comum que seja determinada em casos de sacrilégio. Para a pessoa que passa pela real experiência do empalamento, deve ser questão de menor importância o tipo de dissidência civil ou religiosa que o levou a conhecer intimamente tais desconfortos; mas ela sem dúvida teria certa satisfação se conseguisse ver a si mesma no papel de galo dos ventos no pináculo da Verdadeira Igreja.

empanturrar-se
(*overeat*), v.t. e pron.

Jantar.

Gastrônomo, salve Apóstolo do Excesso,
Muito comes, e sempre
com sucesso!
Tua invenção, banquetes
não fatais,
Nos pôs acima de outros animais.

— John Boop

empurrar
(*push*), v.t.

Um dos dois fatores principais que levam ao sucesso, especialmente na política. O outro é puxar.

encomiasta
(*encomiast*), s.2g.

Um tipo especial (mas não particular) de mentiroso.

entranhas
(*in'ards*), s.f.pl.

O estômago, o coração, a alma e outras vísceras. Muitos eminentes investigadores não classificam a alma como uma víscera, mas o dr. Gunsaulus, agudo observador e renomada autoridade, está convencido de que esse misterioso órgão conhecido como baço é nada menos do que nossa parte imortal. Pelo contrário, o professor Garrett P. Servis afirma que a alma humana é o prolongamento da medula espinhal que forma a essência da ausência de sua cauda; e como demonstração de sua crença aponta confiante para o fato de que animais com cauda não têm alma. Sobre essas duas teorias, o melhor é suspender o julgamento crendo em ambas.

entretenimento
(*entertainment*), s.m.

Qualquer tipo de diversão cujas incursões não levem à pena de morte.

entusiasmo
(*enthusiasm*), s.m.

Destempero da juventude que pode ser curado com pequenas doses de arrependimento somadas a aplicações de experiência. Byron, que se recuperou por tempo suficiente para denominá-lo "entusiânimo", teve uma recaída que o transportou – para Missolonghi*.

* Local da morte do poeta inglês Lord Byron (1788-1824), que viajou para lá a fim de participar da guerra de independência da Grécia.

envelope
(*envelope*), s.m.

O caixão de um documento; a bainha de uma conta; a casca de uma remessa; a camisola de uma carta de amor.

epicurista
(*epicure*), s.2g.

Um adversário de Epicuro, um filósofo abstêmio que, afirmando ser o prazer o principal objetivo do homem, não perdia tempo com a satisfação dos sentidos.

epigrama
(*epigram*), s.m.

Ditado curto e contundente em prosa ou verso, frequentemente caracterizado pela acidez ou amargura e às vezes pela sabedoria. A seguir vão alguns dos mais notáveis epigramas do erudito e engenhoso dr. Jamrach Holobom:

Conhecemos melhor nossas necessidades do que as alheias. Estar a serviço de si mesmo é uma medida de economia administrativa.

Em cada coração humano há um tigre, um porco, um asno e um rouxinol. A diversidade de caráter se deve a seu nível desigual de atividade.

Há três sexos: machos, fêmeas e garotas.

A beleza nas mulheres e a distinção nos homens são semelhantes nisto: aos distraídos eles parecem ambos um tipo de credibilidade.

Mulheres apaixonadas são menos envergonhadas que homens. Elas têm menos de que se envergonhar.

Enquanto seu amigo estiver afetuosamente segurando suas duas mãos, você estará seguro, pois poderá observar as duas mãos dele.

---

epitáfio
(*epitaph*), s.m.

Inscrição em um túmulo que mostra que virtudes conquistadas na morte têm efeito retroativo. A seguir um exemplo comovente:

Sir Parson Platt viveu e aqui seu corpo jaz;

Foi sábio, humilde, pio, virtuoso e tudo o mais.
Que o seu exemplo nesta vida muito ecoe;
Digamos isso – e Deus então que nos perdoe!

---

eremita
(*hermit*), s.2g.

Pessoa cujos vícios e tolices não são sociáveis.

---

erudição
(*erudition*), s.f.

Poeira sacudida de um livro que cai em um crânio vazio.

Tão plena e ampla era sua erudição,
Sabia a origem e o fim da Criação
E só por acidente veio a ter pesar –
Pensou, o pobrezinho, que era bom roubar.

— Romach Plute

---

escaravelho
(*scarabæus*), s.m.

O besouro sagrado dos antigos egípcios, aparentado a nosso conhecido besouro rola-bosta. Supunha-se que simbolizava a imortalidade, sabe lá por que Deus lhe deu essa santidade peculiar. Seu hábito de incubar os ovos em uma bola de esterco também pode tê-lo feito gozar de prestígio entre os sacerdotes e pode fazer que nós mesmos algum dia lhe prestemos a mesma reverência. Verdade, o besouro americano é inferior, mas o sacerdote americano também o é.

---

escarificação
(*scarification*), s.f.

Forma de penitência praticada pelos religiosos medievais. O rito era desempenhado por vezes com uma faca e por vezes com um ferro, mas sempre, diz Anselmus Asceticus, de maneira aceitável desde que o penitente não se poupasse de dores e desfigurações inofensivas.
A escarificação, junto com outras penitências brutais, hoje cedeu lugar às obras beneficentes. Afirma-se que o financiamento de uma biblioteca ou a doação a uma universidade *causam* ao penitente uma dor mais aguda e mais duradoura do que a provocada pela faca ou pelo ferro e, portanto, é meio mais certo de obter graças. Há, porém, duas graves objeções a esse método penitencial: o bem que ele faz e a mácula à Justiça.

escrituras
(*scriptures*), s.f.pl.

Os livros sagrados de nossa santa religião, em oposição aos escritos falsos e profanos em que se baseiam todas as outras religiões.

E

---

escrivinhador
(*scribbler*), s.m.

Escritor profissional cujos pontos de vista se opõem aos seus.

---

esotérico
(*esoteric*), adj.

Especialmente obscuro e consumadamente oculto. As filosofias antigas eram de dois tipos – *exotéricas*, aquelas que os próprios filósofos podiam compreender parcialmente, e *esotéricas*, aquelas que ninguém conseguia entender. Foram estas que afetaram de maneira mais profunda o pensamento moderno e encontraram maior aceitação em nossa época.

---

espelho
(*looking-glass*), s.m.

Superfície vítrea na qual se exibe efêmera cena para desilusão do homem.

O rei da Manchúria tinha um espelho mágico, e quem quer que olhasse para ele via não a própria imagem, mas a do rei. Um cortesão que havia muito desfrutava dos favores reais, e assim enriquecera mais do que qualquer outro súdito do país, disse ao rei: "Dai-me, peço, vosso espelho maravilhoso, para que quando eu estiver distante de vossa augusta presença ainda possa prestar homenagem diante dessa sombra visível, prostrando-me noite e dia na glória de vosso benévolo semblante, cujo esplendor divino ninguém pode igualar, Ó Sol do Meio-Dia do Universo!".

Agradando-se da fala, o rei determinou que o espelho fosse levado ao palácio do cortesão; mas depois, indo até lá sem aviso, encontrou-o em um apartamento onde nada havia além de cacarecos sem valor. E a peça estava encoberta com poeira e ornamentada com teias de aranha. Isso o enraiveceu de tal modo que ele bateu forte com o punho, estilhaçando o espelho, e se feriu gravemente. Enfurecido ainda mais por esse infortúnio, determinou que o cortesão ingrato fosse posto na prisão; e isso foi feito. Mas, quando o rei olhou novamente para o espelho, não viu sua imagem como antes, e sim apenas a imagem de um asno coroado, tendo uma bandagem ensanguentada em um dos cascos traseiros – do mesmo modo como os artífices e todos que haviam olhado para ele antes tinham visto, mas temiam dizer. Tendo aprendido sabedoria e caridade, o rei devolveu o cortesão à liberdade, fez com que se pusesse o espelho atrás do trono e reinou por muitos anos com justiça e humildade; e um dia, quando caiu no sono da morte estando no trono, toda a corte viu no espelho a imagem luminosa de um anjo, que lá permanece até hoje.

---

esperança
(*hope*), s.f.

Desejo e expectativa embrulhados juntos.

Salve esperança! Quando nada resta a alguém –
Sem sorte, amigos, e também sem um vintém;
Abandonado pelo cão, que era fiel,
E quando a cabra já lhe come o seu chapéu
Sobre a cabeça, vós surgis toda brilhante,
Com o fulgor de um belo anjo no semblante,
E lá dos céus trazeis a nós cá neste inferno
Vossa promessa de um carguinho no governo.

— Fogarty Weffing

espirituosidade
(*wit*), s.f.

O sal com que o humorista americano estraga seu alimento intelectual ao deixar de usá-lo.

esposa
(*helpmate*), s.f.

A cônjuge, ou amarga metade.

"Por que tua esposa é chamada parceira?",
Pergunta o vigário. "Pois desde o noivado
Não vi ajudar, nem de forma ligeira,
Até porque não fazes nada."
"Verdade", diz Patrick, "e bem verdadeira".
E não se percebe nenhuma contrição;
"Mas, bem, olhe, é um fato que
ela é parceira
Na hora de gastar tostão."

— Marley Wottel

esquecimento
(*forgetfulness*), s.m.

Dom de Deus concedido aos médicos como compensação por eles serem destituídos de consciência.

esquecimento
(*oblivion*), s.m.

Estado ou condição em que os maus param de se esforçar e os melancólicos ficam em paz. Eterno depósito de lixo da fama. Geladeira de grandes esperanças. Lugar onde autores ambiciosos encontram suas obras sem orgulho e os que os superam, sem inveja. Dormitório sem despertador.

estória
(*story*), s.f.

Narrativa costumeiramente mentirosa. A verdade das histórias que se seguem, porém, não foi contestada com sucesso.

Certa noite o sr. Rudolph Block*, de Nova York, viu-se sentado, durante um jantar, ao lado do sr. Percival Pollard, o célebre crítico.
"Sr. Pollard", ele disse, "meu livro, *A biografia de uma vaca morta*, foi publicado anonima-mente, mas dificilmente o senhor desconhece sua autoria. No entanto, ao resenhá-lo o senhor fala dele como sendo a obra do Idiota do Século. O senhor considera que essa é uma crítica justa?".
"Lamento muito, senhor", respondeu o crítico de maneira amigável, "mas não me ocorreu que o senhor realmente não

queria que o público soubesse quem o escreveu".

O sr. W.C. Morrow*, que morava em San Jose, na Califórnia, estava viciado em escrever histórias de fantasmas que faziam o leitor sentir como se um rio de lagartas recém-saídas do gelo estivesse correndo por suas costas e escondendo-se em seus cabelos. Naquela época, acreditava-se que San Jose era assombrada pelo espírito visível de um famoso bandido chamado Vasquez, que tinha sido enforcado lá. A cidade não era muito bem iluminada, e não é exagero dizer que em San Jose tinha-se medo de sair à noite. Numa noite particularmente escura, dois cavalheiros estavam fora de casa num dos lugares mais ermos dentro dos limites da cidade, falando alto para manter viva sua coragem, quando esbarraram no sr. J.J. Owen, um conhecido jornalista.

"Ora, Owen", disse um deles, "o que o traz aqui em uma noite como esta? Você me disse que este é um dos lugares que Vasquez mais gosta de assombrar! E você é um dos que acreditam nisso. Você não tem medo de estar fora de casa?".

"Caro amigo", o jornalista respondeu com uma sombria cadência outonal em sua fala, semelhante ao gemido de um vento que carrega folhas. "Tenho medo é de ficar em casa. Estou com uma das histórias de Will

Morrow no meu bolso e não me arrisco a ir a um lugar em que haja luz suficiente para lê-la."

O contra-almirante Schley* e o deputado Charles F. Joy estavam de pé perto do Monumento à Paz, em Washington, discutindo a questão "O sucesso é um fracasso?". O sr. Joy repentinamente parou no meio de uma frase eloquente, exclamando: "Ei! Eu já ouvi esta banda antes. É de Santlemann, eu acho".

"Não ouço banda alguma", disse Schley.

"Veja só, eu também não", disse Joy; "mas eu vejo o general Miles vindo pela avenida, e aquele fausto sempre me dá a ideia de uma banda de música. É preciso investigar as nossas impressões bem de perto, ou acabamos confundindo sua origem".

Enquanto o almirante digeria essa rápida refeição de filosofia, o general Miles passou em revista, um espetáculo de dignidade impressionante. Quando a procissão terminou e os dois observadores tinham se recuperado da cegueira temporária causada pelo seu esplendor –

"Ele parece estar se divertindo", disse o almirante.

"Não há nada", concordou Joy, pensativo, "que o divirta tanto".

O ilustre estadista Champ Clark morou certo tempo a 1 quilômetro da vila de Jebigue, no Missouri. Certo dia, ele foi para a cidade em sua mula predileta. Amarrou o animal no lado ensolarado de uma rua, em frente a um *saloon*, e entrou, na sua condição de abstêmio, para mostrar ao garçom que o vinho é gozador. Era um dia terrivelmente quente. Logo um vizinho entrou e, ao ver Clark, disse:

"Champ, não está certo deixar aquela mula ali no sol. Ela vai torrar, decerto! – já estava fumegando quando passei".

"Ah, ela está bem", disse Clark despreocupadamente. "É uma fumante inveterada."

O vizinho pegou uma limonada, mas sacudiu a cabeça e repetiu que aquilo não estava certo.

Ele fazia parte de uma conspiração. Ocorrera um incêndio na noite anterior: um estábulo ali na esquina queimara e vários cavalos chegaram à imortalidade, entre eles um jovem potro, que assou até ficar marrom acastanhado. Uns meninos soltaram a mula do sr. Clark e a substituíram pela parte mortal do potro. Logo outro homem entrou no *saloon*.

"Pelo amor de Deus!", ele disse, "tire aquela mula dali, garçom: já está cheirando".

"Sim", interveio Clark, "aquele animal tem o melhor faro do Missouri. Mas se nem ela se importa, você não devia se importar".

Seguindo o curso dos acontecimentos, o sr. Clark saiu por fim do *saloon*, e lá fora, aparentemente,

estava deitado o cadáver magro e incinerado de sua besta de carga. Os garotos não tiraram sarro do sr. Clark, que olhou para o corpo e, com a expressão reservada a que ele deve em tão grande medida sua posição política, foi embora. Mas, mais tarde naquela noite, andando para casa, ele viu sua mula parada, em silêncio e solene, à beira da rua na neblina, à luz do luar. Dizendo com ênfase incomum o nome de Helen Blazes, o sr. Clark deu meia-volta e, com uma energia jamais vista, fez o caminho até a cidade, onde passou a noite.

O general H.H. Wotherspoon, presidente da Escola de Guerra do Exército, tem um babuíno de estimação, um animal de inteligência rara, mas de uma beleza imperfeita. Voltando a seu apartamento uma noite, o general foi surpreendido e ficou magoado ao encontrar Adão (pois esse é o nome da criatura, já que o general é um darwinista) esperando-o acordado e usando a melhor casaca de uniforme do seu dono, com dragonas e tudo.

"Meu perturbado remoto ancestral", rosnou o grande estrategista, "o que você pretende estando fora da cama a esta hora? – e com a minha casaca!".

Adão se levantou e, com um olhar de reprovação, ficou em quatro apoios à maneira de sua espécie. Arrastando-se pela sala até uma mesa, voltou com um cartão de visitas: o general Barry tinha feito uma visita e, a julgar por uma garrafa de champanhe vazia e por vários tocos de charutos, tinha sido recebido com hospitalidade enquanto esperava. O general pediu desculpas a seu fiel progenitor e foi dormir. No outro dia, encontrou o general Barry, que disse:

"Spoon, meu velho, ao ir embora ontem à noite esqueci de perguntar pra você sobre aqueles charutos, que eram excelentes. Onde é que você comprou?".

O general Whoterspoon não se dignou a responder, só se afastou.

"Desculpe, por favor", disse Barry, indo atrás dele: "É claro que eu estava brincando. Ora, eu soube que não era você não fazia nem quinze minutos que eu estava no apartamento".

* Rudolph Block (1870-1940), jornalista e contista que também assinava com o pseudônimo de Bruno Lessing.
* W.C. Morrow (1854-1923), escritor americano amigo de Bierce.
* O contra-almirante Winfield Scott Schley (1839-1911) foi responsável por uma manobra controvertida na Batalha de Santiago de Cuba (1898), e por muito tempo se discutiu se ele teria vencido ou não. Bierce considerava que não e o provocava constantemente.

estrada
(*road*), s.f.

Faixa de terra pela qual se pode passar de um lugar onde é exaustivo ficar para outro aonde é inútil ir.

Se toda estrada leva a Roma no final,
Alguma volta à minha casa, menos mal.

— Borey, o Calvo

estrada de ferro
(*railroad*), s.f.

O principal instrumento mecânico que nos permite sair de onde estamos e ir para um lugar onde não estamos em melhor situação. Para esse objetivo, a estrada de ferro é tida em alta estima pelo otimista, pois permite que ele faça o caminho com grande rapidez.

estrangeiro
(*alien*), s.m.

Um soberano americano em seu estágio probatório.

estúpido
(*dullard*), s.m.

Membro da dinastia reinante nas letras e na vida. Os estúpidos surgiram com Adão e, sendo tanto numerosos quanto robustos, espraiaram-se pelo mundo habitável. O segredo de sua força é sua insensibilidade aos golpes; faça-lhe cócegas com um porrete e ele rirá, soltando uma platitude. Os estúpidos vêm originalmente da Beócia, de onde saíram expulsos pela fome, já que sua estultice arruinara as colheitas. Por alguns séculos infestaram a Filístia, e muitos deles ainda hoje são chamados filisteus. Nos tempos turbulentos das Cruzadas, eles se retiraram e a partir daí se espalharam gradualmente pela Europa, ocupando a maior parte dos altos postos na política, na arte, na literatura, na ciência e na teologia. Depois de um destacamento dos Estultos ter partido com os peregrinos no *Mayflower* e feito um relato favorável do país, seu número aumentou rapidamente e de maneira contínua tanto por nascimento e imigração quanto por conversão. De acordo com as estatísticas mais confiáveis, o número de estúpidos adultos nos Estados Unidos é de pouco menos de 30 milhões, já incluídos os estatísticos. O centro intelectual da raça está em algum lugar perto de Peoria, Illinois, mas o estúpido da Nova Inglaterra é o mais escandalosamente moral.

etnologia
(*ethnology*), s.f.

Ciência que trata das várias tribos do homem, como os assaltantes, os ladrões, os vigaristas, os tolos, os lunáticos, os idiotas e os etnólogos.

eu
(*I*), pron.

"Eu" é a primeira palavra do idioma, o primeiro pensamento da mente, o primeiro objeto de afeto. Na gramática, é um pronome da primeira pessoa e singular em número. Diz-se que seu plural seria "nós", mas, como pode haver mais de um "eu", dificilmente será mais claro para os gramáticos do que o é para o autor deste incomparável dicionário. Conceber dois eus é difícil, mas bom. O uso franco mas gracioso do "eu" distingue um bom de um mau escritor; este último o carrega à maneira de um ladrão tentando esconder seu butim.

eucaristia
(*eucharist*), s.f.

Banquete sagrado da seita religiosa dos teófagos. Certa vez eclodiu uma infeliz disputa entre os membros dessa seita sobre o que era aquilo que eles comiam. Nessa controvérsia, cerca de

500 mil já foram assassinados, e a questão continua sem solução.

eulogia
(eulogy), s.f.

Elogio de uma pessoa que ou goza das vantagens da riqueza e do poder ou tem a consideração de estar morta.

evangelista
(evangelist), s.2g.

Portador de boas-novas, especialmente (no sentido religioso) daquelas que garantem nossa salvação e a perdição de nosso próximo.

exceção
(exception), s.f.

Algo que toma a liberdade de ser diferente das outras coisas da mesma classe, como um homem honesto, uma mulher confiável etc. "A exceção confirma a regra" é uma expressão que está constantemente nos lábios do ignorante, que a papagueia depois de ouvi-la de outrem sem nunca pensar em seu absurdo. No latim, *"Exceptio probat regulam"* significa que a exceção *testa* a regra, põe-na à prova, não que a *confirma*. O malfeitor que retirou o significado

desse excelente dito e o substituiu por um da própria lavra que lhe é contrário exerceu um poder maligno que parece ser imortal.

excentricidade
(eccentricity), s.f.

Método de distinção tão barato que os tolos o empregam para acentuar sua incapacidade.

excesso
(excess), s.m.

Na moral, uma indulgência que, por meio das punições apropriadas, faz valer a lei da moderação.

Saúdo-te, Excesso – o do vinho ainda mais.
A ti prostrar-se faço em plena adoração
Qualquer apóstolo abstêmio em pregação –
O meu estômago é teu templo mais vivaz.

Nenhuma norma nem apelos à razão
Podiam ter um tal poder persuasivo
Em mim como esse toque teu, exato e vivo,
Que dessa testa desce e passa ao coração.

A teu comando eu deixo a taça do prazer,
E a uva quente não me aquece o pensamento.

Quando no banco dos contritos eu me sento

Sou um converso, pois não posso mais me erguer.
Ingrato aquele que depois vem a deixar
De sacrifícios pôr-te novos neste altar!

---

excomunhão
(*excommunication*), s.f.

Esta palavra "excomunhão"
é bem presente
No bom discurso eclesiástico vigente;
É o veredicto, com o sino,
a vela e a prosa
Do pecador de opinião escandalosa –
Um rito que a Satanás dá-o em regalo
E que proíbe a Cristo de
tentar salvá-lo.

— Gat Huckle

---

executivo
(*executive*), s.m.

Autoridade do governo cujo dever é fazer valer as vontades do Poder Legislativo até o momento que o poder judiciário tenha o prazer de declará-las inválidas e sem efeito. A seguir vai um excerto de um antigo livro intitulado *O atônito selenita* – Pfeiffer & Co., Boston, 1803.

SELENITA: Então, quando o seu Congresso aprova uma lei, ela vai direto para a Suprema Corte para que se possa saber imediatamente se ela é constitucional?

TERRÁQUEO: Ah, não; talvez não seja necessária a aprovação da Suprema Corte até que ela tenha sido aplicada por muitos anos, quando alguém vier a objetar que ela atue sobre ele – digo, sobre seu cliente. O presidente, se ele a aprova, passa a executá-la imediatamente.

SELENITA: Ah, o Poder Executivo é uma parte do Legislativo. Os seus policiais também precisam aprovar os regulamentos locais que devem aplicar?

TERRÁQUEO: Ainda não – pelo menos não em sua função de agentes da lei. Grosso modo, porém, todas as leis exigem a aprovação daqueles cujos atos ela pretende restringir.

SELENITA: Entendo. A sentença de morte só passa a valer depois de assinada pelo assassino.

TERRÁQUEO: Meu amigo, você exagera nas tintas; não somos tão coerentes assim.

SELENITA: Mas este sistema de manter uma máquina judicial cara para aprovar a validade de leis só depois de elas estarem sendo executadas há muito tempo e só quando levadas ao tribunal por algum cidadão particular – isso não causa uma tremenda confusão?

TERRÁQUEO: Causa.

SELENITA: Então por que as suas leis, antes de serem executadas, não poderiam ser validadas, não pela assinatura de seu presidente, mas pela do presidente da Suprema Corte?

TERRÁQUEO: Não há nenhum precedente para que se aja assim.

SELENITA: Precedente. O que é isso?
TERRÁQUEO: Isso foi definido por quinhentos advogados em três volumes cada. Então como é que alguém pode saber?

E

exilado
(*exile*), s.m.

Aquele que serve ao seu país por viver longe dele, sem ser um embaixador.

Questionado se havia lido *The Exile of Erin* [O exílio da Irlanda], um capitão do mar respondeu: "Não, senhor, mas gostaria de ancorar lá". Anos mais tarde, quando foi enforcado como pirata depois de uma carreira de atrocidades sem paralelo, o seguinte memorando foi encontrado no diário de bordo que ele manteve à época de sua resposta:

3 ago. 1842. Fiz uma piada sobre a antiga ilha da Irlanda. Recebida friamente. Guerra ao mundo inteiro!

existência
(*existence*), s.f.

Um sonho incrível, pavoroso e passageiro,
Só há aparências, mas não há nada verdadeiro:

E quando a morte tão gentil no ombro bate
Nós acordamos e gritamos:
"Disparate!".

exortar
(*exhort*), v.t.

Em assuntos religiosos, colocar a consciência alheia em um espeto e assar até deixá-la com um desconforto acastanhado.

experiência
(*experience*), s.f.

A sabedoria que nos permite reconhecer como um velho conhecido indesejável a tolice a que em certo momento nos entregamos.

Aquele que viaja em meio à noite e na neblina
E atola em brejo feio em meio à fedentina,
A experiência, como a aurora pós-luar,
Revela a senda que ele tinha de evitar.

— Joel Frad Bink

extinção
(*extinction*), s.f.

A matéria-prima que foi usada pela teologia para criar o Estado futuro.

fada

(*fairy*), s.f.

Uma criatura, de diferentes formas e talentos, que outrora se encontrava nos campos e nas florestas. Tinha hábitos noturnos e era ligeiramente viciada em dançar e raptar crianças. Hoje os naturalistas acreditam que as fadas caminham para a extinção, embora um clérigo da Igreja Anglicana tenha visto três delas perto de Colchester já no avançado ano de 1855, enquanto passava por um parque escuro depois de ter jantado com um senhor feudal. A visão o deixou tremendamente atordoado, e ele ficou tão abalado que seu relato dos fatos era incoerente. No ano de 1807, um grupo de fadas visitou uma floresta perto de Aix e levou embora a filha de um camponês, que tinha sido vista entrando no local com uma trouxa de roupas. O filho de um burguês rico desapareceu mais ou menos na mesma época, mas depois voltou. Ele tinha visto a abdução e saiu em perseguição às fadas. Justinian Gaux, um escritor do século XIV, afirma que o poder de transformação das fadas é tão grande que ele viu uma delas se transformar em dois exércitos adversários e travar uma batalha com grande número de mortes e, no dia seguinte, depois de ter retomado sua forma original e ido embora, havia setecentos corpos do massacre que os aldeões precisaram enterrar. Ele não menciona se algum dos feridos se recuperou. Na época de Henrique III da Inglaterra, uma lei foi aprovada com a previsão de pena de morte para quem "*mattasse, pherysse* ou *ophendesse*" uma fada, e ela foi universalmente respeitada.

---

falar

(*talk*), v.t.

Cometer uma indiscrição sem ser tentado, por causa de um impulso que não tem objetivo.

---

famoso

(*famous*), adj.

Sabidamente miserável.

Ó vós, assados neste ferro, observai,
Queria aquele ser famoso. Está contente?
A chapa agora é toda de ouro, e cada ai,
Espasmo e grito é aplaudido loucamente.

— Hassan Brubuddy

---

fantasma

(*ghost*), s.m.

O sinal exterior e visível de um medo interior.

Viu um fantasma em frente.
Ele ocupava – coisa mais sombria! –
O exato meio de uma longa via.
Se quis fugir, não teve nem escolha:
Um terremoto atingiu o olho
Que viu fantasma em frente.
Tombou e foi direto ao duro chão;
Imóvel lá ficou a má visão.
Estrelas se agitavam em seu rosto
E após os olhos esfregar com gosto
Só viu um poste em frente.

— Jared Macphester

Explicando o comportamento incomum dos fantasmas, Heine menciona a engenhosa teoria de alguém segundo a qual eles têm tanto medo de nós quanto nós deles. Não exatamente, se for julgar pelas tabelas de velocidade comparada que sou capaz de compilar a partir de memórias de minha própria experiência.

Existe um obstáculo insuperável para a crença em fantasmas. Um fantasma nunca aparece nu: ou ele aparece em um lençol que se move ou "em suas vestes, como quando vivia". Acreditar nele então é acreditar que não só os mortos têm o poder de se tornar visíveis depois que já não resta mais nada deles como também que esse mesmo poder é inerente aos tecidos. Supondo que os produtos do tear tenham essa capacidade, qual seria o objetivo deles em exercê-la? E por que não acontece de vez em quando de uma aparição de um conjunto de roupas andar por aí sem um fantasma dentro? Esses são enigmas importantes. Eles calam fundo e se agarram com firmeza nas raízes dessa crença florescente.

F

fantasmeiro
(*spooker*), s.m.

Escritor cuja imaginação se preocupa com fenômenos sobrenaturais, especialmente com os acontecimentos envolvendo fantasmas. Um dos mais ilustres fantasmeiros de nossa época é o sr. William D. Howells, que apresenta um leitor bem credenciado à comitiva de fantasmas mais respeitável e cortês que se poderia desejar conhecer. Ao terror de que está revestido o secretário de Educação de um distrito, o fantasma de Howells acrescenta algo do mistério que envolve um fazendeiro vindo de outra cidade.

farol
(*lighthouse*), s.m.

Edifício alto na praia em que o governo mantém uma lâmpada e o amigo de um político.

faz-o-lote
(*sandlotter*), s.m.

Mamífero vertebrado que tem as visões políticas de Denis Kearney, notório demagogo de São Francisco, cujas audiências ocorriam nos espaços abertos (lotes) da cidade. Fiel às tradições de sua espécie, esse líder do proletariado acabou se vendendo para seus inimigos da lei e da ordem, vivendo prosperamente em silêncio e morrendo impenitentemente rico. Mas antes de sua traição ele impôs à Califórnia uma Constituição que era feita de pecado na linguagem dos solecismos. É problemático dizer o quanto a similaridade entre as palavras "faz-o-lote" e "sans-culotte" é relevante, mas sem dúvida ela é sugestiva.

fé
(*faith*), s.f.

Crença sem provas em algo contado por alguém que fala sem conhecimento de coisas sem paralelo.

feitiçaria
(*sorcery*), s.f.

O antigo protótipo e precursor da influência política. No entanto, foi considerada menos respeitável e por vezes punida com a tortura e a morte. Augustine Nicholas relata que um pobre camponês acusado de feitiçaria foi torturado para que confessasse. Depois de ter suportado uns poucos sofrimentos suaves, o simplório admitiu a culpa, mas ingenuamente perguntou a seus algozes se não era possível ser um feiticeiro sem o saber.

feiticeira
(*witch*), s.f.

(1) Qualquer mulher velha feia e repulsiva em perversa associação com o demônio. (2) Bela e atraente mulher jovem que em perversidade ultrapassa o demônio.

feiura
(*ugliness*), s.f.

Presente dos deuses a certas mulheres, que ocasiona a virtude sem humildade.

felicidade
(*happiness*), s.f.

Sensação agradável que surge ao contemplar a desgraça de outrem.

fêmea
(*female*), s.f.

Pessoa que pertence ao sexo oposto, ou injusto.

Na aurora deste mundo o Criador
Acrescentou à Terra o esplendor
Da vida, lá nos céus e nos riachos.
E todos eram bons, porque
eram machos.
Mas o Diabo viu e lá do inferno
Falou a Deus: "É teu comando eterno
Que a toda vida siga sempre
a morte.
E vindo a estes essa mesma sorte
A Terra tua há de ficar vazia,
Exceto, é claro, se tiverem cria" –
E sob a sua asa escondeu-se
E riu, pois o que sugeriu a Deus
Era na realidade um grande plano –
E diabólico, de fato, o engano.
Pensou o Criador sobre o conselho
E decidiu usar o mesmo velho
E gasto dado que tudo resolve
Se é algum assunto que a nós envolve.
Contrariado, viu o resultado
Que confirmava então o triste fado.
De toda parte o pó, que assim consente,
Levanta voo conscientemente,
A água sai do leito de seu rio
Para tornar o barro mais macio.
E já tendo o bastante (mas
sem sobra,
Natura avara guarda a sua obra)
Moldava Deus a argila com cuidado
Quando o Diabo roubou um punhado.
O Criador gerava as estruturas
E até os detalhes dessas criaturas.
Ninguém surgiu assim em um segundo,

Mas passo a passo, logo viu
o mundo
Surgir com toques muito delicados
Os pares dos que já eram criados
As fêmeas, de completa compleição
Exceto (faltou barro) o coração.
"Não há nenhum problema", Satanás
Gritou. "Pois trago o resto
logo mais" –
Voou e voltou muito brevemente
Com número que era suficiente.
Na Terra a confusão ia durar –
Pois 10 milhões agora tinham par;
No Inferno, o silêncio mais temido:
Diabos – 10 milhões! – tinham morrido.

— G.J.

---

fênix
(*phoenix*), s.f.

O clássico protótipo do moderno "pequeno pássaro quente".*

* Referência a um poema de Eugene Field (1850-1895).

---

fervor
(*zeal*), s.m.

Certa doença nervosa que afeta os jovens e os inexperientes. Paixão que antecede o estatelamento.

À Gratidão foi o Fervor por recompensa,
"Senhora!", foi a exclamação intensa,
"O que quereis?", lhe disse a
Gratidão sentada.
"Remédio p'ra coroa ensanguentada."

— Jum Coople

F

fiador
(*bondsman*), s.m.

Um tolo que, tendo propriedade
em seu nome, aceita se tornar
responsável por aquilo que é
confiado a outrem por um terceiro.

Filipe de Orléans, desejando
nomear um de seus favoritos, um
nobre dissoluto, para um cargo
importante, perguntou a ele que
segurança poderia oferecer. "Não
preciso de fiadores", ele respondeu,
"pois posso dar-lhe minha palavra
de honra". "E diga, então, qual
pode ser o valor disso?", perguntou o regente, divertido. "*Monsieur*, ela vale seu peso em ouro."

fidelidade
(*allegiance*), s.f.

A tal Fidelidade na religião
É um anel preso ao nariz que deixa
então
O órgão lá no alto, sentindo
o frescor
E o bom perfume dos ungidos do Senhor.

— G.J.

fidelidade
(*fidelity*), s.f.

Virtude peculiar àqueles que estão
prestes a ser traídos.

fígado
(*liver*), s.m.

Grande órgão vermelho
providencialmente fornecido pela
natureza para nos permitir ser
biliosos. Antigamente
acreditava-se que os sentimentos
e as emoções que todo anatomista
literário hoje sabe assombrarem o
coração infestavam o fígado; e até
Gascoygne, falando sobre o lado
emocional da natureza humana,
denomina-o "nossa parte
hepática". Em certa época,
considerava-se ser a sede da vida;
daí seu nome em inglês, *liver*,
aquilo com que vivemos – do
verbo *live*, viver. O fígado é a
maior dádiva dos céus ao ganso;
sem ele o pássaro não seria capaz
de nos fornecer o patê
Estrasburgo.

filantropo
(*philanthropist*), s.m.

Senhor velho, rico (e geralmente
careca) que treinou a si mesmo
para sorrir enquanto sua
consciência bate sua carteira.

filisteu
(*philistine*), s.m.

Alguém cuja mente é criatura de seu ambiente, seguindo as modas do pensamento, do sentimento e da emoção. Às vezes é erudito, frequentemente é próspero, é comum que seja limpo e é sempre solene.

filosofia
(*philosophy*), s.f.

Rota de muitas estradas que leva do nada a lugar nenhum.

fim
(*end*), s.m.

A posição mais distante de qualquer dos lados do interlocutor.

Eis que o homem que tocava o tamborim
Estava a fenecer rapidamente;
No rosto, que antes era carmesim,
A palidez da morte está presente.

A voz já débil diz: "É este o fim",
Pois sabe disso o homem, tão doente.
Um só momento e morre,
e o tamborim
Em ossos se transforma,
prontamente.

— Tinely Roquot

finanças
(*finance*), s.f.pl.

A arte ou ciência de gerir receitas e recursos para maior vantagem do gestor. A pronúncia desta palavra com o *i* longo e com tônica na primeira sílaba é uma das mais preciosas descobertas e um dos maiores patrimônios dos Estados Unidos.*

*   A letra I em inglês equivale ao pronome "eu".

fisionomia
(*physiognomy*), s.f.

A arte de determinar o caráter de outrem por meio das semelhanças e diferenças entre o rosto da pessoa e o seu, que é o padrão de excelência.

Afirma o velho Shakespeare tolamente:
"Olhando o rosto não se lê a mente".
O Bardo veem fisionomistas
E dizem: "Se foi sábio há poucas pistas.
Sabendo que seu rosto era vulgar
Tentou a nossa arte renegar".

— Lavatar Shunk

flibusteiro
(*freebooter*), s.m.

Um conquistador de pequena escala a cujas anexações falta o mérito santificador da magnitude.

folhetim

(*serial*), s.m.

Obra literária, normalmente uma história que não é real, que se arrasta por várias edições de um jornal ou de uma revista. Frequentemente apensa a cada parte há uma "sinopse dos capítulos anteriores" para os que não os leram, mas uma necessidade mais urgente seriam sinopses dos capítulos posteriores para os que não pretendem lê-los. Uma sinopse da obra completa seria ainda melhor.

O falecido James F. Bowman* estava escrevendo um folhetim para um semanário em colaboração com um gênio cujo nome não chegou até nós. Eles escreviam, não em conjunto, mas alternadamente, Bowman produzindo o capítulo de uma semana, seu amigo o da semana seguinte, e assim por diante, o que podia durar a vida toda, eles esperavam. Infelizmente eles brigaram e, numa certa manhã de segunda-feira quando Bowman leu o jornal para se preparar para a tarefa, descobriu que sua obra fora interrompida de um modo que o surpreendeu e magoou. Seu colaborador fez com que todos os personagens da narrativa embarcassem em um navio e afundou todos na parte mais profunda do Atlântico.

* James F. Bowman (1826-1882) era jornalista e poeta americano, amigo de Bierce.

fonógrafo

(*phonograph*), s.m.

Brinquedo irritante que devolve a vida a barulhos mortos.

força

(*force*), s.f.

Diz o professor: "Força é poder,
mais nada,
Eis minha definição".
O garoto pensa, mas fica calado,
A cabeça arrebentada:
"Não é poder. Força é ação!".

forca

(*gallows*), s.f.

Palco para a realização de peças miraculosas em que o ator principal é levado aos céus. Em nosso país a forca é impressionante, principalmente pela quantidade de pessoas que escapam dela.

Quer seja na mais alta forca que houver
Quer seja onde o sangue
vermelho mais corre,
Qual é o mais sublime lugar
pra morrer?

É aquele onde fica mais morto
quem morre.

— (Antiga peça de teatro)

---

forma
(*last*), s.f.

Ferramenta usada pelo sapateiro,
batizada por uma carrancuda
Providência como oportunidade
para o trocadilhista.

Sapateiro, a tua forma
Não me importa, só a forma.

— Gargo Repsky

---

fotografia
(*photograph*), s.f.

Retrato feito pelo sol sem instrução
em arte. É um pouco melhor do
que a obra de um apache, mas não
tão boa quanto a de um cheyenne.

---

fragmento
(*smithareen*), s.m.

Fração, parte componente, o que
sobrou. A palavra é usada de
vários modos, mas nos versos a
seguir, sobre uma célebre
reformista que se opunha a que as
mulheres andassem de bicicleta
porque isso "as levava ao Diabo",
é vista em seu melhor momento:

A roda em frente vai silente –
As moças na euforia
Pecam com alegria,
Pedalam sem ter matrimônio
E servem ao demônio!
Cantam assim e, plim-plim-plim!,
A campainha soa;
Se não há sol o seu farol
É alerta p'ra pessoa.
E lá no asfalto, mãos ao alto,
Charlotte Smith reza e grita
Esquece o reumatismo e, aflita,
A própria banha frita.
Bloqueia a via da anarquia
E Satanás irrita.
A roda em frente vai silente
As luzes correm como o vento.
Mas, atenção, o que há no chão?
De Charlotte Smith um fragmento!

— John William Yope

---

frankalmoin*
(*frankalmoigne*), s.m.

O direito que garante a uma
corporação religiosa manter terras
com a condição de rezar pela alma
de seu doador. Em tempos
medievais, muitas das mais ricas
fraternidades obtiveram suas
propriedades desse modo simples e
barato, e, quando Henrique VIII da
Inglaterra mandou um funcionário
confiscar certas vastas posses que
uma fraternidade de monges
mantinha por meio de *frankalmoin*,
"O quê!", disse o prelado, "quererá
seu mestre manter no purgatório a

alma de nosso benfeitor?". "Sim", disse o funcionário, friamente, "e vós não rezareis por ele, por consequência levando-o por nada ao espeto". "Mas vede, filho meu", persistiu o bom homem, "este ato equivale a furtar de Deus!". "Não, não, bom pai, meu mestre, o rei, o livra das variadas tentações de ter demasiada riqueza."

F

* No sistema feudal inglês, frankalmoin era um dos muitos tipos de propriedade de terra.

fraquezas
(*weaknesses*), s.f.pl.

Certos poderes primevos da mulher tirana pelos quais ela estabelece domínio sobre o macho de sua espécie, obrigando-o a atender à sua vontade e paralisando suas energias rebeldes.

freio de segurança
(*safety-clutch*), s.m.

Instrumento mecânico que age automaticamente para impedir a queda de um elevador, ou gaiola, em caso de um acidente com o aparato que o mantém suspenso.

Eu vi um homem arruinado
Sob o elevador, no poço,
O seu corpo ia espalhado
Como fosse só um destroço.

Comentei em um aparte
Para o pobre e torto moço:
"Não sei como não se parte
Nessa pose o teu pescoço!".

A ruína em triste riso
Disse em sua voz pequena:
"Nem mais tremo neste piso
Pois caí já faz quinzena".

Pra entender a fundo o drama
Pediu a minha atenção
À imensa e vária gama
De seus membros pelo chão –

Um monturo amotinado,
Um na frente, o outro atrás,
Cada um, indelicado,
Dando um álibi aos demais.

Conto com os pormenores
Pra mostrar seu triste estado,
Sem que esteja em meus pendores
Ser assim tão detalhado.

Nunca soube de um sujeito
Em tão triste situação
Quanto o moço ali desfeito
Sob o elevador, no chão.

Esse conto é alegórico –
Ele nunca aconteceu.
Nosso poço é metafórico
E essa queda invento eu.

Acho que é sempre imoral
O escritor que engana e mente
Pois vencer assim é um mal
Que eu desprezo fortemente.

Mas o que é esse elevador?
É a política, eu alerto.
Leva alguém ao esplendor
Se o talento for o certo.

Coronel – e de talento –
Bryan (nosso personagem)
Subiu tudo em um momento,
Mas se perdeu na miragem.

Roto o cabo, foi-se ao chão,
Numa queda sem paradas,
Onde há falta de afeição
Pelas glórias já passadas.

A moral – quero que fique
Registrada na lembrança –
E mantenha e lubrifique
O seu freio de segurança.

— Porfer Poog

---

frenologia
(*phrenology*), s.f.

A ciência de bater a carteira por meio do escalpo. Consiste em localizar e explorar o órgão por meio do qual alguém se torna um tolo.

---

frigideira
(*frying-pan*), s.f.

Uma parte do aparato penal empregado naquela instituição punitiva, a cozinha de uma mulher. A frigideira foi inventada por Calvino e foi por ele usada para cozinhar crianças de um palmo de comprimento que morreram sem batismo; e, ao observar certo dia o horrível tormento de um vagabundo que incautamente havia pegado um bebê frito do lixo e o devorado, ocorreu ao grande religioso despojar a morte de seus terrores colocando uma frigideira em cada casa de Genebra. Dali ela se espalhou para todos os cantos do mundo e foi de inestimável ajuda na propagação de sua fé sombria. Os versos a seguir (que dizem ser da pena de Sua Graça bispo Potter) parecem implicar que a utilidade desses utensílios não se limita a este mundo; mas assim como as consequências de seu emprego nesta vida atingem a vida no outro mundo, do mesmo modo o próprio objeto pode ser encontrado do outro lado, recompensando seus devotos:

Satã foi convocado aos céus.
São Pedro: "As intenções
São boas, mas você e os seus
Precisam de invenções.

"Bem sei que a sua assadeira
É um bom castigo, mas
Parece que tosta a frigideira
Melhor as almas más.

"Na frigideira os pecadores
nos faça bem crocantes."
Satã: "Há planos bem melhores –
Fritar algo aos tratantes".

fronteira
(*boundary*), s.f.

Em geografia política, linha imaginária entre duas nações que separa os direitos imaginários de uma dos direitos imaginários de outra.

F

fugir
(*abscond*), v.i.

"Mover-se de maneira misteriosa", frequentemente com a propriedade de outrem.

Há sinais de primavera!
Tudo atua ao seu chamado;
Caem folhas sobre a terra,
Foge o caixa apressado.

— Phela Orm

funeral
(*funeral*), s.m.

Espetáculo por meio do qual atestamos nosso respeito pelo morto enriquecendo o agente funerário e fortalecemos nossa tristeza por meio de despesas que aprofundam nossos gemidos e duplicam nossas lágrimas.

Morre um pagão – e sacrificam um cavalo

Para nutrir o solo e assim alimentá-lo.
Morre um amigo – e gastamos a fortuna
Pra que no céu sua alma a ela então se una.

— Jex Wopley

furacão
(*hurricane*), s.m.

Demonstração atmosférica anteriormente muito comum, mas hoje em geral abandonada em favor do tornado e do ciclone. O furacão continua sendo popular nas Índias Ocidentais e tem a preferência de certos capitães do mar da velha guarda. Também é usado na construção dos deques superiores de barcos a vapor, mas, falando *grosso modo*, a utilidade do furacão sobreviveu a ele.

futuro
(*future*), s.m.

Aquele período de tempo em que nossos negócios prosperam, nossos amigos são verdadeiros e nossa felicidade está assegurada.

G

ganso
(*goose*), s.m.

Ave que fornece penas para escrever. Estas, por meio de algum processo oculto da natureza, são penetradas e impregnadas em vários graus pelas energias intelectuais e pelo caráter emocional da ave, de modo que, quando entintadas e levadas mecanicamente pelo papel por uma pessoa chamada "autor", resultam em uma transcrição bastante justa e precisa dos pensamentos e das emoções da ave. A diferença entre os gansos, como se descobriu por esse método engenhoso, é considerável: verificou-se que muitos têm poderes apenas triviais e insignificantes, mas alguns realmente são gansos de grande estatura.

garfo
(*fork*), s.m.

Instrumento usado principalmente com o propósito de colocar animais mortos na boca. Anteriormente a faca era empregada com essa finalidade, e muitas pessoas de valor ainda acreditam que ela tem muitas vantagens sobre a outra ferramenta, que, no entanto, não rejeitam completamente, mas usam para ajudar a carregar a faca. A imunidade dessas pessoas em relação à morte rápida e terrível é uma das mais impressionantes provas da misericórdia de Deus para com aqueles que O odeiam.

gárgula
(*gargoyle*), s.f.

Bica de chuva que se projeta das cornijas de edificações medievais, comumente moldada na forma de uma caricatura grotesca de algum inimigo pessoal do arquiteto ou do dono do prédio. Isso era especialmente verdadeiro em igrejas e estruturas eclesiais em geral, em que as gárgulas apresentavam uma perfeita galeria de patifes, hereges e polemistas locais. Às vezes, quando um novo deão ou capelão era nomeado, as velhas gárgulas eram removidas e outras as substituíam, tendo uma relação mais próxima com as animosidades privadas dos novos titulares.

gato
(*cat*), s.m.

Autômato suave e indestrutível fornecido pela natureza para ser chutado quando as coisas dão errado no âmbito doméstico.

Isto é um cão,
Isto é um gato.
Isto é um sapo,
Isto é um rato.
Que corra o cão
E mie o gato
Que pule o sapo
E roa o rato.

— Elevenson

genealogia
(*genealogy*), s.f.

Relato da linhagem de alguém a partir de um ancestral que não se importou especialmente em rastrear a própria.

generoso
(*generous*), adj.

Originalmente essa palavra significava nobre por nascimento e era corretamente aplicada a uma grande quantidade de pessoas. Hoje ela significa nobre por natureza e está caindo em desuso.

gentileza
(*kindness*), s.f.

Breve prefácio a dez volumes de cobranças.

geógrafo
(*geographer*), s.m.

Sujeito que pode dizer imediatamente a diferença entre o exterior do mundo e seu interior.

O geógrafo Habeam,
mui culto e afamado.
Nativo de Abu-Kener, a
cidade-Estado,
Passando em seu caminho pelo rio Zam
Para ir à aldeia adjacente
de Xelam,
Confuso com a cornucópia
de caminhos,
Perdeu-se e só vivia de
comer bichinhos.
Morreu de insolação e
desde aquele dia
Os gratos viajantes choram por seu guia.

— Henry Haukhorn

geologia
(*geology*), s.f.

A ciência da crosta da Terra – à qual sem dúvida será acrescentada a ciência de seu interior sempre que um homem sair tagarelando de um poço. As formações geológicas do globo já percebidas são assim catalogadas: A Primária, ou Inferior, consiste em rochas, ossos ou mulas atoladas, dutos de gás, ferramentas de mineradores, estátuas antigas exceto pelo nariz, dobrões espanhóis e ancestrais. A Secundária é em grande medida formada por minhocas e toupeiras. A Terciária abrange trilhos de trem, pisos, grama, cobras, botas com mofo, garrafas de cerveja, latas de tomate, cidadãos embriagados, lixo, anarquistas, vira-latas, cachorros loucos e tolos.

ghoul
(*ghoul*), s.m.

Demônio viciado no reprovável hábito de devorar os mortos. A existência dos ghouls foi alvo de uma disputa entre aquele gênero de polemistas que se preocupa mais em privar o mundo de crenças reconfortantes do que em substituí-las por algo bom. Em 1640 o padre Secchi avistou um em um cemitério perto de Florença e o espantou com o sinal da cruz. Ele o descreve como dotado de muitas cabeças e com um acréscimo incomum de membros e o viu em mais de um lugar ao mesmo tempo. O bom homem estava saindo de um jantar naquele momento e explica que, se não estivesse "com o estômago pesado", teria capturado o demônio apesar dos riscos. Atholston relata que um ghoul foi capturado por uns camponeses robustos no terreno de uma igreja em Sudbury e foi jogado em um tanque usado para dar água aos cavalos. (Ele parece pensar que um criminoso tão distinto devia ter sido jogado em um tanque de água de rosas.) A água imediatamente se transformou em sangue "e assim segue até os dias de hoje". O sangue do tanque foi então drenado. Já no começo do século XIV um ghoul foi encurralado em uma cripta de uma catedral em Amiens e toda a população cercou o local. Vinte homens armados com um padre à frente, carregando um crucifixo, entraram e capturaram o ghoul, que, pensando escapar pelo estratagema, tinha se transformado à semelhança de um cidadão bem conhecido, mas mesmo assim foi enforcado, afogado e esquartejado em meio a hediondas orgias populares. O cidadão cuja forma o demônio tinha assumido foi a tal ponto atingido pela sinistra ocorrência que nunca mais voltou a Amiens e seu destino permanece sendo um mistério.

gíria
(*slang*), s.f.

O grunhido do porco humano (*Pignoramus intolerabilis*) com uma memória audível. A fala de alguém que com a língua pronuncia o que pensa com o ouvido e que sente o orgulho de um criador ao repetir a façanha de um papagaio. Um meio (oferecido pela Providência) de parecer inteligente sem ter um capital de sentido.

---

glutão
(*glutton*), s.m.

Pessoa que escapa dos males da moderação ao cometer dispepsia.

---

gnomo
(*gnome*), s.m.

Na mitologia do norte da Europa, um duende anão que habita as partes interiores da Terra e tem custódia especial de tesouros minerais. Bjorsen, que morreu em 1765, diz que os gnomos eram suficientemente comuns em parte do sul da Suécia em sua infância e que frequentemente os via correndo pelas colinas ao crepúsculo. Ludwig Binkerhoof viu três deles já em 1792, na Floresta Negra, e Sneddeker afirma que em 1803 eles expulsaram um grupo de mineradores de uma mina na Silésia. Baseando nossos cálculos nos dados fornecidos por essas afirmações, descobrimos que os gnomos provavelmente foram extintos já em 1764.

---

gnósticos
(*gnostics*), s.m.pl.

Seita de filósofos que tentou engendrar uma fusão entre os primeiros cristãos e os platonistas. Os primeiros não aceitaram participar da facção e a combinação falhou, em grande medida para desgosto dos gestores da fusão.

---

gnu
(*gnu*), s.m.

Um animal do sul da África que em sua versão domesticada lembra um cavalo, um búfalo e um cervo. Em seu estado selvagem, é algo como um raio, um terremoto e um ciclone.

Viu ao longe um caçador,
a olho nu,
Um pacífico, meditativo gnu,
E falou: "Vou persegui-lo e sangue cru
Vai haver em minhas mãos
e no menu".
Mas o bicho revidou e no rebu
Atirou-o na floresta de bambu;
E, voando, disse: "Saibas: vives tu
Só porque lembrei que gosto
é de peru,
Ó meu bom gnu".

— Jarn Leffer

górgona
(*gorgon*), s.f.

Em pedra a Górgona transformaria
Na Grécia antiga aquele que a via
E deparava-se com seu rosto horrendo.
Hoje escavamos e nós vamos vendo
Que as obras – não podiam ser piores –
São prova da loucura de escultores.

gota
(*gout*), s.f.

O nome que o médico dá ao
reumatismo de um paciente rico.

governo
(*administration*), s.m.

Engenhosa abstração na política,
projetada para receber os
pontapés e as algemas merecidos
pelo premiê ou pelo presidente.
Um homem de palha, à prova de
ovos podres e gatos mortos.

governo monárquico
(*monarchical government*), s.m.
e adj.

Governo.

graças
(*graces*), s.f.pl.

Três belas deusas, Aglaia, Tália e
Eufrosina, que serviam a Vênus,
trabalhando sem salário. Não era
caro dar-lhes alimento e roupas,
pois elas comiam praticamente
nada e se vestiam de acordo com o
clima, trajando a brisa que
calhasse de soprar.

gramática
(*grammar*), s.f.

Sistema de armadilhas
cuidadosamente preparado para o
homem que se fez sozinho, ao
longo do caminho pelo qual ele
avança para chegar à distinção.

grande
(*great*), adj.

"Sou grande", afirma o Leão, "Pois eu
sou rei
E em toda a selva eu faço a minha lei!".

Ao que o Elefante respondeu: "Sou
grande –
Não há quem tenha o meu tamanho e
ande!".

"Sou grande, nenhum outro animal",
Disse a Girafa, "tem pescoço igual!".

"Sou grande", disse o Canguru, "meu
salto

É poderoso, ninguém vai mais alto!".

"Sou grande", disse o Gambá sempre
tão frágil.
"Meu rabo é frio, não tem um pelo
e é ágil!".

Uma Ostra frita disse, e não à toa,
"Sou grande simplesmente por ser boa!".

E cada um tem sempre esta certeza:
Que a sua qualidade é a grandeza,

E Vierick* se acha o maioral
Por ser de todos sempre o
mais venal.

— Arion Spurl Doke

* Apesar de grafar o nome com "i", o
autor provavelmente se refere a
George Sylvester Viereck
(1884-1962), escritor e jornalista
teuto-americano, citado em outros
textos de Bierce.

---

gravitação
(*gravitation*), s.f.

A tendência de todos os corpos de
se aproximar uns dos outros com
força proporcional à quantidade
de matéria que contêm – a
quantidade de matéria que eles
contêm sendo apurada pela força
de sua tendência de se aproximar
uns dos outros. Essa é uma
adorável e edificante ilustração
de como a ciência, tendo tornado

A a prova de B, torna B a prova
de A.

---

grosseria
(*ribaldry*), s.f.

Linguagem censurável usada por
outrem para falar de você.

---

guerra
(*war*), s.f.

Subproduto das artes da paz.
A situação política mais ameaça-
dora é um período de amistosidade
internacional. O estudante de
história a quem não ensinaram a
esperar o inesperado pode com
justiça se gabar de ser inacessível às
luzes. "Em tempos de paz prepara-
te para a guerra" tem um sentido
mais profundo do que normalmente se percebe; significa não
apenas que todas as coisas terrenas
têm um fim – que a mudança é uma
lei eterna e imutável –, mas que o
solo da paz é densamente semeado
com as sementes da guerra e
singularmente capaz de fazê-las
germinar e crescer. Foi quando
Kublai Khan decretou seu "domo
dos prazeres imponentes" – ou seja,
quando houve paz e fartura em
Xanadu – que ele

de longe ouviu em sua terra
As vozes ancestrais anunciando a guerra.

Um dos maiores poetas, Coleridge foi um dos homens mais sábios, e não foi à toa que ele nos leu essa parábola. Que nós tenhamos um pouco menos de "mãos por sobre o oceano", e um pouco mais daquela desconfiança essencial que é a segurança das nações. A guerra adora chegar como um ladrão à noite; declarações de amizade eterna criam a noite.

dúvida de que é possível atribuir o gesto diretamente ao terror inspirado pela guilhotina durante o período de atividade daquele instrumento.

---

guilhotina
(*guillotine*), s.f.

Máquina que faz um francês encolher os ombros por bons motivos. Em sua grande obra *Linhas divergentes de evolução racial*, o erudito professor Brayfugle defende, a partir da prevalência desse gesto – o encolher de ombros – entre os franceses, que eles descenderam das tartarugas e que é simplesmente uma sobrevivência do hábito de retrair a cabeça para dentro do casco. É com relutância que divirjo de tão eminente autoridade, mas em minha opinião (como explico de maneira mais elaborada e com mais bases em minha obra intitulada *Emoções hereditárias* – liv. II, c. XI) o encolher de ombros é uma base fraca para construir uma teoria tão importante, já que previamente à Revolução o gesto era desconhecido. Não tenho

habeas corpus
[latim], loc.

Decreto pelo qual um homem pode ser retirado da cadeia se foi detido pelo crime errado.

habilidade
(*ability*), s.f.

Equipamento natural para realizar uma pequena parte das ambições mais vis que distinguem os homens capazes dos mortos. Em última análise, comumente se descobre que a habilidade consiste em um alto grau de solenidade. Talvez, no entanto, essa qualidade impressionante seja apreciada com justiça; não é tarefa fácil ser solene.

hábito
(*habit*), s.m.

Algema para os livres.

hades
(*hades*), s.próp.

O mundo inferior; a residência dos espíritos que partiram; o lugar onde vivem os mortos.

Entre os antigos a ideia do Hades não era sinônimo do nosso inferno, e muitos dos homens mais respeitáveis da Antiguidade moravam lá de maneira bastante confortável. Na verdade, os próprios Campos Elísios eram uma parte do Hades, embora desde então eles tenham sido transferidos para Paris. Quando a versão do Novo Testamento do rei Jaime estava em processo de evolução, os homens pios e eruditos que participaram do trabalho insistiram, por maioria de votos, em traduzir a palavra grega "Aides" por "inferno"; mas um integrante da minoria conscienciosa se apossou secretamente da ata e riscou a palavra condenável todas as vezes em que se deparou com ela. Na reunião seguinte, o bispo de Salisbury, olhando para o trabalho, subitamente se ergueu e disse com considerável empolgação: "Senhores, alguém aqui não está com boas intenções em relação ao 'inferno'!". Anos depois, a morte do bom prelado foi tornada mais doce pela reflexão de que ele tinha sido o meio (usado pela Providência) para fazer um acréscimo importante, útil e imortal à fraseologia da língua inglesa.

halo
(*halo*), s.m.

Na verdade, um anel luminoso que circunda um corpo astronômico, mas não incomumente confundido com "auréola" ou "nimbo", fenômeno de certa forma semelhante ao usado como ornamento de cabeça por divindades e santos. O halo é puramente uma ilusão de óptica produzida pela umidade do ar, à maneira do arco-íris; mas a auréola é concedida como um sinal de santidade superior, do mesmo modo como a mitra de um bispo ou a tiara do papa. Na pintura da Natividade, de Szedgkin, um pio artista de Peste, não apenas a Virgem e o Menino usam o nimbo, mas um asno mastigando feno da manjedoura sagrada está decorado do mesmo modo, e, para sua perpétua honra, deve-se dizer, parece portar essa inusitada dignidade com uma graça verdadeiramente santa.

harmonistas
(*harmonists*), s.2g.pl.

Seita de protestantes, hoje extinta, que veio da Europa em princípios do século passado e se distinguia pela causticidade de suas controvérsias e dissensões internas.

harpa judaica
(*jews-harp*), s.f.

Instrumento amusical que se toca segurando-o firmemente com os dentes e tentando tirá-lo dali com os dedos.

hebreu
(*hebrew*), s.m.

Judeu do sexo masculino, em oposição à hebreia, uma criação muito superior.

herança
(*legacy*), s.f.

Dádiva de alguém que está deixando este vale de lágrimas para ser coberto de hera.

hibernar
(*hibernate*), v.i.

Passar a estação do inverno em reclusão doméstica. Houve muitas noções populares peculiares sobre a hibernação de vários animais. Muitos creem que o urso hiberna durante todo o inverno e subsiste sugando mecanicamente as patas. Admite-se que ele sai de seu repouso na primavera tão magro que precisa tentar duas vezes antes de conseguir fazer sombra. Três ou quatro séculos atrás, na Inglaterra, não havia fato mais comprovado do que as andorinhas passarem os meses de inverno na lama no fundo dos riachos, unindo-se em massas globulares. Elas aparentemente foram obrigadas a desistir do costume em razão da sujeira dos riachos. Sotus Ecobius descobriu na Ásia central toda uma nação de pessoas que hibernavam. Alguns investigadores supõem que o jejum da Quaresma originalmente era uma forma modificada de hibernação à qual a Igreja deu significado religioso; mas essa visão foi oposta tão vigorosamente por aquela eminente autoridade, o bispo Kip, que não queria ver negada nenhuma homenagem à memória do fundador de sua família.

---

híbrido
(*hybrid*), s.m.

Um agregado de problemas.

---

hidra
(*hydra*), s.f.

Tipo de animal que era estudado por muitas cabeças na Antiguidade.

---

hiena
(*hyena*), s.f.

Animal reverenciado por algumas nações orientais por seu hábito de frequentar os túmulos dos mortos à noite. Mas o estudante de medicina faz isso.

---

hipocondria
(*hypochondriasis*), s.f.

Depressão do espírito.

Montanhas de dejetos numa terra
Que a vila há muito usava
como aterro.
Dizia a velha placa sobre o chão:
"Hipocondria". Ou seja, era o lixão.

— Bogul S. Purvy

---

hipócrita
(*hypocrite*), s.2g.

Aquele que, professando virtudes que não respeita, obtém as vantagens de parecer ser o que ele despreza.

---

hipogrifo
(*hippogriff*), s.m.

Animal (hoje extinto) que era metade cavalo e metade grifo. O grifo era ele próprio uma criatura composta, metade leão e metade águia. O hipogrifo era na verdade, portanto, um quarto águia, o que equivale a dois dólares e cinquenta centavos em ouro. O estudo da zoologia é repleto de surpresas.

história
(*history*), s.f.

Um relato em grande medida falso de eventos em grande medida sem importância, produzidos por reis em grande medida tratantes e soldados em grande medida tolos.

O grande Niebuhr nos mostrou que na história
De Roma tem muita mentira. E a glória
Seria para nós, antes de ele ser guia,
Saber onde errou ou se mentia.

— Salder Bupp

* Barthold Georg Niebuhr (1839-1937), historiador de Roma.

---

historiador
(*historian*), s.m.

Um fofoqueiro em grande escala.

---

homem
(*man*), s.m.

Animal perdido no êxtase da contemplação daquilo que pensa ser, a ponto de negligenciar aquilo que sem dúvida devia ser. Sua principal ocupação é o extermínio de outros animais e da própria espécie, que, no entanto, se multiplica com insistente rapidez, infestando toda a Terra habitável e o Canadá.

Quando o mundo era novo e
o homem, recente
Toda a vida era só diversão
Não havia nenhuma distinção
inerente
Entre rei, sacerdote e aldeão.
Não há hoje uma tal condição,
À exceção desta democracia, onde há
Este velho sistema em que reis
Somos todos, não importa se é má
Sua veste ou se há muito que fez
Refeição. E têm todos a voz para o "sim"
Ao partido e ao rei que escolheu
para mim.

Soube de um cidadão que jamais
votaria
E por isso era muito odiado.
O casaco de piche cobriram um dia
(E com penas em cima e do lado)
Patriotas que estavam zangados.
"É dever", disse em fúria essa tal
multidão,
"O seu voto entregar a alguém
Que você escolheu". Bem humilde
ele então
Explicou que existia um porém:
"Pois com gosto teria votado, digo eu.
Entretanto esse homem jamais
concorreu".

— Apperton Duke

---

homeopata
(*homoeopathist*), s.2g.

O humorista da medicina.

homeopatia
(*homoeopathy*), s.f.

Escola de medicina que fica a meio caminho entre a alopatia e a ciência cristã. As duas primeiras são nitidamente inferiores à última, já que a ciência cristã cura doenças imaginárias, o que as demais não conseguem.

homicídio
(*homicide*), s.m.

O assassinato de um ser humano por outro. Há quatro tipos de homicídio: criminoso, desculpável, justificável e admirável, mas para a pessoa assassinada não faz muita diferença qual o tipo que a atingiu – a classificação tem utilidade para os advogados.

homilética
(*homiletics*), s.f.

Ciência de adaptar sermões às necessidades espirituais, capacidades e condições da congregação.

O padre era tão bom na homilética
Que toda a sua purga e a emética
Pra cura de mil almas era feita
Da análise que sempre ele receita
Depois de avaliar com precisão
A língua, coração, pulso e pulmão.

Após o diagnóstico completo
Dava-lhe o Evangelho mais correto –
As pílulas tão boas e eficazes
E os vômitos prescritos tão vivazes
Que as almas infestadas por Adão
Curavam-se sem ter muita aflição.
A língua da Difamação, porém,
Dizia murmurando que se alguém
É rico então o mel era purgante
E a drágea era de açúcar com corante.

— Biografia do bispo Potter

honorável
(*honorable*), adj.

Angustiado com um obstáculo que está em seu alcance. Nos corpos legislativos, é costume falar de todos os membros como honoráveis, como em "o honorável senhor é um cachorro safado".

hospitalidade
(*hospitality*), s.f.

A virtude que nos induz a alimentar e a abrigar certas pessoas que não têm necessidade de receber alimento e abrigo.

hostilidade
(*hostility*), s.f.

Sentido particularmente aguçado e especialmente aplicado da superpopulação do planeta. A hostilidade é dividida em ativa e passiva; como (respectivamente) o sentimento de uma mulher por suas amigas e aquilo que ela sente por todas as outras pessoas do sexo feminino.

humanidade
(*humanity*), s.f.

A raça humana, coletivamente, excluídos os poetas antropoides.

humorista
(*humorist*), s.2g.

Uma praga que teria amenizado a implacável austeridade do coração do faraó e o convencido a mandar Israel embora com desejos de boa viagem, rapidinho.

Pobre humorista que em sua alma torturada
Vê graça em tudo, mas deprime-se por nada –
Cujo apetite tão simplório ele não guia;
E cuja mente ele consome todo dia.
E crê que fosse igualitário o seu chiqueiro
Iria achar um porco bom por companheiro.

— Alexander Poke

*   O poema é uma sátira de uma obra de Alexander Pope (1688-1744).

huri
(*houri*), s.f.

Mulher graciosa que habita o paraíso maometano para alegrar o bom muçulmano, cuja crença na existência dela marca seu nobre descontentamento com a esposa terrena, a quem ele nega sua alma. Diz-se que as boas mulheres não têm as huris em alta conta.

ianque

(*yankee*), s.2g.

Na Europa, um americano. Nos estados do Norte da nossa União, alguém da Nova Inglaterra. Nos estados do Sul, a palavra é desconhecida. (*Ver* MALDITOS IANQUES.)

iconoclasta

(*iconoclast*), s.2g.

Alguém que quebra ícones, cujos adoradores ficam imperfeitamente satisfeitos com seu desempenho e de maneira enérgica protestam que ele destruiu, mas não reedificou, que pôs abaixo, mas nada erigiu. Pois os pobrezinhos não teriam outros ídolos no lugar daqueles que a pauladas ele abateu e afastou. Mas disse o iconoclasta: "Não deveis ter ídolos quaisquer; e, caso entre vós se engrace o reedificador, vereis que porei abaixo sua cabeça e nela me sentarei até que ela grasne".

icor

(*ichor*), s.m.

Fluido que serve aos deuses e deusas no lugar do sangue.

Ferida pelo forte Diomedes
Falou formosa Vênus com furor:

"Sabeis a quem sangraste? Pois não vedes?
Vossa alma está manchada pelo icor!".

— Mary Doke

idiota

(*idiot*), s.2g.

Membro de uma grande e poderosa tribo cuja influência nos assuntos humanos sempre foi dominante e controladora. A atividade do idiota não se limita a nenhum campo de pensamento ou ação específicos, e sim "permeia e regula o todo". Ele tem a última palavra em tudo: sua decisão é inapelável. Ele determina a moda e os juízos sobre gosto, dita os limites para a expressão e circunscreve a conduta ao impor um prazo.

ignorante

(*ignoramus*), s.2g.

Pessoa que não tem informação sobre certos tipos de conhecimento que você domina e tem outros tipos de conhecimento sobre os quais você nada sabe.

Milde era um ignorante,
Silde sabia o bastante.
Milde falou para Silde:
"Tu só tens de ser humilde.
Sabes nada da verdade

Pois não foste à faculdade".
Silde disse a Milde: "É certo,
Mas não te aches tão esperto.
Eu de ensino sou modesto –
Tu não sabes todo o resto".

— Borelli

---

illuminati
(*illuminati*), s.m.

Seita de hereges espanhóis da
segunda metade do século XVI;
chamados assim por estarem a
anos-luz de fazer alguma diferença – *cunctationes illuminati*.

---

ilustre
(*illustrious*), adj.

Situado em lugar adequado para
receber as flechas da maldade, da
inveja e da difamação.

---

imaginação
(*imagination*), s.f.

Um depósito de fatos, de
propriedade conjunta do poeta e
do mentiroso.

---

imbecilidade
(*imbecility*), s.f.

Um tipo de inspiração divina ou
fogo sagrado que anima os

críticos mais acerbos
deste dicionário.

---

imigrante
(*immigrant*), s.2g.

Pessoa ignorante que acredita que
um país é melhor do que o outro.

---

imodesto
(*immodest*), adj.

Forte percepção do próprio
mérito, combinada com uma
frágil concepção do valor de
outrem.

Havia um vivente no
Médio Oriente
Num tempo distante que
há muito passou,
Que os frenologistas diziam
ter pistas
De ter a cabeça propícia
a um show.

Não tem precedência uma tal saliência
Que mede a modéstia daquele sujeito
(É plena certeza que errou Natureza),
Tão alta montanha gigante
e estreita.

Não há um vivente no
Médio Oriente
(E juram também não
houve jamais)
Assim tão modesto, tranquilo e honesto
Quanto este sereno e humilde rapaz.

A protuberância pesava por ânsia
De ainda ir mais alto, qual fosse
um foguete.
As costas curvavam e até
lhe chamavam
De homem que porta o viril minarete.

Não houve vivente no
Médio Oriente
Com tamanho orgulho de
seu cocuruto.
Usando veloz os pulmões e a voz,
Contava vantagem por seu atributo.

O xá enciumado mandou-lhe um criado
Com flechas e um arco na
mão inclemente.
O mui gentil pajem lhe deu
a mensagem:
"Mandou o teu rei este humilde
presente".

Mais triste vivente de todo
o Oriente,
Bufou ao notar esse mimo real.
"Pensar que a humildade, em breve, é
verdade,
Teria me dado uma glória imortal!".

— Sukker Uffro

---

imoral
(*immoral*), adj.

Inconveniente. Tudo que, no
longo prazo e no maior número de
casos, os homens veem como em
geral inconveniente acaba
considerado errado, perverso,
imoral. Se as noções do homem

sobre certo e errado tivessem
qualquer outra base que não a
conveniência; se elas se
originassem, ou pudessem ter se
originado, de qualquer outra
forma; se as ações tivessem em si
mesmas um caráter moral
separado de, e de modo nenhum
dependente, de suas
consequências – então toda
filosofia é uma mentira e a razão,
uma doença mental.

---

imortalidade
(*immortality*), s.f.

Brinquedo que faz as pessoas
chorarem,
Prostradas ao chão e se
candidatarem,
Mentirem, brigarem, se
acotovelarem
E se tivessem permissão
Altivas teriam razão
De a si e aos outros por
isso matarem.

— G.J.

---

imparcial
(*impartial*), adj.

Incapaz de perceber qualquer
promessa de vantagem pessoal por
ficar de algum dos lados de uma
controvérsia ou por adotar uma
entre duas opiniões conflitantes.

impenitência
(*impenitence*), s.f.

Estado mental temporalmente
intermediário entre o pecado
e a punição.

impiedade
(*impiety*), s.f.

Sua irreverência à minha
divindade.

ímpio
(*miscreant*), s.m.

Pessoa com o mais alto grau de
indignidade. Etimologicamente, a
palavra significa aquele que não
crê, e sua atual significação pode
ser vista como a mais nobre
contribuição da teologia para o
desenvolvimento de nossa língua.

imposição
(*imposition*), s.f.

Ato de abençoar ou consagrar pela
colocação das mãos – cerimônia
comum em muitos sistemas
eclesiásticos, mas desempenhada
com sinceridade mais honesta pela
seita conhecida como Ladrões.

"Atentem! Impondo a vocês nossa mão"
Garantem o padre, o dervixe
e o pastor,

"Sagramos o teto de todos e o chão
Aos servos tão santos de Nosso Senhor.
Por certo vocês esta causa abraçam
Em gesto espontâneo e tão nobre.
Pois façam".

— Pollo Doncas

impostor
(*impostor*), s.m.

Rival que aspira às mesmas
honras públicas.

imprevidência
(*improvidence*), s.f.

Prover as necessidades de hoje
com as receitas de amanhã.

improbabilidade
(*improbability*), s.f.

Relatou sua história solene
Com uma graça gentil e serena.
Relato improvável,
Até irrazoável,
Mas gerou surpresa
Ali, com certeza.
A plateia aclamou a história
E cobriu-o com manto de glória.
A exceção foi bastante notória –
Um homem calado,
No canto, sentado,
Dando a mínima bola à oratória.
A plateia lhe deu atenção;
Era enorme e tamanha a impressão

Que causava aquilo;
Seguia tranquilo
E causava impressão sua calma –
Parecia que lhe ia na alma.
"Vai dizer", alguém falou, "que nada
No relato impressionou?". A cada
Um olhou de forma inusitada,
E bem natural
Dissse-lhes afinal,
Descruzando a perna, em antegozo:
"Não! Também sou muito mentiroso".

imprudente
(*rash*), adj.

Insensível ao valor de nossos conselhos.

"Aposta aqui comigo e então
Não perderás mais novamente."
"Eu nunca faço apostas." "Não?
Mas és assim tão imprudente?"

— Bootle P. Gish

impunidade
(*impunity*), s.f.

Riqueza.

in forma pauperis
[latim], loc.

À maneira de um pobre – método pelo qual um litigante sem dinheiro para pagar um advogado recebe caridosamente permissão para perder uma disputa judicial.

À corte tão temida de Cupido fez Adão
(Pois, sabe-se, Cupido governava desde então)
Demanda por favores de sua Eva, diz o informe.
Argumentou, mas cometeu um erro rude e enorme.
"Pleiteias tu in forma pauperis", lhe disse Eva;
"Aqui, porém, nenhuma ação como essa a nada leva".
Com todas as moções então negadas friamente,
Adão se foi embora como entrou ali, pendente.

— G.J.

inadmissível
(*inadmissible*), adj.

Indigno de ser considerado. Diz-se de certos tipos de testemunho que não devem ser levados ao júri e que os juízes, portanto, descartam, mesmo quando se trata de ações julgadas apenas por eles mesmos. Boatos são inadmissíveis porque a pessoa citada não estava sob juramento e não está diante da corte para ser inquirida; no entanto, as mais graves decisões militares, políticas, comerciais e de todos os outros tipos são diariamente baseadas em boatos. Não há nenhuma religião no mundo que tenha outra base que não sejam boatos. A revelação é um boato; sobre o fato de as Escrituras serem a palavra de Deus, temos apenas o testemunho de homens mortos há muito tempo cuja identidade não está claramente estabelecida e, até onde se sabe, não estavam sob nenhum tipo de juramento. Sob as regras de provas que existem hoje neste país, nenhuma afirmação sequer da Bíblia tem a seu favor qualquer indício admissível em um tribunal. Não se pode provar que a batalha de Blenheim algum dia ocorreu, que existiu alguém como Júlio César ou um império como a Assíria.

Mas, já que registros de cortes judiciais são admissíveis, pode-se facilmente provar que mágicos poderosos e malignos existiram em certo momento e foram um flagelo para a humanidade. Os indícios (incluindo as confissões) com base nos quais certas mulheres foram condenadas por bruxaria e executadas não tiveram falhas; continuam incontestáveis. As decisões dos juízes baseadas nelas tinham bases sólidas na lógica e na lei. Nada em qualquer corte existente foi provado mais completamente do que as acusações de bruxaria e feitiçaria pelas quais tantos foram mortos. Se não houve bruxas, o testemunho humano e a razão humana são igualmente destituídos de valor.

inato
(*innate*), adj.

Natural, inerente – como ideias inatas, ou seja, ideias com as quais nascemos, previamente transmitidas a nós. A doutrina das ideias inatas é uma das mais admiráveis crenças da filosofia, sendo ela própria uma ideia inata e, portanto, fora do alcance para aqueles que desejam contestá-la, embora Locke tenha tolamente suposto que a tenha arranhado. Entre as ideias inatas pode ser mencionada a crença na habilidade de alguém em dirigir um jornal, na grandiosidade de seu país, na superioridade de sua civilização, na importância de suas atividades pessoais e na natureza interessante de suas doenças.

inauspiciosamente
(*inauspiciously*), adv.

De maneira não muito promissora, com auspícios não favoráveis. Entre os romanos, era costume, antes de iniciar alguma ação ou empreendimento importante, obter dos áugures, ou profetas estatais, alguma pista sobre o resultado provável: e um dos modos favoritos e mais confiáveis de adivinhação deles consistia em observar o voo dos pássaros – sendo os presságios que daí

derivavam chamados de *auspícios*.
Repórteres de jornais e certos
dicionaristas celerados decidiram
que a palavra – sempre no plural
– deve ter o significado de "proteção" ou "administração", como:
"As festividades ocorreram sob os
auspícios da Antiga e Venerável
Ordem dos Ladrões de Corpos",
ou: "As hilaridades foram auspi-
ciadas pelos Cavaleiros da Fome".

O escravo foi, no tempo dos romanos,
A um áugure invulgar. "Dizei se
os planos –"
Aqui, sorrindo, o áugure lhe fez
Um gesto e exibiu a bela tez
De sua palma, que fechava e abria,
Numa coceira, como bem se via.
Logo um denário posto sobre a mão
Aliviou a grande comichão,
E então o escravo prosseguiu: "Favor
Dizer-me se o destino vai impor
Algum fracasso ao que eu
hoje intento
Fazer depois que a noite der-
-me alento.
De que se trata? Pouco importa! Eu vi
Que está escrito tudo bem aqui".
A piscadela escureceu o mundo
E ele estendeu outro denário imundo;
Com o seu rosto olhando
atentamente,
Passou-o então às mãos do
bom vidente.
Este saindo disse: "Espere aqui
No templo que eu verei o seu destino".
E o áugure afastou-se em direção
Ao seu quintal e ao último portão,
Pisando o assustado barro rápido,

Gritou um "Xô" e balançou o hábito.
Em breve os seus pavões e as
companheiras
(Mantidos para Juno nas clareiras)
Voaram de seus galhos com clamor,
Pousando no telhado por temor.
Voltando então ao escravo em
passo lento,
Nosso áugure afirmou: "Meu
filho, o evento,
Segundo o voo dessas aves não
Será auspicioso, o esforço é vão".
O escravo retirou-se descontente
E abandonou o plano de sua mente –
Que era (já previa o adivinho)
Pular pelo telhado do vizinho
Saltar nos galhos como
bom gatuno
E colher aves dessa etérea Juno.

— G.J.

incenso chinês
(*joss-sticks*), s.m. e adj.

Pequeno bastão queimado por
chineses em suas disparatadas
tolices pagãs, em imitação de
certos rituais sagrados de nossa
santa religião.

incompatibilidade
(*incompatibility*), s.f.

No matrimônio, uma similaridade
de gostos, especialmente no gosto
por dominar. A incompatibilidade
pode, no entanto, ser uma

matrona de olhos mansos que mora na esquina. Já se soube até de casos em que ela usava bigode.

---

incompossível
(*incompossible*), adj.

Que não pode existir se alguma outra coisa existe. Duas coisas são incompossíveis quando o mundo sensível tem escopo suficiente para uma delas, mas não para ambas – como no caso da poesia de Walt Whitman e da piedade de Deus para com os homens. A incompossibilidade, como se verá, não é mais do que a incompatibilidade em voz alta. Em vez de uma linguagem vulgar como "Vá se catar – tenho vontade de matar você quando está por perto", as palavras "Senhor, somos incompossíveis" transmitiriam uma intimação igualmente significativa e seriam muito superiores em cortesia e imponência.

---

inconstância
(*fickleness*), s.f.

A repetida saciedade de uma afeição empreendedora.

íncubo
(*incubus*), s.m.

Membro de uma raça de demônios altamente inconvenientes que,

embora provavelmente não esteja de todo extinta, pode-se dizer que já teve noites melhores. Para um relato completo de *incubi* e *succubi*, incluindo *incubae* e *succubae*, ver o *Liber demonorum* de Protássio (Paris, 1328), que contém muitas informações curiosas que ficariam fora de lugar em um dicionário que pretende ser usado como livro didático nas escolas públicas.

Victor Hugo relata que nas ilhas do Canal o próprio Satanás – tentado mais do que em qualquer outra parte pela beleza das mulheres, sem dúvida – às vezes se disfarça de *incubus*, o que causa grande inconveniência e alarme nas boas senhoras que desejam ser leais a seus votos conjugais, falando de maneira geral. Certa senhora procurou o padre da paróquia para aprender como elas poderiam, no escuro, distinguir o ousado intruso de seus maridos. O santo homem disse que elas deveriam tatear a testa em busca de chifres; mas Hugo é suficientemente descortês para deixar no ar uma dúvida sobre a eficácia do teste.

---

incumbente
(*incumbent*), s.2g.

Pessoa que desperta os mais vívidos interesses dos desincumbentes.

indecisão
(*indecision*), s.f.

O principal elemento do sucesso; "pois", como disse *sir* Thomas Brewbold, "embora só haja uma maneira de não fazer nada e diversos modos de fazer algo, dos quais apenas um é o modo correto, segue-se que aquele que por indecisão ficar parado tem menor chance de se perder do que aquele que vai adiante" – uma clara e satisfatória exposição do assunto.

"Sua pronta decisão de atacar", disse em certa ocasião o general Grant ao general Gordon Granger, "foi admirável; o senhor teve apenas cinco minutos para se decidir".

"Sim, senhor", respondeu o subalterno vitorioso, "é uma grande coisa saber exatamente o que fazer em uma emergência. Quando em dúvida sobre atacar ou bater em retirada, eu jamais hesito por um instante sequer – jogo uma moeda".

"O senhor quer dizer que foi isso que fez dessa vez?"

"Sim, general; mas por Deus não me repreenda: eu desobedeci à moeda."

indefeso
(*defenceless*), adj.

Incapaz de atacar.

indenização
(*restitution*), s.f.

Financiamento ou doação de recursos para universidades e bibliotecas públicas como presente ou herança.

indenizador
(*restitutor*), s.m.

Benfeitor; filantropo.

indicador
(*forefinger*), s.m.

O dedo normalmente usado para apontar dois malfeitores.

indiferente
(*indifferent*), adj.

Imperfeitamente sensível às distinções entre as coisas.

"És enfadonho!", disse a esposa de Indolêncio,
"A tudo tu és indiferente, és só silêncio!"
"Indiferente?", disse com a voz serena.
"Até seria, mas não sei se vale a pena."

— Apuleius M. Gokul

indigestão
(*indigestion*), s.f.

Doença que o paciente e seus amigos frequentemente confundem com profunda convicção religiosa e preocupação com a salvação da humanidade. Como o simplório pele-vermelha do oeste selvagem disse, deve-se admitir com certa força: "Estar bem, não rezar; grande dor de barriga, muito Deus".

indiscrição
(*indiscretion*), s.f.

A culpa da mulher.

individualizada
(*severalty*), adj.

Separada, como no caso de terras individualizadas, isto é, terras possuídas por indivíduos e não em propriedade conjunta. Acredita-se que certas tribos indígenas sejam hoje suficientemente civilizadas para ter de forma individualizada a posse das terras que até aqui eram mantidas em organizações tribais e não podiam ser vendidas para os brancos por colares de contas e uísque de batata.

Oh! Meu pobre índio cuja mente
inadequada
Já viu a morte, o inferno e sua cova
cavada;

Quis o colono tão avaro que se fosse
Pensando na mirrada presa
de sua posse.
Por desapropriá-lo usaram seus ardis
Ou convenceram-no a sair
com seus fuzis.
Seu fogo inextinguível e o verme
imortal
Por individualização (que genial
Essa expressão) são mortos e postos
pra fora,
E à nova posse ele é ancorado sem
demora!

indultar
(*pardon*), v.t.

Perdoar uma pena e devolver à vida de crimes. Adicionar à sedução do crime a tentação da ingratidão.

infância
(*infancy*), s.f.

O período de nossa vida em que, de acordo com Wordsworth, "O Céu nos fala claramente". O mundo começa a falar de nós pouco depois.

inferiae
[latim], s.f.pl.

Entre os gregos e romanos, sacrifícios para apaziguar os *dii manes*, ou almas dos heróis mortos; pois os devotos antigos não conseguiam inventar deuses suficientes para satisfazer suas necessidades espirituais e precisavam de uma quantidade de deidades improvisadas, ou, como um marujo pode dizer, deuses emergenciais, que eles construíam com os menos promissores materiais. Foi enquanto sacrificava um boi para o espírito de Agamenon que Laiaides, um sacerdote de Áulis, foi presenteado com uma audiência com a sombra daquele ilustre guerreiro, que profeticamente recontou a ele o nascimento do Cristo e o triunfo da cristandade, dando a ele também uma rápida, mas toleravelmente completa, recapitulação dos eventos até o reinado de São Luís. A narrativa acabou bruscamente naquele ponto, devido ao irrefletido canto de um galo, que compeliu o fantasma do Rei dos Homens a abalar-se novamente rumo ao Hades. Há um delicioso sabor medieval nessa história, e, como não se conseguiu rastreá-la além do tempo de *père* Brateille, um devoto porém obscuro escritor da corte de São Luís, nós provavelmente não nos enganaremos por excesso de presunção se a considerarmos apócrifa, embora o monsenhor Capel pense de maneira diferente – e a seus argumentos eu me arco – e flecha.

infiel
(*infidel*), s.2g.

Em Nova York, aquele que não crê na religião cristã; em Constantinopla, aquele que crê. (*Ver* GIAUR.)* Um tipo de canalha imperfeitamente reverente a e que contribui mesquinhamente com: sacerdotes, eclesiásticos, papas, vigários, cônegos, monges, mulás, vodus, presbíteros, hierofantes, prelados, pais de santo, abades, freiras, missionários, exortadores, diáconos, frades, hadjis, sumo-sacerdotes, muezins, brâmanes, curandeiros, confessores, eminências, anciãos, primazes, prebendários, peregrinos, profetas, imames, beneficiários, sacristãos, corais de párocos, arcebispos, bispos, priores, pregadores, padres, abadessas, basilianos, romeiros, curas, patriarcas, bonzos, sufis, rezadores, cônegas, residenciários, diocesanos, deões, subdeões, deões rurais, abdais, vendedores de amuletos, arquidiáconos, hierarcas, líderes de classe, incumbentes, capitulares, xeiques, talapoins, postulantes, escribas, gurus, chantres, bedéis, faquires, oficiantes, reverências, revivalistas, cenobitas, curas perpétuos, capelães, mudjoes, metropolitas, noviços, núncios, clérigos, rabinos, ulemás, lamas, párocos, maceiros, dervixes, leitores, administradores de

igrejas, cardeais, prioresas,
sufragâneos, acólitos, reitores,
monsenhores, vizires,
muftis e pumpums.

*   Apesar da remissão, Bierce não
criou uma entrada para o termo,
que se refere, na Turquia, de modo
pejorativo, a quem não é
muçulmano.

---

influência
(*influence*), s.f.

Em política, um ilusório *quo* dado
em troca de um considerável *quid*.

---

infortúnio
(*misfortune*), s.f.

O tipo de sorte que nunca falta.

---

infralapsário
(*infralapsarian*), s.m.

Aquele que se arrisca a acreditar
que Adão não precisaria pecar
caso não quisesse – em oposição
aos supralapsários, que afirmam
que a queda do mais
desafortunado dos homens estava
decretada desde o início. Os
infralapsários às vezes são
chamados de sublapsários, sem
que isso tenha efeito material
sobre a importância e a lucidez de
suas visões sobre Adão.

Dois nobres teólogos iam um dia
Andando à capela em desarmonia –
A logomaquia feroz e até azeda
Falava de Adão e da história
da Queda.
"Não há liberdade, e Adão é fadado
Do início à Queda", disse um, exaltado.
"É livre o arbítrio", disse o outro,
em furor,
"Adão livremente seguiu o Senhor".
O sangue fervia e queriam brigar,
Palavras não tinham como saciar;
Puseram no chão a batina surrada
Cerrando os punhos em meio à estrada.
Mas antes que alguém algo então
comprovasse
E antes que a briga sequer começasse,
Um velho doutor em latim carrancudo
Surgiu e ao saber qual a
causa de tudo
(Pois 'inda saltando e fingindo
algum soco
Falavam no estilo datado e barroco
Se o arbítrio era livre ou se
isso era louco)
Gritou: "Seus tratantes! Que coisas
mais tolas:
Não há diferença entre as duas escolas.
As seitas que vós defendeis – de bom
grado
Direi – interpretam seus nomes errado.
Caro infralapsário, que a cuca eu
te racho,
Defendas apenas que Adão
foi abaixo;
E tu – salafrário que és supralapsário –
Que Adão só seguiu o caminho
contrário.
Cair ou subir é sutil filigrana
Se pisas na casca da mesma banana.

Adão nem pensava no assunto, senão
Que a casca no chão era um
grande trovão!".

— G.J.

ingenuidade
(*artlessness*), s.f.

Qualidade atraente que as mulheres conquistam depois de longo estudo e de prática rigorosa com seu admirador, que se agrada de imaginar o quanto isso reflete a simplicidade sincera de sua jovem.

ingrato
(*ingrate*), s.m.

Aquele que recebe um benefício de outrem, ou que de alguma outra maneira é objeto de caridade.

"Ingrato é o homem", o cínico diz.
O altruísta reclama:
"Pois dei certa vez uma mão a um infeliz
Que nunca pagou, nem tentou,
e nem quis.
E também não difama".
"Ah, é?", diz o cínico, "eu vou
conhecê-lo –
Certamente é um profeta,
E então pedirei sua bênção". "Apelo
Que não o procure nem siga
o modelo.
O sujeito é um pateta."

— Ariel Selp

injúria
(*injury*), s.f.

Ofensa cuja enormidade está próxima à da desfeita.

injustiça
(*injustice*), s.f.

Fardo que, de todos aqueles que pomos sobre os outros e nós próprios carregamos, é mais leve nas mãos e mais pesado nas costas.

inoportuno
(*inexpedient*), adj.

Que não foi calculado para atingir o interesse de alguém.

inquilino
(*lodger*), s.m.

Nome menos popular da segunda pessoa desta deliciosa trindade dos jornais, o sentador, o dormidor e o comedor.

inscrição
(*inscription*), s.f.

Algo escrito em outra coisa. Inscrições são de vários tipos, mas principalmente memoriais, destinadas a comemorar a fama de algumas pessoas ilustres e a repassar a eras distantes o registro de seus serviços e virtudes. A essa categoria de inscrições pertence o nome de John Smith, escrito a lápis no monumento a Washington. A seguir vão exemplos de inscrições memoriais em lápides (*Ver* EPITÁFIO):

"Minh'alma foi ao paraíso
E o corpo mora neste chão,
Até o dia do juízo
Eu sei que os dois se encontrarão
E viverão nos céus de vez.
Dezembro de 1876."

"Consagrado à memória de Jeremiah
Tree. Abatido em 9
de maio de 1862, aos 27 anos,
4 meses e 12 dias. Nativo."

"Ela sofreu a dor por longo tempo,
A medicina foi em vão,
A Morte libertou-a da saudade
Deixando-a aqui neste chão.
Foi unir-se a Ananias onde há
felicidade."

"O barro dentro desta tumba fria
Chamou-se Pedro Reis um belo dia.
Aqui jazendo perto deste cedro
Pergunto se valeu-me ser o Pedro.
Ouvi, que a ambição vós domineis,
Eis o conselho deste velho Reis."

"Richard Haymon, do paraíso. Caiu na
Terra em 20 de janeiro de 1807, e
retirou o pó de seu corpo em 3 de
outubro de 1874."

insectívora
(*insectivora*), s.f.

Em coro os padres admiram
a Natura:
"A Providência atende a
cada criatura!".
Diz pernilongo: "Até insetos
ele aninha.
A nós nos deu pardais, sabiás
e andorinhas".

— Sempen Railey

insensível
(*callous*), adj.

Dotado de grande fortaleza para suportar os males que afligem a outrem.

Quando disseram a Zenão que um de seus inimigos tinha falecido, observou-se que ele ficou profundamente comovido. "O quê!", disse um de seus discípulos, "tu choras a morte de um inimigo?" "Ah, é verdade", respondeu o grande estoico; "mas vós devíeis me ver sorrir com a morte de um amigo".

instrução
(*learning*), s.f.

O tipo de ignorância que distingue os estudiosos.

insurreição
(*insurrection*), s.f.

Revolução que não obteve êxito. Fracasso dos desafetos em substituir a desordem por um mau governo.

impedi-lo tanto quanto evitar o dano a mim mesmo. Portanto, para ser íntegro preciso limitar meu próximo, à força se necessário, em todas as ações nocivas das quais, por meio de uma melhor disposição e com a ajuda dos céus, eu mesmo me abstenho."

integridade
(*righteousness*), s.f.

Virtude resoluta que foi certa vez encontrada entre os rabisconecos, que habitavam a parte inferior da península de Oque. Missionários que voltavam de lá fizeram algumas débeis tentativas de introduzi-la em vários países europeus, mas parece que ela foi imperfeitamente interpretada. Um exemplo dessa exposição defeituosa pode ser encontrado no único sermão que chegou até nós do pio bispo Rowley, do qual apresentamos aqui uma passagem característica:

"Eis que a integridade consiste não apenas em um santo estado mental, nem na execução de ritos religiosos e na obediência à letra da lei. Não basta que alguém seja pio e justo: é preciso garantir que os outros estejam também em igual condição; e a coação é um meio adequado a esse fim. Pois assim como minha injustiça pode causar mal a outrem, ele com sua injustiça pode causar mal a um terceiro, sendo meu manifesto dever

intenção
(*intention*), s.f.

A sensação mental de que um grupo de influências prevalece sobre outro; um efeito cuja causa é a iminência, imediata ou remota, do desempenho de um ato involuntário.

intérprete
(*interpreter*), s.2g.

Aquele que possibilita a duas pessoas de idiomas diferentes que se entendam repetindo a cada uma delas o que teria sido interessante para o intérprete que a outra tivesse dito.

interregno
(*interregnum*), s.m.

Período durante o qual um país monárquico é governado a partir de um lugar morno na almofada do trono. O experimento de deixar que o lugar esfrie frequentemente causou os mais infelizes resultados em razão do zelo das mais dignas pessoas em esquentá-lo novamente.

intimidade
(*intimacy*), s.f.

Relação em que os tolos são providencialmente arrastados para sua mútua destruição.

Dois pacotinhos de um tal
pó laxante
Que tinha um poder impressionante
E tendo os dois completa consciência
De respeitarem padrão de excelência,
Tiraram seus casacos e até
Sentaram e tomaram um café.
Tal era a intimidade e tal carinho
Que os dois já caberiam num saquinho.
Viraram confidentes nesse dia
E cada um contava mais que ouvia.
E confessaram ambos amiúde
Serem os donos de grande virtude
E ser assim tão privilegiado
Chegava até a parecer pecado.
E quanto mais falavam mais se via
Que as almas se fundiam de alegria,
Até que lágrimas os dois verteram
E num instante os dois efervesceram!
A natureza assim se vinga altiva
De gente amiga e muito compreensiva.
A velha regra nunca prescreveu:
Você sempre é você e eu sou eu.

intolerante
(*bigot*), s.2g.

Pessoa obstinada e ardorosamente ligada a uma opinião de que você não compartilha.

inveja
(*envy*), s.f.

Emulação adaptada à menor das capacidades.

inventor
(*inventor*), s.m.

Pessoa que faz uma engenhosa combinação de rodas, alavancas e molas e acredita que aquilo é a civilização.

ira
(*wrath*), s.f.

Raiva de qualidade e grau superiores, adequada a um caráter exaltado e a ocasiões graves; como "a ira divina", "o dia da ira" etc. Entre os antigos, a ira dos reis era vista como sagrada, pois podia por em ação algum deus para que se manifestasse de maneira adequada, o que também podia ocorrer com a ira de um sacerdote. Os gregos diante de Troia foram tão atormentados por Apolo que pularam da frigideira da ira de Crises para a fogueira da ira de Aquiles, embora Agamenon, o único a ter cometido uma infração, não tenha sido nem frito nem assado. Imunidade semelhante pôde ser notada quando Davi incorreu na ira de Javé ao contar seu povo, dos quais 70 mil pagaram por isso com a vida. Hoje Deus é Amor, e um diretor do censo faz seu trabalho sem temer um desastre.

---

irreligião
(*irreligion*), s.f.

A principal das grandes fés do mundo.

---

isca
(*bait*), s.f.

Preparação que torna o anzol mais palatável. O melhor tipo é a beleza.

J

j
(*j*), con.

Consoante em inglês, mas algumas nações a usam como vogal – e nada poderia ser mais absurdo. Sua forma original, que foi ligeiramente modificada, era a de um rabo de um cachorro subjugado, e não era uma letra, e sim um caractere que representava o verbo latino *jacere*, "arremessar", pois, quando uma pedra é arremessada contra um cachorro, o seu rabo assume aquela forma. Essa é a origem da letra, conforme exposta pelo renomado dr. Jocolpus Bumer, da Universidade de Belgrado, que estabeleceu suas conclusões sobre o tema em uma obra em três volumes *in quarto* e cometeu suicídio ao ser lembrado que o J no alfabeto romano originalmente não era curvo.

jugo
(*yoke*), s.m.

Um instrumento, senhora, a cujo nome latino, *jugum*, devemos uma das palavras mais esclarecedoras de nosso idioma – uma palavra que define a condição matrimonial com precisão, objetividade e pungência. Mil desculpas por não mencioná-la.

juramento
(*oath*), s.m.

No Direito, um solene apelo à deidade que obriga a consciência por meio de uma pena por falso testemunho.

justiça
(*justice*), s.f.

Mercadoria que é uma condição mais ou menos adulterada vendida pelo Estado ao cidadão como recompensa por sua fidelidade, pelos impostos e pelo serviço pessoal.

juventude
(*youth*), s.f.

O período da possibilidade, quando Arquimedes encontra um ponto de apoio, Cassandra tem um séquito e sete cidades competem pela honra de sustentar Homero ainda vivo.

A juventude é o vero reino
de Saturno
A Era Dourada sobre a Terra
em novo turno,
De cada cardo nascem figos doces mil.
Os porcos perdem o seu rabo
no assobio,
E vestem sedas lindas como
ninguém viu,
E, prósperos, têm diamantes.

As vacas voam em rasantes,
Entregam leite em cada porta.
Nela a Justiça nunca é torta,
Os assassinos sempre levam a pior
E as suas almas vão, uivando,
a Baltimore!

— Polydore Smith

J

k

(*k*), con.

Consoante que tomamos emprestada dos gregos, mas cuja história pode ser rastreada até antes dos cerátios, uma pequena nação comercial que habitou a península de Smero. Na língua deles, a letra era chamada de "Klatch", o que significa "destruída".

A forma da letra era de início precisamente a de nosso H, mas o erudito dr. Snedeker explica que ela foi alterada para seu formato atual a fim de comemorar a destruição do grande templo de Jarute por um terremoto, aproximadamente em 730 a.C. Esse edifício era famoso pelas duas colunas altas de seu pórtico, uma das quais foi quebrada ao meio pela catástrofe, com a outra continuando intacta. Como se supõe que a forma inicial da letra tenha sido sugerida por esses pilares, portanto, acredita o grande antiquário, a forma posterior foi adotada como um meio simples e natural – além de comovente – de manter a calamidade para sempre na memória nacional. Não se sabe se o nome da letra foi alterado como um mnemônico adicional, ou se seu nome sempre foi "Klatch" e a destruição, apenas um dos trocadilhos da natureza. Como cada uma das teorias parece

suficientemente provável, não vejo objeção a que se acredite em ambas – e o próprio dr. Snedeker se pôs deste lado da questão.

kilt

(*kilt*), s.m.

Traje algumas vezes usado por escoceses nos Estados Unidos e por americanos na Escócia.

L

ladrão
(*robber*), s.m.

Um sincero homem de negócios. Conta-se que Voltaire, junto a um companheiro de viagem, alojou-se certa noite em uma pousada à beira da estrada. O entorno era sugestivo e após a ceia eles concordaram em contar histórias de ladrões, um após o outro. "Houve certa vez um Arrecadador Geral de Impostos." Tendo parado nesse ponto, foi incentivado a continuar. "Essa", disse ele, "é a história".

ladrão de corpos
(*body-snatcher*), s.m.

Aquele que rouba dos vermes de túmulos. Aquele que fornece aos jovens médicos aquilo que os médicos velhos forneceram ao coveiro. A hiena.

"Certa noite, tendo amigos
ao meu lado",
Disse o médico, "foi no verão passado,
Visitávamos um campo santo escuro
Protegidos pela sombra de
um muro.

Assistíamos à lua e seu mergulho
Quando ouvimos uma hiena, e o barulho
Era dela escavando sorrateira
Uma nova sepultura, pela beira!

Pois chocados por um ato tão horrendo
Nós partimos para o ataque assim,
correndo,
E com pás e picaretas sobre a besta
Nos jogamos; foi o fim da desonesta".

— Bettel K. Jhones

lagostim
(*crayfish*), s.m.

Pequeno crustáceo muito semelhante à lagosta, mas menos indigesto.

Neste pequeno peixe percebo como é admiravelmente replicada e simbolizada a sabedoria humana; pois assim como o lagostim se move somente para trás e só pode ver em retrospecto, não vendo senão os perigos que já passaram, também a sabedoria dos homens não lhes permite evitar as tolices que afligem seu caminho, mas apenas apreender posteriormente sua natureza.

— Sir James Merivale

laocoonte
(*laocoon*), s.próp.

Famosa escultura antiga representando um sacerdote com esse nome e seus dois filhos envolvidos por duas enormes serpentes. A habilidade e a diligência com que o velho e os outros suportam as serpentes e as mantêm aptas a fazer seu trabalho têm sido com justiça vistas como uma das mais nobres ilustrações que a arte fez do domínio da inteligência humana sobre a inércia bruta.

---

laureado
(*laureate*), adj.

Coroado com folhas de louros. Na Inglaterra, o poeta laureado é um funcionário da corte do soberano, atuando como esqueleto dançante em todo banquete e como cantor mudo em todo funeral real. De todos os ocupantes desse alto posto, Robert Southey* foi quem teve a mais notável habilidade em drogar o Sansão da alegria pública e em cortar-lhe os cabelos rapidamente; e ele tinha um gosto artístico para cores que lhe permitia enegrecer as tristezas públicas dando a elas o aspecto de crime nacional.

* Robert Southey (1774-1843), poeta laureado britânico.

---

legal
(*lawful*), adj.

Compatível com a vontade de um juiz que tem jurisdição no local.

lei
(*law*), s.f.

Estando a lei no posto de juiz
Misericórdia apareceu chorando.
"Pra fora e logo", disse, "ó meretriz!
Nem fiques tu de quatro rastejando.
Quem nesta corte vem se ajoelhar
Aqui, é claro, não tem seu lugar".
Justiça entrou. Gritou-lhe o magistrado:
"Quem és? Diz já! O diabo te
fez muda?".
"Amica curiæ", disse de bom grado.
"Amiga desta corte? Há quem
se iluda
"Favor sair e imediatamente –
Pois nunca que te vi à minha frente!"

— G.J.

---

leiloeiro
(*auctioneer*), s.m.

O homem que proclama com um martelo que tungou um bolso com sua língua.

---

leitura
(*reading*), s.f.

O conjunto do que alguém lê. Em nosso país compõe-se, como regra, de romances de Indiana, contos em "dialeto" e humor cheio de gíria.

Se alguém tem boa leitura
Deve ter um bom juízo.
No que causa o seu riso

Vê-se a sua vida futura.
Se não lês nem ris jamais
Nem a esfinge sabe mais.

— Jupiter Murke

---

lenço
(*handkerchief*), s.m.

Pequeno quadrado de seda ou linho usado em vários serviços ignóbeis no rosto e especialmente útil em funerais para esconder a falta de lágrimas. O lenço é uma inovação recente: nossos ancestrais não o conheciam e confiavam suas tarefas à manga. O uso que Shakespeare faz dele em *Otelo* é um anacronismo: Desdêmona limpou o nariz com sua saia, como a dra. Mary Walker e outras reformadoras o fizeram com a cauda de seus fraques em nossa época – um indício de que as revoluções às vezes andam para trás.

---

leonino
(*leonine*), adj.

Diferente de um leão de zoológico. Versos leoninos são aqueles em que uma palavra no meio de um verso rima com uma palavra ao final, como nesta famosa passagem de Bella Peeler Silcox:

Plutão vê entre as grades de seu velho Hades

(Pois a eletricidade agora tudo invade).
"O tempora! O mores!", diz aos moradores.

Deve-se explicar que a sra. Silcox não pretende ensinar pronúncia das línguas grega e latina. Versos leoninos são chamados assim em homenagem a um poeta de nome Leo, que os prosodistas parecem gostar de acreditar ter sido o primeiro a descobrir que um par de versos podia caber em uma única linha.

---

leviatã
(*leviathan*), s.próp.

Enorme animal aquático mencionado por Jó. Alguns supõem que seria a baleia, mas este distinto ictiólogo, dr. Jordan, da Universidade Stanford, afirma com considerável veemência que era uma espécie de gigantesco girino (*Thadeus polandensis*) ou anuro – *Maria pseudo-hirsuta*. Para uma exaustiva descrição e história do girino, consultar a famosa monografia de Jane Potter, *Thaddeus de Varsóvia*.

---

lexicógrafo
(*lexicographer*), s.m.

Sujeito pestilento que, sob pretexto de registrar alguma

etapa específica do desenvolvimento de uma língua, faz o que pode para impedir seu crescimento, enrijece sua flexibilidade e mecaniza seus métodos. Pois seu lexicógrafo, tendo escrito seu dicionário, passa a ser visto como "alguém com autoridade", quando sua função é apenas fazer um registro, não estabelecer leis. A subserviência natural da inteligência humana investiu-o com poderes judiciais, desistindo de seu direito ao raciocínio e submetendo-se a uma crônica como se fosse um estatuto. Basta que o dicionário (por exemplo) marque uma boa palavra como "obsoleta" ou "obsolescente", e depois disso poucos homens se aventurarão a usá-la, independentemente da necessidade que dela tenham e de quão desejável seja seu restabelecimento – o que faz com que o processo de empobrecimento se acelere e o discurso decaia. Pelo contrário, o corajoso e perspicaz escritor que, reconhecendo a verdade de que a linguagem deve crescer por meio da inovação, caso queira ter qualquer tipo de crescimento, cria novas palavras e usa as velhas em sentido pouco familiar, não tem um séquito e é tacitamente lembrado de que "isso não está no dicionário" – embora, voltando ao tempo do primeiro lexicógrafo (Deus o perdoe!), nenhum autor jamais tivesse usado uma palavra que *estivesse* no dicionário. Nos belos primórdios e nos tempos dourados do idioma inglês, quando dos lábios dos grandes elisabetanos saíam palavras que criavam o próprio sentido e o carregavam em seu som; quando um Shakespeare e um Bacon eram possíveis, e a língua que hoje rapidamente perece de um lado e é lentamente renovada na outra estava em vigoroso crescimento e era intrepidamente preservada – mais doce do que o mel e mais forte do que um leão –, o lexicógrafo era uma pessoa desconhecida, e o dicionário, uma criação que seu Criador não havia criado para criá-lo.

Deus disse: "Que o Espírito pereça em Forma",
E os lexicógrafos surgiram, dando a norma!
Voaram as ideias, sem o vestuário
Que eles catalogaram em um dicionário.
Agora, quando nua em pelo alguma diz:
"Me dê as roupas que então volto", o infeliz
Repassa a lista e dá em breve seu decreto:
"Desculpe – tudo aqui já está obsoleto".

— Sigismund Smith

liberdade
(*freedom*), s.f.

Imunidade à pressão da autoridade que se obtém em uma desprezível meia dúzia de casos diante da infinidade de métodos de coerção disponíveis. Condição política de que toda nação supõe desfrutar em virtual monopólio. A distinção entre liberdade e autonomia não é conhecida com precisão; naturalistas nunca foram capazes de encontrar um espécime vivo de qualquer um dos dois.

A liberdade, sabe-o toda gente,
Gemeu ao ver Kosciuko* ao chão;
E em todo vento eu ouço, realmente,
Seu grito vão.

Pois ela grita em cúpulas de reis
E no Congresso em sessão
Ao ver que fazem todos com as leis
O seu caixão.

E quando o povo analfabeto vota
Sem entender sua razão,
A pestilência a leva à derrota
E à aflição.

Pois todos que recebem faculdade
De compelir o cidadão
Se dão o paraíso e à liberdade
O inferno dão.

— Blary O'Gary

* Thadeus Kosciuko (1746-1817) foi um general polonês que ajudou os americanos em sua guerra de independência, mas foi derrotado na guerra da Polônia contra a Rússia e a Prússia.

liberdade
(*liberty*), s.f.

Uma das propriedades mais preciosas da imaginação.

O povo insurreto troava bem forte:
"Ou dão liberdade ou então nossa morte!".
O rei respondeu: "Se a morte é uma opção,
Me deixem aqui. Não se arrependerão".

— Martha Braymance

libertinagem
(*salacity*), s.f.

Certa qualidade literária frequentemente observada em romances populares, especialmente nos que são escritos por mulheres e por garotas jovens, que dão a isso outro nome e pensam que ao lançar mão desse expediente estão ocupando um campo negligenciado do mundo literário e colhendo uma safra à qual ninguém tinha dado atenção. Se elas têm o azar de viver por tempo suficiente, são torturadas por um desejo de queimar sua colheita.

liga
(*garther*), s.f.

Faixa elástica usada para evitar que uma mulher saia de suas meias e devaste o país.

linguagem
(*language*), s.f.

A música com que encantamos as serpentes que protegem o tesouro alheio.

linho
(*linen*), s.m.

"Espécie de tecido cuja confecção, quando feita de cânhamo, causa grande desperdício de cânhamo."

— Calcraft, o Carrasco

lira
(*lyre*), s.f.

Antigo instrumento de tortura. A palavra hoje é usada em sentido figurativo para denotar a faculdade poética, como nos impetuosos versos que se seguem, de nossa grande poeta Ella Wheeler Wilcox:

Eu ao Parnaso sento com a lira
A corda indócil sob minha mira.
Pastor estúpido com seu cajado
Vai desatento, não me nota ao lado.

Aguardo e sei que a espera
não é vã,
Pois quando em fúria eu,
como um Titã,
Pegar as cordas sei que em
um segundo
As soltarei e vai sofrer o mundo!

— Farquharson Harris

literatura romântica
(*romance*), s.f. e adj.

Ficção que não se submete ao Deus das Coisas como Elas São. No romance, o raciocínio do autor está acorrentado à probabilidade assim como um cavalo domesticado fica preso a um poste, mas na literatura romântica ele passeia à vontade por toda a região da imaginação – livre, desregrado, imune a freios e rédeas. O romancista é uma pobre criatura, como Carlyle diria – mero repórter. Ele pode inventar os personagens e a trama, mas não deve imaginar nada que não possa ocorrer, mesmo sendo toda a sua narrativa uma sincera mentira. Por que ele impõe a si mesmo essa dura condição e "arrasta a todo movimento uma corrente que se alonga" forjada por ele mesmo, poderá explicar em dez volumes grossos, sem oferecer com isso à profunda escuridão de sua ignorância sobre o tema mais luz do que uma vela forneceria. Há grandes romances, pois grandes escritores "devastaram suas forças" para escrevê-los, mas continua sendo verdade que de longe a mais fascinante ficção que temos são *As mil e uma noites*.

---

litigância
(*litigation*), s.f.

Máquina em que você entra como um porco e da qual sai como salsicha.

---

litigante
(*litigant*), s.2g.

Pessoa prestes a dar sua pele na esperança de manter os ossos.

---

lixo
(*rubbish*), s.m.

Material sem valor, como religiões, filosofias, literaturas, artes e ciências das tribos que infestam as regiões ao sul do Polo Norte.

---

ll.d.
(*ll.d.*), abrev.*

Abreviação latina que indica o grau de *Loportunarim Doctor*, aquele que é treinado na lei, tem o dom da oportunidade legal. Paira sobre essa derivação certa suspeita pelo fato de que o título anteriormente era o de ££.d. e era concedido apenas a senhores que se distinguiam pela riqueza. No momento em que este dicionário é escrito, a Universidade Columbia pondera sobre a conveniência de criar outro título para clérigos, em substituição ao antigo D.D. – *Damnator Diaboli*. A nova honraria será conhecida como *Sanctorum Custus* e se escreverá *$$c*. O nome do reverendo John Satã foi sugerido como possível homenageado por um amante da coerência, que ressalta que o professor Harry Thurston Peck há muito desfruta da vantagem de um título.

*   Abreviação da locução latina *Legum Doctor*, doutor em leis.

---

lobisomem
(*werewolf*), s.m.

Lobo que certa vez foi um homem – ou que é um homem de vez em quando. Todos os lobisomens têm más inclinações, tendo tomado a forma de um animal para satisfazer um apetite animalesco, mas alguns, transformados por feitiço, são tão humanos quanto é possível para alguém que tenha desenvolvido um gosto por carne humana.

Alguns camponeses bávaros, ao capturarem certa noite um lobo, amarraram-no a um poste pela cauda e foram dormir. Na manhã seguinte não havia nada lá! Imensamente perplexos, consultaram o padre local, que lhes disse que sua presa era sem dúvida um lobisomem e tinha voltado à forma humana durante a noite. "Na próxima vez que vocês pegarem um lobo", disse o bom homem, "amarrem-no pela perna, e pela manhã encontrarão um luterano".

lógica
(*logic*), s.f.

Arte de pensar e raciocinar em estrita concordância com as limitações e incapacidades do erro humano. A base da lógica é o silogismo, que consiste em uma premissa maior e uma menor e uma conclusão – assim:

Premissa maior: Sessenta homens podem fazer um trabalho sessenta vezes mais rápido do que um homem.

Premissa menor: Um homem é capaz de cavar um buraco para uma estaca em sessenta segundos; portanto –

Conclusão: Sessenta homens são capazes de cavar um buraco para uma estaca em um segundo.

Pode-se chamar a isso silogismo aritmético, no qual, ao combinarmos lógica e matemática, obtemos uma certeza dupla e somos duas vezes abençoados.

logomaquia
(*logomachy*), s.f.

Guerra em que as armas são palavras e os ferimentos são furos nas bexigas natatórias da autoestima – um tipo de competição em que, se o vencido não se dá conta da derrota, nega-se ao vitorioso a recompensa pelo sucesso.

Morreu Salmasius – e nos dizem eruditos
Que quem o matou foi John Milton, com escritos.
Ao lermos Milton para ver se isso é verdade
Morremos nós também com sua habilidade.

longanimidade
(*longanimity*), s.f.

A disposição de tolerar a ofensa com mansidão enquanto se matura um plano de vingança.

longevidade
(*longevity*), s.f.

Extensão incomum do medo da morte.

loquacidade
(*loquacity*), s.f.

Doença que torna o paciente incapaz de refrear a língua quando você deseja falar.

lorde
(*lord*), s.m.

Na sociedade americana, um turista inglês cuja condição está acima da de um vendedor ambulante, como lorde Aberdasher, lorde Hartisan e assim por diante. O viajante britânico de extração mais baixa é chamado de "senhor" ou "*sir*", como *sir* 'Arry Donkiboi, ou Amstead 'Eath. A palavra "senhor" às vezes é usada também como um título do Ser Supremo; mas se acredita que é mais com a intenção de lisonjear do que verdadeira reverência.

Miss Sallie Ann Splurge,
sabendo o que fez,
Casou com um nômade
lorde inglês –
Levou-o a morar com o pai
na fazenda.
Um homem que se fez vivendo de renda.

Lorde Cadde era indigno, isso é verdade,
Do pai quando o tema era integridade,
Embora tivesse deixado pra trás
Os mais loucos vícios de todo rapaz.
Pois tinha chegado a sua velhice
E era preciso trocar de tolice.
Um deles, Desejo, levava-lhe a mão
À bolsa de Splurge com sofreguidão.
Até que, falido em sua prebenda,
Não tinha mais como viver só
de renda,
E viu como meio de ter mais dinheiro
Tornar-se ele próprio um lorde
altaneiro.
Jogou fora as roupas que tinha de vez
Vestindo-se agora de estranho xadrez.
Raspou cavanhaque, mas
deixou suíças
Que mais pareciam ser insubmissas.
Pintou o pescoço de tom encarnado
E sempre polia o que era dourado.
O seu pince-nez tinha um ar sonhador
De quem observa tranquilo ao redor.
Passou a cobrir-se com uma cartola;
Dos sapatos baixos limpava até a sola.
Deixou o sotaque de ianque pra trás
Tirando o nariz da pronúncia dos as,
Seu gume extraindo com tal fidalguia
Que nem os mais finos ouvidos feria.
Saíam agás com tocante mudez
Dos lábios e, dóceis, tombavam-lhe
aos pés!
Moldado de novo assim dessa maneira
Lorde Splurge surgiu em sua
nova carreira.
Mas a Divindade, é pena, ao moldá-lo
Já tinha outros planos, como o
de enviá-lo
Da terra das presas de sempre
do nobre

Presente que agora de horrores
o cobre.
Caiu lady Cadde de amores,
meus sais!,
Por esse fidalgo que agora é seu pai!

— G.J.

---

lorota
(*fib*), s.f.

Uma mentira novata. O mais
perto que um mentiroso habitual
chega da verdade: o ponto mais
próximo de sua órbita excêntrica.

Davi dizendo que: "Todo
homem mente"
Conta ele próprio uma lorota em vão.
Talvez queira provar que a escravidão
Que tem com a verdade é
incipiente.

Mas eu suspeito que ele realmente
Foi mesmo bem veraz por servidão
E crê também que é nua ou
que ela, então,
Usa uma folha atrás e outra
em frente.

Davi não serve a uma Verdade Nua
Ao golpear assim a sua raça;
E nem a frase uma verdade encerra:

Pois a razão demonstra em forma crua
Que "mentem todos" é só uma
trapaça:
Também há quem já esteja sob a terra.

— Bartle Quinker

---

louco
(*mad*), adj.

Afetado por um alto grau de
independência intelectual; que
não se conforma aos padrões de
pensamento, fala e ação derivados
do estudo dos conformistas deles
mesmos; em desacordo com a
maioria; numa palavra, incomum.
Vale notar que as pessoas são
declaradas loucas por autoridades
que não têm indícios de serem
elas próprias sãs. Por exemplo,
este atual (e ilustre) lexicógrafo
não tem mais convicção sobre sua
sanidade do que qualquer interno
de algum manicômio local; no
entanto, pelo que ele pode saber,
em vez da alta ocupação a que
imagina estar se dedicando, pode
na verdade estar batendo as mãos
contra as grades da janela de um
sanatório e dizendo ser Noah
Webster*, para o deleite inocente
de muitos espectadores
imprudentes.

*   Noah Webster (1758-1843) foi um
lexicógrafo norte-americano,
autor de uma reforma ortográfica
da língua inglesa.

loucura
(*folly*), s.f.

O "dom e a divina faculdade" cuja energia criativa e dominadora inspira a mente do homem, guia suas ações e enfeita sua vida.

Embora Erasmo, o grande, tenha vos louvado
Em grosso livro e todos os demais autores
De vossa força sejam sempre devedores,
Dignai, loucura, ser o tema deste amado
Herdeiro vosso que caça irmãos por todo lado
E ganha o pão lhes corrigindo os seus pendores
Embora as flechas, todas já nos estertores,

Não façam jus ao vosso tão gentil legado.
Ó Mãe-Loucura! Que ouçam todos minha voz
Aqui em vossa banda bela ocidental
Que abriga e ajuda a vossa prole mais perene,
Troar em hordas vosso hino,
e nunca a sós.
E vou chamar, a reforçar o bom coral,
Dick Watson Gilder*, nosso membro mais solene.

— Aramis Loto Frope

*   Dick Watson Gilder (1844-1909), poeta e editor, era contemporâneo de Bierce.

louro
(*laurel*), s.m.

O *laurus*, um vegetal dedicado a Apolo, e antigamente desfolhado para coroar a fronte dos vitoriosos e de poetas que tinham influência na corte. (*Ver* LAUREADO.)

luminar
(*luminary*), s.m.

Alguém que joga luz sobre um tema; como um editor ao não escrever sobre ele.

maça
(*mace*), s.f.

Bastão usado pelo rei e que significa autoridade. Seu formato, que lembra um taco pesado, indica seu propósito original e como era usado na dissuasão de dissidentes.

macaco
(*monkey*), s.m.

Animal arbóreo que se sente à vontade em árvores genealógicas.

machadinha
(*hatchet*), s.f.

Um machado jovem, conhecido entre os índios como Thomashawk.

Ao índio disse o branco: "Enterra a machadinha,
Pois a paz é uma bênção que já se avizinha".
O bom selvagem concordou e a bela peça
Ele enterrou no homem branco, na cabeça.

— John Lukkus

macho
(*male*), s.m.

Membro do sexo impensado, ou desprezível. O macho da espécie humana é comumente conhecido (entre as fêmeas) como Mero Homem. O gênero tem duas variedades: bons provedores e maus provedores.

maçons
(*freemasons*), s.m.pl.

Ordem com ritos secretos, cerimônias grotescas e costumes fantásticos, que, tendo-se originado no reinado de Carlos II entre trabalhadores artesãos de Londres, tem tido a adesão sucessiva de mortos de séculos passados, num retrocesso ininterrupto até hoje, e abarca todas as gerações de homens de ambos os lados de Adão e continua obtendo distintos recrutas entre os habitantes Pré-Criacionais do Caos e do Vácuo Informe. A ordem foi fundada em épocas diferentes por Carlos Magno, Júlio César, Ciro, Salomão, Zoroastro, Confúcio, Tutmés e Buda. Seus emblemas e símbolos foram encontrados nas catacumbas de Paris e de Roma, nas pedras do Parthenon e na Grande Muralha da China, entre os templos de Karnak e de Palmira e nas Pirâmides do Egito – sempre por um maçom.

macrobiano
(*macrobian*), s.m.

Pessoa que, esquecida pelos deuses, vive até uma idade avançada. A história abunda em exemplos, de Matusalém ao velho Tom Parr, mas alguns casos notáveis de longevidade são bem menos conhecidos. Um camponês da Calábria chamado Coloni, nascido em 1753, viveu por tanto tempo que chegou a ter o que considerou um vislumbre da aurora da paz universal. Scanavius relata ter conhecido um arcebispo que era tão velho que podia se lembrar de uma época em que não merecia ser enforcado. Em 1566, um comerciante de linho de Bristol, na Inglaterra, declarou ter vivido quinhentos anos e durante todo esse tempo nunca ter contado uma mentira. Há exemplos de longevidade (*macrobiosis*) em nosso país. O senador Chauncey Depew é velho o suficiente para acharmos que devia ser mais esperto. O editor do *The American*, um jornal da cidade de Nova York, tem uma memória que o faz lembrar-se até do tempo em que era um patife, mas não desse fato. O presidente dos Estados Unidos nasceu há tanto tempo que muitos dos amigos de sua juventude foram nomeados para altos postos políticos e militares sem a ajuda do mérito pessoal. Os versos a seguir foram escritos por um macrobiano:

Em minha juventude era solar
O mundo, e era lindo
Havia um brilho à volta, em todo o ar,
Na água o mel fluindo
O humor era bem-vindo.
Os estadistas, cheios de perícia,
E o Estado, sempre justo
E quando alguém contava uma notícia
Eu cria, sim, sem susto.
Falavam todos com moderação
(Algumas damas eram exceção).

Era o verão uma inteira estação,
E não uns dias poucos!
O inverno quando ouvia a Desrazão
Com seus apelos loucos
Fazia ouvidos moucos.
Por que a isso de hoje chamam "ano"?
Bem, isso é que não lembro.
Pois vem janeiro e antes de algum plano
Já é logo dezembro.
Na juventude o ano caminhava
De mês a mês até que se acabava.

Por que é que agora o mundo
é deste jeito?
Ficou tão triste e frio.
Agora tudo leva o bom sujeito
A ser alguém sombrio.
Eu por mim desconfio
Que a culpa é desse meteorologista –
Mudou demais o ar:
Quando é impuro faz doer a vista,
E puro faz suar.
Se abrem as janelas, és asmático,
Se fecham, já te ataca o tal ciático.

Suponho que essa degeneração
Pareça a mim pior
Do que ela é numa observação
De alguém superior
E seja como for
Terá seu lado bom, bem disfarçado
Bem opaco aos mortais
Porém que aos anjos de seu mundo alado
São claros por demais.
Se a idade é bênção, com toda certeza
Foi mascarada com grande destreza!

— Venable Strigg

---

magdalena
(*magdalene*), s.f.

Habitante de Magdala. Popularmente, uma mulher descoberta. Essa definição da palavra tem a autoridade da ignorância, já que Maria Magdalena não é a mulher penitente mencionada por São Lucas. Também tem a sanção oficial dos governos da Grã-Bretanha e dos Estados Unidos. Na Inglaterra, a palavra pronuncia-se Maudlin, de onde vem o adjetivo *maudlin*, alguém desagradavelmente sentimental. Usando *maudlin* no lugar de Magdalena e *Bedlam* (manicômio) no lugar de Belém, os ingleses podem com justiça se vangloriar de serem os maiores revisores.

mágica
(*magic*), s.f.

A arte de converter a superstição em moedas. Há outras artes que servem ao mesmo elevado propósito, mas este discreto lexicógrafo não as nomeará.

---

magnanimidade
(*bounty*), s.f.

A liberalidade de alguém que tem muito em permitir que alguém que não tem nada pegue tudo o que conseguir.

Uma única andorinha, pelo que se diz, devora dez milhões de insetos por ano. Considero o fornecimento desses insetos um sinal da magnanimidade do Criador em prover para a vida de Suas criaturas.

— Henry Ward Breecher*

* Henry Ward Breecher (1813-1887), ao contrário da maioria dos autores e poetas citados por Bierce nos textos que ilustram suas definições, é um personagem real. Foi um clérigo e abolicionista americano.

---

magnetismo
(*magnetism*), s.m.

Algo que é exercido por um magneto.

magneto
(*magnet*), s.m.

Algo que exerce magnetismo.

As duas definições imediatamente acima são condensadas das obras de mil eminentes cientistas, que esclareceram o tema com grande luz branca, trazendo indizível avanço para o conhecimento humano.

magnificente
(*magnificent*), adj.

Aquele que tem grandeza ou esplendor superiores aos padrões a que o espectador está acostumado, assim como as orelhas de um asno para um coelho ou a glória de um vaga-lume para uma larva.

magnitude
(*magnitude*), s.f.

Tamanho. Sendo a magnitude puramente relativa, nada é grande e nada é pequeno. Se tudo no universo tivesse seu diâmetro aumentado em mil vezes, nada seria maior do que era antes, mas, se uma coisa permanecesse imutável, todas as outras seriam maiores do que eram. Para alguém familiarizado com a relatividade da magnitude e da distância, os espaços e as massas do astrônomo não seriam mais impressionantes do que as do microscopista. Pois até onde sabemos o universo visível pode ser uma pequena parte de um átomo, com os íons que o compõem, flutuando em fluido vivo (*luminiferous ether*) de algum animal. Possivelmente as minús-culas criaturas que habitam os corpúsculos de nosso sangue são tomadas de emoção ao contemplar a indizível distância entre um e outro desses corpúsculos.

maionese
(*mayonnaise*), s.f.

Um dos molhos que, para os franceses, substituem uma religião estatal.

mais
(*more*), adv.

O grau comparativo de demais.

majestade
(*majesty*), s.f.

Estado e título de um rei. Visto com justo desprezo pelos Mais Eminentes Grandes Mestres, Grão-Chanceleres, Grandes Autoridades e Potentados Imperiais das antigas e honradas ordens da América republicana.

mal do rei
(*king's evil*), s.m.

Doença antigamente curada pelo toque de um soberano, mas hoje tratada por médicos. Assim o "piedosíssimo rei Eduardo" da Inglaterra costumava impor sua real mão sobre os súditos doentes e curá-los –

pois multidão de desditosos
Esperam sua cura: essa doença
Derrota a medicina; mas seu toque,
Pois esta santidade deu-lhe o céu,
Traz cura imediata,

como diz o médico de Macbeth. Essa útil propriedade da mão real podia, parece, ser transferida junto com outras propriedades da coroa; pois de acordo com "Malcolm",

o que se fala
É que ao sucessor ele repassa
O dom da cura.

Mas em algum momento o dom escapou à linha sucessória: os mais recentes soberanos da Inglaterra não têm curado pelo tato, e o mal que já foi chamado de "doença do rei" agora tem o nome mais humilde de "escrófula", de "escrofa", uma semente. A data e o autor do epigrama a seguir são conhecidos somente pelo autor deste dicionário, mas ele é antigo o suficiente para mostrar que a zombaria com a doença nacional da Escócia não é algo que surgiu ontem.

Pois eis que a mim um dia veio o mal d'El-Rei,
Mas co'o monarca lá de Escócia me curei.
Impôs, falando, em minha testa as mãos gentis:
"Parti, ó mal. Sois livre, dor não mais sentis!".
Mas, ai de mim, não durmo mais a noite inteira:
A mão que cura me passou esta coceira!

A superstição segundo a qual doenças podem ser curadas pelo tato real deixou de existir, mas, como muitas convicções que já morreram, ela deixou um costume como monumento para manter sua memória sempre viva. Não é outra a origem do hábito de formar uma fila para apertar a mão do presidente, e quando esse dignitário oferece sua saudação com poderes de cura a

pessoas com males estranhos,
Inchadas, ulcerosas e abatidas,
O desespero de uma cirurgia,

ele e seus pacientes estão passando adiante uma extinta tocha que antigamente era acesa no fogo do altar de uma fé mantida por muito tempo por todas as classes de homens. É uma bela e edificante "sobrevivência" – do tipo que traz o passado mais perto de "nossos negócios e de nossos corações".

mal-ajambrada
(*ramshackle*), adj.

Pertencente a determinada escola arquitetônica, em outros tempos conhecida como Americana Típica. A maior parte dos prédios públicos dos Estados Unidos são da escola mal-ajambrada, embora alguns arquitetos mais antigos preferissem a Irônica. Acréscimos recentes à Casa Branca são Teo-Dóricos, a escola eclesiástica dos dórios. São extremamente bonitos e custam cem dólares por tijolo.

maldição
(*damn*), s.f.

Palavra muito usada em outros tempos pelos paflagonianos, cujo sentido se perdeu. Segundo o erudito dr. Dolabelly Gak acredita-se que fosse uma expressão de satisfação, que implicava o mais alto grau possível de tranquilidade mental. O professor Groke, pelo contrário, pensa que o termo expressava uma emoção de agitação prazerosa, já que com tanta frequência aparece combinada com a palavra *zeus* ou *deus*, significando "alegria".

A modéstia dificulta minha tarefa de emitir uma opinião que entre em conflito com qualquer uma dessas formidáveis autoridades.

malfeitor
(*malefactor*), s.m.

O principal fator do progresso na espécie humana.

malthusiano
(*malthusian*), adj.

Que se refere a Malthus e suas doutrinas. Malthus acreditava em limites artificiais para a população, mas descobriu que isso não podia ser feito meramente por meio da fala. Um dos mais práticos expoentes da ideia malthusiana foi Herodes da Judeia, embora todos os soldados famosos tenham pensado de maneira semelhante.

mamíferos
(*mammalia*), s.m.pl.

Família de animais vertebrados cujas fêmeas em estado de natureza amamentam os filhos, mas, quando civilizadas e esclarecidas, os entregam a uma ama de leite ou usam a mamadeira.

mamon
(*mammon*), s.próp.

Deus da principal religião do mundo. O principal templo é a sagrada cidade de Nova York:

Jurava que a religião era um engodo
E só por deus Mamon
prostrava-se no lodo.

— Jared Oopf

maná
(*manna*), s.m.

Alimento miraculosamente dado aos israelitas no deserto. Quando deixou de ser fornecido, eles se estabeleceram e lavraram o solo, fertilizando-o, em regra, com os corpos dos ocupantes originais.

manda-chuva
(*mugwump*), s.2g.

Em política, alguém que sofre com a autoestima e é viciado em independência.
Expressão pejorativa.

manes
(*manes*), s.m.pl.

As partes imortais dos mortos gregos e romanos. Ficavam em um estado de enfadonho desconforto até os corpos dos quais tinham sido exalados serem enterrados e queimados; e não parecem ter ficado particularmente felizes depois disso.

maniqueísmo
(*manicheism*), s.m.

A antiga doutrina persa de uma incessante guerra entre Bem e Mal. Quando o Bem desistiu da luta, os persas se uniram à Oposição vitoriosa.

mansidão
(*meekness*), s.f.

Paciência incomum ao planejar uma vingança que valha a pena.

Nosso M é de Moisés

Que assassinou o egípcio
Doce rosa sei que és,
Mansidão do meu Moisés.
Não sobrou um edifício
Por beijarmos os teus pés.
Mas o M é de Moisés
Que assassinou o egípcio.

— O alfabeto biográfico

manter
(*keep*), v.t.

Doou seu patrimônio inteiro
E entrou na morte descansado,
Dizendo: "Morro sem dinheiro,
Mantenho o nome imaculado".
Mas nome a tumba já não tem:
Quem morre nada mais mantém.

— Durang Gophel Arn

mão
(*hand*), s.f.

Instrumento singular usado na ponta do braço humano e comumente introduzido no bolso de alguém.

maquinação
(*machination*), s.f.

O método empregado pelo oponente de alguém para dificultar seus esforços notórios e honrados para fazer a coisa certa.

Tem tantos proveitos a maquinação
Que é até da moral uma obrigação,
E lobos honestos que não são seus fãs
Se veem forçados a vestir as lãs.
A diplomacia vai bem desse jeito
E o Diabo a venera, com mão
sobre o peito

— R.S.K.

marido
(*husband*), s.m.

Aquele que, tendo jantado, fica encarregado de cuidar do prato.

mártir
(*martyr*), s.2g.

Aquele que segue por uma linha que leva da menor relutância a uma morte desejada.

matar
(*kill*), v.t.

Criar uma vaga sem indicar o sucessor.

material
(*material*), adj.

Que tem existência real, em contraposição a uma existência imaginária. Importante.

Material eu toco, vejo e é real;
O resto todo eu chamo de imaterial.

— Jamrach Holobom

mausoléu
(*mausoleum*), s.m.

A última e mais divertida tolice do rico.

máxima
(*saw*), s.f.

Dito popular banal, ou provérbio. (Figurativo e coloquial.) Chamado assim porque só não o entende quem está pouco acima da grama. A seguir vão exemplos de velhos ditados em que se colocaram novos dentes.

Um centavo economizado é um centavo a ser esbanjado.

Conhece-se um homem pela empresa que ele organiza.

Um mau trabalhador briga com aquele que assim o chama.

Um pássaro na mão vale pelo que irá atrair.

Melhor tarde do que antes de alguém te convidar.

O exemplo é melhor do que segui-lo.

Meio pão é melhor do que um pão inteiro se há muitas outras coisas.

Pense duas vezes antes de falar com um amigo em dificuldades.

Se vale a pena fazer, vale a pena pedir que alguém faça.

Quanto menos se diz, mais cedo se é desmentido.

Ri melhor quem ri menos.

Fale do Diabo e ele ouvirá falar disso.

De dois males, escolha ser o menor.

Ataque enquanto seu patrão tem um contrato grande.

Onde há vontade há alguém para dizer não.

---

me
(*me*), pron.

O caso condenável de "eu". O pronome pessoal em inglês tem três casos, o dominante, o condenável e o opressivo. Cada um é igual aos demais.

---

medalha
(*medal*), s.f.

Pequeno disco de metal dado como recompensa por virtudes, conquistas ou serviços mais ou menos autênticos.

Conta-se que Bismarck, tendo recebido uma medalha por resgatar com valentia alguém que se afogava, quando lhe indagaram sobre o significado da medalha, respondeu: "Às vezes eu salvo vidas". E às vezes ele não salvava.

---

medicina
(*medicine*), s.f.

Uma pedra arremessada da Bowery para matar um cachorro na Broadway.

médico
(*physician*), s.m.

Alguém em quem depositamos nossas esperanças quando doentes e contra quem soltamos nossos cachorros quando estamos bem.

meia-calça
(*tights*), s.f.

Veste usada nos palcos para reforçar a aclamação geral do assessor de imprensa com uma publicidade particular. A atenção pública em certa época foi desviada desse traje em função de a srta. Lillian Russell se recusar a usá-lo, e foram muitas as conjecturas quanto aos motivos dela, tendo o palpite da srta. Pauline Hall um alto grau de engenhosidade e causado longa reflexão. A crença da srta. Hall era de que a natureza não havia dotado a srta. Russell com pernas bonitas. A compreensão masculina considerava impossível aceitar essa teoria, mas a ideia de uma perna feminina imperfeita era prodigiosamente original a ponto de figurar entre os mais brilhantes feitos da especulação filosófica! É estranho que, durante toda a controvérsia relativa à aversão da srta. Russel por meias-calças, ninguém parece ter pensado em atribuí-la àquilo que entre os antigos era conhecido como "pudor". A natureza desse sentimento hoje é entendida de maneira imperfeita, e é possível que não se possa explicá-la com o vocabulário que nos restou. O estudo das artes perdidas, porém, foi recentemente redescoberto e algumas das antigas artes chegaram a ser recuperadas. Esta é uma época de *renaissances*, e há motivos para ter esperanças de que o antigo "rubor" possa ser retirado de seu esconderijo entre os túmulos da Antiguidade e voltar a receber assobios no palco.

membro
(*limb*), s.m.

O galho de uma árvore ou a perna de uma mulher americana.

Comprou bela dama essas botas um dia.
Bem alto levou o lojista a mão
Tentando apertar o cordão –
Mais alto, por certo, do que ele devia –
Aquilo não é certo, não.
A Bíblia nos diz – mas deixemos de lado:
Não seria certo
Os outros julgar por agir
em pecado,
Até porque eu mesmo sou nunca tentado,
Nem mesmo de perto.
Têm todos fraquezas, e as tenho também.
A minha é não ter um pecado.

Contudo, parece errado
Jogar o primeiro calhau em alguém.
Também é preciso dizer, admito,
Que aquilo exigiam as botas que eu cito.
Fez ele o nó, já fez ela a careta,
E disse, corada e inquieta:
"A bota, estou certa, que muito me aperta
E dói minha – dói minha – perna".
Sorriu o lojista em sutil confiança,
De um jeito infantil, qual ingênua criança;
Depois, se compondo, fez cara de sério,
Parece que vinha de algum cemitério,
E embora não desse pelota
Aos tristes gemidos da bela,
Tocando de leve a canela
Opina solene, após um exame:
"Pois creio que doa, verdade, madame,
Mas anda na moda essa bota".

— B. Percival Dike

---

mendaz
(*mendacious*), adj.

Viciado em retórica.

---

mendigar
(*beg*), v.t.

Pedir algo com uma sinceridade proporcional à crença de que aquilo não será dado.

O que é isso, meu pai?

É um mendigo, meu filho,
Um sombrio, selvagem e rude andarilho.
Veja bem como espia entre as grades da cela!
Cidadão, se indigente, não tem vida bela.

E está preso por quê?

Porque o instinto é rei.
Ao ouvir a barriga, quebrou nossa lei.

A barriga?

Pois sim, a fome o consumia –
Nesse estado não há quem mantenha a alegria.
Não comia fazia dias e havia muito pedia
"Por favor, quero pão!".

Uma torta daria?

Quase nu, para vender nada tinha, o coitado;
Mendigar é ilegal – além de inadequado.

Por que não trabalhava?

Faria na hora,
Mas diziam "Sai! Xô!" e o Estado, "Cai fora!".
Ao saber disso tudo parece de fato
Que o nosso indigente deixou bem barato.
Pois vingança é o que o sioux faz com seu inimigo.
E ele não –

Mas que fez afinal mau mendigo?

Roubou pães e comeu tudo, tudo, até
as crostas,
E o estômago encheu, que estava já
nas costas.

Mas foi só, pai querido?

Foi isso, meu bem:
Enviaram-no à cela e enviam-no
também –
Bom, é fato que lá há bem menos
bandido.
E lá tem –

Pão pra todos?

Torrada, querido.

— Atka Mip

---

mendigo
(*beggar*), s.m.

Aquele que confiou na ajuda dos
amigos.

---

menestrel
(*minstrel*), s.m.

Antes, um poeta, cantor ou músico;
hoje um negro com uma cor
ilusória e um humor maior do que
carne e osso conseguem suportar.

---

meninice
(*childhood*), s.f.

Período da vida humana entre a
idiotia dos bebês e a tolice dos
jovens – a dois degraus do pecado
da vida adulta e a três do remorso
da velhice.

---

menor
(*minor*), adj.

Menos objetável.

---

mente
(*mind*), s.f.

Forma misteriosa da matéria
secretada pelo cérebro. Sua
principal atividade consiste na
tarefa de determinar a própria
natureza, devendo-se a futilidade
da tentativa ao fato de que ela
nada tem para conhecê-la além
dela mesma. Do latim *mens*
[*mente, grafado da mesma forma
que "homens", em inglês*], fato
desconhecido por aquele honesto
vendedor de sapatos, que,
observando que seu erudito
concorrente do outro lado da rua
exibira o lema "*Mens conscia
recti*" [*do latim "consciência da
mente"*], enobreceu sua fachada
com as palavras "*Men's, women's
and children's conscia recti*"
[*Homens, mulheres e crianças
conscia recti*].

mentiroso
(*liar*), s.m.

Advogado com comissão variável.

---

mercador
(*merchant*), s.m.

Aquele que busca uma carreira mercantil. Carreira mercantil é aquela na qual se corre atrás de dólares.

---

mesmerismo
(*mesmerism*), s.m.

O hipnotismo, antes de passar a vestir boas roupas, ter uma carruagem e de ter chamado a Incredulidade para jantar.

---

mesquinho
(*close-fisted*), adj.

Excessivamente desejoso de manter aquilo que muitas pessoas cheias de mérito gostariam de obter.

"Mas tu és mesmo um escocês mesquinho",
McJohnson diz a seu vizinho;
"Com todos os que têm algum valor eu bem divido o que for".
O mui frugal McPherson respondeu:
"Pois é verdade, bem sei eu;

E ter 'valor' é ter, eu sei também,
O que os teus e tu não têm".

— Anita M. Bobe

---

metade
(*half*), s.f.

Uma das duas partes iguais em que algo pode ser dividido, ou considerado como dividido. No século XIV, surgiu uma acalorada discussão entre teólogos e filósofos sobre se a Onisciência podia partir um objeto em três metades; e o pio padre Aldrovinus publicamente rezou na catedral de Rouen para que Deus demonstrasse a afirmativa da proposição com algum sinal de maneira inequívoca, e particularmente (se isso Lhe agradasse) que o fizesse no corpo do ousado blasfemo Manutius Procinus, que defendia a negativa. Procinus, no entanto, foi poupado para que morresse da mordida de uma víbora.

---

metralha
(*grapeshot*), s.f.

Argumento que o futuro está preparando em resposta às demandas do socialismo americano.

metrópole
(*metropolis*), s.f.

Um bastião do provincianismo.

meu
(*mine*), pron.

Que me pertence caso eu consiga segurá-lo ou pegá-lo.

milagre
(*miracle*), s.m.

Ato ou evento fora da ordem da natureza e inexplicável, como ganhar, de uma mão normal de quatro reis e um ás, com quatro ases e um rei.

milênio
(*millennium*), s.m.

Período de mil anos depois dos quais a tampa deve ser parafusada, com todos os reformadores do lado de baixo.

ministro
(*minister*), s.m.

Agente de uma força maior com uma responsabilidade menor. Na diplomacia, autoridade enviada a um país estrangeiro como personificação visível da hostilidade de seu soberano. Sua principal qualificação é um grau razoável de fraude pouco abaixo do de um embaixador.

mirmidão
(*myrmidon*), s.m.

Seguidor de Aquiles – especialmente quando ele não estava liderando.

misericórdia
(*misericorde*), s.f.

Tipo de adaga usada em guerras medievais pelos soldados de infantaria para lembrar a um cavaleiro caído da montaria que ele era mortal.

mitologia
(*mythology*), s.f.

O conjunto das crenças de um povo primitivo relativas à sua origem, ao início de sua história, seus heróis, deidades e assim por diante, em oposição aos relatos verdadeiros que são inventados mais tarde.

moda
(*fashion*), s.f.

Um déspota a quem os sábios
ridicularizam e obedecem.

Um rei de algum país distante
Perdeu um olho são;
E todo cortesão
Achou a moda excitante.

A pálpebra fechavam forte
Pensando em agradar.
O rei jurou pagar
As piscadelas com a morte.

O que fazer? Grande temor!
Como evitar o além?
Piscar? Não! Mas também
Não ver melhor que seu senhor!

Ao ver o reino entristecido,
O rei, que aos seus consola,
Passou trapos em cola,
E pôs nos olhos o tecido.

A corte feliz aderiu
Ao uso do farrapo.
Surgiu o esparadrapo
Assim, se alguém não me mentiu.

— Naramy Oof

molécula
(*molecule*), s.f.

A unidade final e indivisível da
matéria. Distingue-se do corpúsculo, que também é a unidade final
e indivisível da matéria, por se
parecer mais com o átomo, que
igualmente é a unidade final e
indivisível da matéria. Três
grandes teorias científicas da
estrutura do universo são a
molecular, a corpuscular e a
atômica. A quarta afirma, com
Haeckel, a condensação da
precipitação da matéria a partir
do éter – cuja existência é provada
pela condensação da precipitação.
A tendência atual do pensamento
científico se dirige à teoria dos
íons. O íon difere da molécula, do
corpúsculo e do átomo pelo fato de
ser um íon. Uma quinta teoria é
defendida por idiotas, mas é
duvidoso que eles saibam mais
sobre a matéria do que os outros.

molho
(*sauce*), s.m.

Único sinal infalível da civilização
e do esclarecimento. Um povo
sem molhos tem mil vícios; um
povo com um molho tem apenas
999. Para cada molho inventado e
aceito, renuncia-se a um vício e
ele é perdoado.

mônada
(*monad*), s.f.

A unidade final e indivisível da
matéria. (*Ver* MOLÉCULA.) De

acordo com Leibniz, pelo menos até onde parece que ele está disposto a ser compreendido, a mônada tem corpo sem massa e mente sem manifestação – Leibniz a conhece pelo poder inato do pensamento. Com base na mônada, ele fundou uma teoria do universo, que a criatura tolera sem ressentimento, já que a mônada é uma *lady*. Embora pequena, a mônada contém todas as forças e todas as possibilidades necessárias para evoluir e se tornar um filósofo alemão de primeira classe – de modo geral, uma criaturinha muito capaz. A mônada não deve ser confundida com o micróbio ou bacilo; por sua incapacidade de discerni-la, um bom microscópio mostra que se trata de uma espécie totalmente diferente.

---

monarca
(*monarch*), s.m.

Pessoa comprometida em reinar. Antigamente o monarca governava, como atesta a derivação da palavra, e como muitos súditos tiveram ocasião de aprender. Na Rússia e no Oriente, o monarca ainda tem considerável influência nos assuntos públicos e na disposição da cabeça humana, mas na Europa ocidental confia-se a maior parte da administração política a seus ministros, estando ele de algum modo preocupado com reflexões relativas ao status da própria cabeça.

---

monossilábico
(*monosyllabic*), adj.

Composto de palavras de uma sílaba, destinado a bebês literários que nunca se cansam de atestar por meio de uso adequado de tatibitate o prazer que lhes dá essa composição insípida. As palavras normalmente são saxãs – ou seja, palavras de um povo bárbaro destituído de ideias e incapaz de sentimentos e emoções que não sejam os mais básicos.

Se só usa saxão
É que quer levar facão.

— Judibras

---

monsenhor
(*monsignor*), s.m.

Alto título eclesiástico cujas vantagens foram negligenciadas pelo fundador de nossa religião.

---

monumento
(*monument*), s.m.

Estrutura destinada a comemorar algo que ou não precisa de

comemoração ou não pode ser comemorado.

Os ossos de Agamenon estão à mostra
E arruinado seu real monumento.

Mas a fama de Agamenon não diminui por isso. O hábito dos monumentos tem suas *reductiones ad absurdum* em monumentos "ao morto desconhecido" – ou seja, monumentos para perpetuar a memória daqueles que não deixaram memória.

---

moral
(*moral*), adj.

Conforme um padrão local e mutável do que é certo. Que tem a qualidade da conveniência geral.

Diz-se que há uma cadeia de montanhas a leste; de um lado delas certas condutas são imorais, porém do outro lado são vistas com bons olhos; de onde se tira que o habitante das montanhas está em situação conveniente, pois tem a possibilidade de descer por qualquer dos dois lados e agir conforme apraza a seu humor, sem causar ofensas.

— Meditações de Gooke

morto
(*dead*), adj.

Já respirou o que podia; nada
Ao mundo deve; e a linha de chegada
Ultrapassou. Recebe o prêmio então:
A cobiçada vala neste chão.

— Squatol Jones

---

mosca tsé-tsé
(*tzetze fly*), s.f.

Inseto africano (*Glossina morsitans*) cuja picada é normalmente vista como o mais eficaz remédio natural contra a insônia, embora alguns pacientes prefiram o tratamento oferecido pelo romancista americano (*Mendax interminabilis*).

---

mousquetaire
(*mousquetaire*), s.f.

Luva longa que cobre parte do braço. Usada em Nova Jersey. Mas *mousquetaire* é uma maneira pobre de grafar mosqueteiro.

---

mulato
(*mulatto*), s.m.

Filho de duas raças, envergonhado de ambas.

mulher
(*woman*), s.f.

Animal que em geral vive nas proximidades do homem e tem rudimentar suscetibilidade à domesticação. Muitos dos zoólogos mais antigos creem que ela tenha certos vestígios de docilidade adquiridos em um estado anterior de isolamento, mas naturalistas do período pós-susantoniano*, não tendo conhecimento desse isolamento, negam tal virtude e declaram que ela é hoje do mesmo modo que foi vista na aurora da criação. A espécie é a mais amplamente distribuída entre todos os animais de rapina, infestando todas as partes habitáveis do globo, desde as montanhas elegantes da Groenlândia até o virtuoso litoral da Índia. O nome popular (loba) é incorreto, pois a criatura se assemelha mais a um gato. A mulher é ágil e graciosa em seus movimentos, especialmente a variedade americana (*felis pugnans*), é onívora e pode-se ensiná-la a não falar.

— Balthasar Pober

* Susan Brownell Anthony (1820-1906), feminista americana.

multidão
(*multitude*), s.f.

Grande quantidade de pessoas; a fonte da sabedoria e da virtude na política. Em uma República, o objeto da adoração do estadista. "Em uma multidão de conselheiros há sabedoria", dizia o provérbio. Se muitos homens de igual sabedoria individual são mais sábios do que qualquer um deles, deve ser porque eles adquirem o excesso de sabedoria pelo mero ato de se reunir. Como isso se dá? Obviamente não se dá – assim como, digamos, um agrupamento de montanhas é mais alto do que qualquer montanha que o compõe. Uma multidão é tão sábia quanto o mais sábio de seus integrantes, desde que lhe obedeça; caso contrário, não é mais sábia do que seu integrante mais tolo.

múmia
(*mummy*), s.f.

Um egípcio antigo, anteriormente em uso universal entre as nações modernas civilizadas como remédio, hoje determinado a fornecer arte com um excelente pigmento. Ele é útil também em museus para satisfazer a vulgar curiosidade que serve para distinguir o homem dos animais inferiores.

Afirmam que a múmia atesta o respeito
Que damos aos mortos em nosso proveito.
Pilhamos a tumba (do pulha ou do santo)

Por ter um remédio moemos um tanto,
O resto exibimos cobrando
um ingresso
E há levianos que pagam o preço.
Pois digam-me, ó deuses, se
há por acaso
Para esse respeito um limite
de prazo.

— Scopas Brune

---

mustangue
(*mustang*), s.m.

Cavalo indócil das planícies
ocidentais. Na sociedade
inglesa, a esposa americana
de um nobre inglês.

M

N

nação
(*commonwealth*), s.f.

Entidade administrativa operada por uma incalculável multidão de parasitas políticos, logicamente ativos, mas apenas fortuitamente eficientes.

Chegar ao Congresso de nossa nação
É ver indolente e faminto esquadrão
De pajens, adidos e outros engodos
Nomeados por pulhas e pagos
por todos.
Nem gato ali passa de tão apertado
Nem ouve na turba o próprio miado.
Que a pajens, adidos, demais
parasitas
Abundem desgraças, desastres,
desditas!
Que torto lhes seja o funesto caminho;
Mil pulgas habitem o seu colarinho;
Pelejem os ossos com dores
sem fim,
Que tenham cirrose e mil pedras
no rim;
Que haja em seu corpo micróbios
e germes
E entranhas devorem-lhe as tênias e
vermes.
Piolhos lhe ataquem de todos
os lados
E percam libido de tão empalados.
Que o sono não seja tranquilo jamais
Mexam-se cadeiras e falem sofás,
Que o chão lhes tremule em tais ondas
medonhas,
Chutem-lhes colchões e que ronquem
as fronhas!
Que o Anjo da Morte dizime esse mar

De avaros malditos e possa vingar
Quem quis e não pôde a mim contratar.

— K.Q.

não combatente
(*non-combatant*), s.2g.

Um quacre morto.

nariz
(*nose*), s.m.

O posto avançado do rosto. Devido à circunstância de que os maiores conquistadores tinham nariz grande, Getius, cujos escritos são anteriores à invenção do humor, chama o nariz de órgão da dominação. Já se observou que o nariz de alguém nunca é tão feliz quanto quando se mete em negócios de outrem, de onde alguns fisiologistas terem feito a inferência de que o nariz é privado do sentido do olfato.

Sei de um homem que
tem um nariz
E onde quer que caminhe
o infeliz
Todos fogem, parecem
temer uma bomba:
"No ouvido o algodão
Não abafa o trovão
Que virá se ele assoa essa
tromba!".

Foram todos à corte
do estado
E pediram apoio: "Negado",
O juiz respondeu: "O Nariz
em questão
Admito, me ofende,
Mas em muito transcende
Os limites que tenho de
jurisdição".

— Arpad Singiny

---

nariz de garrafa
(*bottle-nosed*), s.m.

Aquele que tem o nariz à imagem
de seu criador.

---

nascimento
(*birth*), s.m.

O primeiro e mais terrível de
todos os desastres. Quanto à sua
natureza parece não haver
uniformidade. Castor e Pólux
nasceram de um ovo. Palas saiu
de uma caveira. Galateia foi um
bloco de pedra. Peresilis, que
escreveu no século X, afirma ter
brotado do solo onde um
sacerdote havia derramado água
benta. Sabe-se que Arimaxus
surgiu de um buraco na terra
criado por um relâmpago.
Leucomedon era filho de uma
caverna no monte Etna, e eu
mesmo vi um homem surgir de
uma adega.

navalha
(*razor*), s.f.

Instrumento usado pelo
caucasiano para realçar sua
beleza, pelo mongol para se fazer
homem e pelo afro-americano
para reafirmar seu valor.

---

néctar
(*nectar*), s.m.

Bebida servida em banquetes às
deidades olímpicas. O segredo de
sua preparação se perdeu, mas os
modernos habitantes do Kentucky
acreditam ter chegado perto de
conhecer seu principal
ingrediente.

Tomou bela Juno de
néctar um gole
No entanto a bebida não
disse a que veio.
Tomou em seguida um
licor de centeio
E logo ficou sonolenta e
bem mole.

— J.G.

---

negrinho
(*pickaninny*), s.m.

A prole do *Procyanthropos*, ou
Americanus dominans. É pequeno,
negro e pleno de fatalidades
políticas.

negro
(*negro*), s.m.

A *pièce de resistance* do problema político americano. Ao representarem-no pela letra N, os republicanos começaram assim a construir sua equação: "Que seja n = o homem branco". Isso, no entanto, parece oferecer uma solução insatisfatória.

nepotismo
(*nepotism*), s.m.

Nomear sua avó para um cargo pelo bem do partido.

newtoniano
(*newtonian*), adj.

Que se refere a uma filosofia do universo inventada por Newton, que descobriu que uma maçã cai ao solo, mas não conseguiu explicar o porquê. Seus sucessores e discípulos avançaram até o ponto de dizer quando.

niilista
(*nihilist*), s.2g.

Russo que nega a existência de qualquer coisa que não seja Tolstói. O líder da escola é Tolstói.

nirvana
(*nirvana*), s.m.

Na religião budista, um estado de agradável aniquilação concedido aos sábios, especialmente àqueles que são sábios o suficiente para compreendê-lo.

nobre
(*nobleman*), s.2g.

Algo que a natureza oferece para que ricas donzelas americanas ambiciosas incorram em distinção social e sofram a vida na alta sociedade.

noiva
(*bride*), s.f.

Uma mulher com uma ótima perspectiva de felicidade em seu passado.

noivo
(*affianced*), s.m.

Equipado com uma tornozeleira onde prender a corrente e a bola.

nomeado
(*nominee*), s.m.

Modesto cavalheiro que evita a distinção da vida privada e busca diligentemente a honrada obscuridade do cargo público.

---

nomear
(*nominate*), v.t.

Indicar para a mais pesada avaliação política. Promover pessoa adequada para ser alvo da lama e dos gatos mortos da oposição.

---

notoriedade
(*notoriety*), s.f.

A fama de alguém que concorre com outra pessoa por honrarias públicas. O tipo de renome mais acessível e aceitável para a mediocridade. Uma escada de Jacó que leva ao palco de *vaudeville*, com anjos subindo e descendo.

---

novembro
(*november*), s.m.

A 11ª de doze partes de um cansaço.

---

númeno
(*noumenon*), s.m.

Aquilo que existe, em oposição àquilo que meramente parece existir, sendo este último um fenômeno. O númeno é um pouco difícil de localizar; só pode ser apreendido por um processo de raciocínio – o que é um fenômeno. Não obstante, a descoberta e a exposição de númenos oferecem um rico campo para aquilo que Lewes chama de "a infinita variedade e entusiasmo do pensamento filosófico". Um viva (portanto) para o númeno!

N

objetivo
(*aim*), s.m.

A tarefa pela qual definimos nossos desejos.

"Anime-se! Ter objetivo ajuda."
Ela disse ao marido.
"Objetivo? Ora, isso não muda
Nada – eu fui despedido."

— G.J.

observatório
(*observatory*), s.m.

Lugar onde astrônomos fazem suposições sobre os palpites de seus antecessores.

obsoleto
(*obsolete*), adj.

Que já não é adotado pelos tímidos. Usado principalmente para descrever palavras. Uma palavra que algum lexicógrafo tenha marcado como obsoleta é, a partir de então, objeto de pavor e ódio do escritor tolo, mas, se for uma boa palavra e não tiver um bom equivalente exato, é boa o suficiente para o bom escritor. Na verdade, a atitude de um escritor perante palavras "obsoletas" é tão boa medida de suas habilidades quanto qualquer outra, à exceção do caráter de sua obra. Um dicionário de palavras obsoletas e obsolescentes não apenas seria singularmente rico em partes fortes e doces do discurso; também acrescentaria grandes posses ao vocabulário de todos os escritores competentes que por acaso não sejam leitores competentes.

obstinado
(*obstinate*), adj.

Inacessível à verdade do modo como ela se manifesta no esplendor e na ênfase de nossa retórica.

O tipo popular da obstinação é a mula, o mais inteligente dos animais.

obter
(*take*), v.t.

Adquirir, frequentemente à força, mas de preferência de modo discreto.

ocasional
(*occasional*), adj.

Que nos atormenta com maior ou menor frequência. Esse, porém, não é o sentido em que a palavra é usada na frase "versos ocasionais", que são versos escritos para uma "ocasião", como

um aniversário, uma celebração
ou outro evento. Verdade, eles
nos atormentam um pouco mais
do que outros tipos de verso, mas
seu nome não se refere à sua
recorrência irregular.

---

oceano
(*ocean*), s.m.

Corpo de água que ocupa cerca de
dois terços de um mundo feito
para o homem – e não tem
guelras.

---

ocidente
(*occident*), s.m.

A parte do mundo que fica a oeste
(ou a leste) do Oriente. É em
grande medida habitada por
cristãos, uma poderosa subtribo
dos hipócritas, cujas principais
atividades são o assassinato e a
fraude, que eles gostam de
chamar de "guerra" e de
"comércio". Essas são, também, as
principais atividades do Oriente.

---

ociosidade
(*idleness*), s.f.

Uma fazenda-modelo em que o
Diabo faz experimentos com
sementes de novos pecados e
promove o crescimento de vícios
essenciais.

ódio
(*hatred*), s.m.

Sentimento adequado para a
ocasião de superioridade de
outrem.

---

ofensivo
(*offensive*), adj.

Que gera emoções ou sensações
desagradáveis, como o avanço de
um exército contra seu inimigo.
   "As táticas do inimigo eram
ofensivas?", perguntou o rei. "Eu
diria que sim!", respondeu o
general malsucedido. "Os
canalhas não saíam da trincheira!"

---

oleaginoso
(*oleaginous*), adj.

Oleoso, liso, lustroso.
   Disraeli certa vez descreveu os
modos do bispo Wilberforce como
"untuosos, oleaginosos,
saponáceos". E o bom prelado
ficou desde então conhecido como
Sam Ensaboado. Para todo
homem, há algo no vocabulário
que grudaria nele como uma
segunda pele. Seus inimigos só
precisam descobrir o que é.

olímpico
(*olympian*), adj.

Relativo a uma montanha na Tessália, antigamente habitada por deuses, hoje um repositório de jornais amarelados, garrafas de cerveja e latas de sardinhas mutiladas, atestando a presença do turista e seu apetite.

O alegre turista rabisca seu nome
No templo da velha Minerva onde um dia
Olímpico Zeus trovejava e feria
E deixa bem claro o abuso
onde come.

— Avery Joop

ontem
(*yesterday*), s.m.

A meninice da juventude, a juventude da vida adulta, todo o passado da velhice.

Teria eu ontem me
sentido abençoado
De num pináculo no alto
da colina
Da vida média olhar a
árida campina
E a tão estranha encosta
lá daquele lado,
Onde, solenes, sombras
cobrem o gramado,
E, mui serenas, vozes
lembram em surdina

Inacabadas profecias de ruína
E vis fogueiras fazem ser
tudo assombrado.
Sim, ontem a minh'alma
estava toda em chama
Por perceber que estava eu
no meio-dia
Da humana história. Entanto
a Deus hoje ela exclama
Vendo que agora entre a
certeza e mim havia
Alguma brecha e hoje eu
peço com paixão
Que nunca mais venha a
sonhar com tal visão.

— Baruch Arnegriff

Diz-se que em sua doença final o poeta Arnegriff foi atendido em diferentes momentos por sete médicos.

ópera
(*opera*), s.f.

Peça que representa a vida em outro mundo, cujos habitantes não falam, só cantam; não têm movimentos, só gestos; e não têm posturas, só atitudes. Toda atuação é simulação, e a palavra *simulação* vem de *símia*, um macaco; mas na ópera o ator toma como modelo o *Simia audibilis* (ou *Pithecantropos stentor*) – o macaco que geme.

O ator macaqueia um homem
e exprime-o;
Na ópera o ator macaqueia
um símio.

---

opiáceo
(*opiate*), s.m.

Porta destrancada na prisão da
identidade. Leva ao jardim da
prisão.

---

opor-se
(*oppose*), v.t. e pron.

Ajudar com obstruções e objeções.

É tolo quem tenta atrair dama bela
Com roupas vistosas e cores no lar.
Com filhas do sexo injusto, cautela:
Só cinzas, eu juro, podem combinar.

— Percy P. Orminder

---

oportunidade
(*opportunity*), s.f.

Ocasião favorável para agarrar
uma desilusão.

---

oposição
(*opposition*), s.f.

Na política, o partido que, para
impedir que o governo faça
loucuras, aleija-o.

O rei de Ghargaroo, que tinha
ido para o exterior a fim de
estudar a ciência de governar,
nomeou cem de seus mais gordos
súditos como membros de um
parlamento para fazer leis que
gerassem receita. Quarenta
destes ele batizou de Partido de
Oposição e fez seu primeiro-
ministro cuidadosamente os
instruir sobre seu dever de se opor
a todas as medidas reais. No
entanto, o primeiro projeto de lei
enviado foi aprovado por
unanimidade. Muito desapontado,
o rei o vetou, informando à
oposição que se fizessem o mesmo
novamente pagariam pela
teimosia com a cabeça. Todos os
quarenta imediatamente se
estriparam.

"Que devemos fazer agora?",
perguntou o rei. "Instituições
liberais não podem ser mantidas
sem um partido de oposição."

"Esplendor do universo",
respondeu o primeiro-ministro.
"Verdade que esses cães das trevas
já não têm suas credenciais, mas
nem tudo está perdido. Deixai o
assunto com esse verme
empoeirado." E assim o ministro
fez com que os corpos da oposição
à Sua Majestade fossem
embalsamados e empalhados,
postos de volta nos assentos do
Legislativo e ali pregados.
Quarenta votos eram registrados
contra todo projeto de lei e a
nação prosperou. Mas certo dia

um projeto que impunha um imposto sobre verrugas foi derrotado – os membros do partido do governo não tinham sido pregados em seus assentos! Isso enfureceu de tal modo o rei que o primeiro-ministro foi executado, o parlamento, dissolvido com uma bateria de artilharia, e o governo do povo, pelo povo, para o povo pereceu em Ghargaroo.

oração
(*pray*), s.f.

Pedido para que as leis do universo sejam anuladas em favor de um suplicante que confessa não ser merecedor.

oratória
(*oratory*), s.f.

Conspiração entre o discurso e a ação para enganar o entendimento. Uma tirania temperada pela estenografia.

órfão
(*orphan*), s.m.

Pessoa viva que foi privada pela morte da ingratidão filial – uma privação que apela com especial eloquência a toda a empatia da natureza humana. Quando jovem, o órfão normalmente é enviado a um orfanato, onde, por cuidadoso cultivo de seu rudimentar senso de localização, ele aprende seu lugar. Depois é instruído nas artes da dependência e da servidão e, finalmente, solto no mundo para rapiná-lo como engraxate ou copeira.

organizado
(*arrayed*), adj.

Arrumado e posto em ordem, como um rebelde enforcado em um poste de luz.

ornitorrinco
(*duckbill*), s.m.

Sua conta no restaurante durante a temporada de pato.

ortodoxo
(*orthodox*), s.m.

Boi que usa o jugo popular da religião.

ortografia
(*orthography*), s.f.

A ciência de soletrar com os olhos e não com os ouvidos. Defendida com maior calor do que luz pelos internos de todos os manicômios. Eles precisaram fazer algumas concessões desde o tempo de Chaucer, mas mesmo assim seguem firmes no ataque a novas concessões.

Reformista da ortografia,
Por lorota foi preso um dia.
Deu o juiz veredicto:
"Que enforquem o dicto
E não haja nenhuma exequia".

---

ostra
(*oyster*), s.f.

Marisco viscoso e nojento que a civilização encorajou o homem a comer sem remover as entranhas! As conchas às vezes são dadas aos pobres.

---

otimismo
(*optimism*), s.m.

A doutrina, ou crença, de que tudo é belo, incluindo o que é feio, de que tudo é bom, incluindo o mau, e de que tudo está certo, inclusive o errado. É defendida com grande tenacidade por aqueles que estão mais acostumados ao infortúnio de enfrentar a adversidade e é mais aceitavelmente exposta com dentes arreganhados que simulam um sorriso. Sendo uma fé cega, é inacessível à luz da refutação – uma doença intelectual que não tem outro tratamento senão a

morte. É hereditária, mas felizmente não é contagiosa.

---

otimista
(*optimist*), s.2g.

Proponente da doutrina de que o preto é branco.

Um pessimista pediu alívio a Deus.

"Ah, desejas que eu restaure tua esperança e tua alegria", disse Deus.

"Não", respondeu o suplicante, "quero que crieis algo que as justifique".

"O mundo está criado em sua totalidade", disse Deus, "mas tu negligenciaste algo – a mortalidade do otimista".

---

ousadia
(*daring*), s.f.

Uma das mais notáveis qualidades de um homem em segurança.

---

ovação
(*ovation*), s.f.

Na Roma antiga, um tipo específico de cortejo em honra de alguém que tivesse sido inútil aos inimigos da nação. Um "triunfo" menor. No inglês moderno, a palavra é inadequadamente usada para significar qualquer vaga e

espontânea expressão de
homenagem popular ao herói do
momento e do local.

"Tive uma ovação", afirmou o ator.
Porém eu achei que era muito esquisito
Plateia e jornais em tamanho ardor –
Era um mito.

Se formos buscar da ovação a raiz,
Veremos quão tola é essa fala
de novo.
O termo latino era "ovum", que diz:
É um ovo.

— Dudley Spink

O

P

paciência
(*patience*), s.f.

Forma menos grave do desespero, disfarçada de virtude.

pagão
(*heathen*), s.m.

Criatura ignorante que comete a insensatez de adorar algo que pode ver e sentir. De acordo com o professor Howison*, da Universidade do Estado da Califórnia, os hebreus são pagãos.

"Hebreus são pagãos", fala Howison.
Tal
Cristão é filósofo. Já eu,
Vulgar e agnóstico, sou afinal
Viciado demais neste meu
Pecado: falar nesses versos de Deus.

Se um modus vivendi Howison e os hebreus
Jamais poderão atingir,
Fizeram-me pois por outro lado os céus,
E eu me criei sem fugir
Da briga – onde eu morro de rir.

Pois há no meu credo a verdade benquista,
E creio que é verdadeira:
Quem prega qualquer outra fé é um
-ista,
Um -ita, um -ado ou um -eiro –
E caio sobre ele certeiro!

Que Howison peça (a menor)
tolerância –
Deixa-me bem menos inquieto,
Mas tenho a certeza de que ele
a distância
Dirige um – já sinto a fragrância –
Inferno pessoal e secreto!

— Bissel Grip

* George Howes Howison (1834-1917), professor de filosofia na Universidade da Califórnia.

palácio
(*palace*), s.m.

Residência bela e dispendiosa, especialmente a de uma grande autoridade. A residência de um alto dignitário da Igreja Católica é chamada de palácio; a do fundador dessa religião era conhecida como campo, ou beira de estrada. Houve progresso.

palestrante
(*lecturer*), s.2g.

Alguém com a mão no teu bolso, a língua na tua orelha e com fé na tua paciência.

palma
(*palm*), s.f.

Espécie de árvore com diversas variedades, das quais a popular "palma comichenta" (*Palma hominis*) é a mais amplamente distribuída e diligentemente cultivada. Esse nobre vegetal exsuda um tipo de goma invisível que pode ser detectada aplicando-se à pele um pedaço de ouro ou prata. O metal aderirá com notável tenacidade. O fruto da palma comichenta é tão amargo e pouco satisfatório que uma considerável porcentagem dele é às vezes distribuída naquilo que conhecemos como "obras beneficentes".

pandemônio
(*pandemonium*), s.m.

Literalmente, o Lugar de Todos os Demônios. A maior parte deles escapou para a política e para as finanças, e o lugar hoje é usado pelo Reformador Audível como auditório para conferências. Quando são perturbados pela sua voz, os antigos ecos gritam respostas apropriadas que muito satisfazem seu orgulho por distinção.

panteísmo
(*pantheism*), s.m.

Doutrina segundo a qual tudo é Deus, em contraposição à doutrina de que Deus é tudo.

pantomima
(*pantomime*), s.f.

Peça em que a história é contada sem que se cometam violências contra a língua. A menos desagradável forma de ação dramática.

paraíso
(*heaven*), s.m.

Lugar onde os maus deixam de incomodar com sua conversa sobre assuntos pessoais, e os bons ouvem com atenção enquanto você expõe os seus.

paramento
(*canonicals*), s.m.

As variegadas roupas dos Bufões da Corte Celeste.

partidário
(*adherent*), s.m.

Seguidor que ainda não conseguiu tudo o que esperava.

passado
(*past*), s.m.

A parte da Eternidade em que fica a pequena parcela da qual temos um leve e lamentável conhecimento. Uma linha móvel chamada Presente o separa de um período imaginário conhecido como Futuro. Essas duas grandes divisões da Eternidade, uma das quais está sempre obliterando a outra, são totalmente diferentes. Uma é cheia de mágoas e decepções, a outra brilha com prosperidade e alegria. O Passado é a região dos soluços, o Futuro é o domínio da música. Em um deles rasteja a Memória, vestida de sacos de aniagem e coberta de cinzas, murmurando orações penitenciais; no sol da outra, a Esperança voa com asas abertas, acenando para templos de sucesso e ilhas de tranquilidade. No entanto, o passado é o futuro do ontem, o futuro é o passado de amanhã. Eles são uma e a mesma coisa – o conhecimento e o sonho.

passaporte
(*passport*), s.m.

Documento traiçoeiramente imposto ao cidadão que deixa o país, expondo-o como estrangeiro e indicando-o como alvo de especial repulsa e ódio.

passatempo
(*pastime*), s.m.

Instrumento que promove a tristeza. Exercício delicado para a debilidade intelectual.

patente
(*rank*), s.f.

Altura relativa na escala de valor humano.

No tribunal causava espanto (e ira)
A alta patente que ele conseguira.
"É que ninguém", dizia a explicação,
"Estende mais feliz ao rei a mão".

— Aramis Jukes

patifaria
(*rascality*), s.f.

Estupidez militante. A atividade de um intelecto perturbado.

patife
(*rascal*), s.m.

Um tolo visto sob outro aspecto.

patriota
(*patriot*), s.2g.

Alguém para quem os interesses de uma parte parecem ser

superiores aos interesses do todo. Joguete dos estadistas e ferramenta de conquistas.

patriotismo
(*patriotism*), s.m.

Lixo combustível pronto para ser posto sobre a tocha de qualquer ambicioso que queira iluminar seu nome.

No famoso dicionário do dr. Johnson, o patriotismo é definido como o último refúgio de um canalha. Com o devido respeito a um lexicógrafo esclarecido porém inferior, tomo a liberdade de sugerir que é o primeiro.

paz
(*peace*), s.f.

Nas relações internacionais, um período de trapaça entre dois períodos de luta.

O que é esse troar em meus ouvidos
Que não cessa jamais?
Saúdam na esperança os iludidos
Os horrores da paz.

Ah, Paz Universal, vê, te cortejam –
E te querem no altar.
Se só soubessem ter o que desejam
Iam fácil ganhar.

Trabalham no problema noite e dia,
Dedicando-lhe as vidas.

Ó meu Deus, apiedai-vos, clamaria,
Dessas almas metidas!

— Ro Amil

pedestre
(*pedestrian*), s.2g.

Para um automóvel, a parte variável (e audível) da via.

pedigree
(*pedigree*), s.m.

A parte conhecida da rota que leva de um ancestral arbóreo dotado de bexiga natatória até um descendente urbano com um cigarro.

pele-vermelha
(*red-skin*), s.2g.

Índio norte-americano cuja pele não é vermelha – pelo menos não do lado de fora.

pelourinho
(*pillory*), s.m.

Instrumento mecânico para infligir distinção pessoal – protótipo do moderno jornal conduzido por pessoas de virtudes austeras e vidas imaculadas.

pena
(*mercy*), s.f.

Atributo amado pelo agressor descoberto.

pena
(*quill*), s.f.

Instrumento de tortura produzido por um ganso e em geral manejado por um asno. Esse uso da pena hoje está obsoleto, mas seu moderno equivalente, a caneta, é manejado pela mesma eterna presença.

penitente
(*penitent*), adj.2g.

Que está sofrendo uma punição ou espera por ela.

P

perda
(*loss*), s.f.

Privação do que tínhamos ou do que não tínhamos. Assim, nesse sentido, fala-se de um candidato derrotado que ele "perdeu a eleição"; e daquele homem eminente, o poeta Gilder, que "perdeu o juízo". É no primeiro e mais legítimo sentido que a palavra é usada no famoso epitáfio:

Aqui jaz sir Huntington*, voltou ao pó.
A perda que teve foi nossa vitória,
Pois quando vivia, em toda a sua glória,
O que ele ganhava perdíamos nós.

* Collis P. Huntington (1821-1900), magnata das ferrovias.

peregrino
(*pilgrim*), s.m.

Viajante que é levado a sério. Um pai peregrino era aquele que, deixando a Europa em 1620 por não ter permissão para cantar salmos pelo nariz, seguiu para Massachusetts, onde podia representar Deus de acordo com os ditames de sua consciência.

perfeição
(*perfection*), s.f.

Estado imaginário de qualidade que se distingue do real por um elemento conhecido como excelência; um atributo do crítico.

O editor de uma revista inglesa, ao receber uma carta apontando a natureza errônea de suas opiniões e de seu estilo, assinada com o nome "Perfeição", prontamente escreveu ao pé da carta: "Não concordo com você", e a remeteu a Matthew Arnold*.

* Matthew Arnold (1822-1888) foi um escritor e crítico vitoriano.

perigo
(*danger*), s.m.

Fera de que o homem escarnece
Enquanto ele adormece,
Mas que tira gritos da garganta
Assim que se levanta.

— Ambat Delaso

peripatética
(*peripatetic*), adj.

Qualidade de caminhar sem destino. Ligada à filosofia de Aristóteles, que, enquanto a expunha, ia de um lugar para o outro para evitar as objeções dos alunos. Precaução desnecessária – eles não sabiam mais do que ele sobre o tema.

peroração
(*peroration*), s.f.

A explosão de um foguete retórico. Impressiona, mas, ao observador que tenha o tipo errado de nariz, sua peculiaridade mais perceptível é o cheiro dos vários tipos de pólvora usados em seu preparo.

perpétuo
(*everlasting*), adj.

Que dura para sempre. Minha modéstia quase me impede de me aventurar a oferecer essa breve e elementar definição, já que estou ciente da existência de um volumoso livro de um antigo bispo de Worcester intitulado *Uma definição parcial da palavra "perpétuo" na versão autorizada das Sagradas Escrituras*. Em outros tempos, seu livro foi visto como detentor de grande autoridade na Igreja Anglicana e permanece sendo estudado, pelo que entendo, para satisfação da mente e maior proveito da alma.

perseverança
(*perseverance*), s.f.

Humilde virtude por meio da qual a mediocridade conquista um sucesso inglório.

"Persevera e verás que
não é nunca em vão!"
Perseveram até neste
antigo sermão.
"Tartaruga venceu,
devagar foi ao longe.
Mas a lebre veloz eu pergunto: foi
aonde?"
Ora foi descansar e sonhar em paz,
Recompondo as suas forças ficando
pra trás.
Esqueceu seu rival – a
disputa, esquecida;
E esqueceu o cansaço da
inútil corrida.
A sua alma estendida na
grama a sonhar

Co'uma Terra Sem Cães lá
depois do jantar.
Dorme o sono dos santos
num campo sagrado
Vencedor do que é bom sem
ter nem se cansado.

— Sukker Ufro

---

peru
(*turkey*), s.m.

Grande ave cuja carne, quando
comida em certas datas comemo-
rativas religiosas, tem a peculiar
propriedade de atestar a piedade
e a gratidão das pessoas. Incidentalmente, é muito boa de comer.

---

pessimismo
(*pessimism*), s.m.

Filosofia que se impõe às
convicções do observador pela
desanimadora prevalência do
otimista com sua esperança
de espantalho e seu sorriso
sem graça.

---

piano
(*piano*), s.m.

Utensílio de sala de estar
destinado a subjugar o visitante
impenitente. Funciona pondo-se
para baixo as teclas da máquina e
o humor da plateia.

---

piedade
(*piety*), s.f.

Reverência pelo Ser Supremo,
baseada em Sua suposta
semelhança com o homem.

Ensina cedo a boa igreja ao leitãozinho
Que o Deus Suíno é peludo
e tem focinho.

— Judibras

---

pigmeu
(*pigmy*), s.m.

Pertencente a uma tribo de
homens muito pequenos
encontrada por antigos viajantes
em muitas partes do mundo, mas
pelos modernos apenas na África
central. Os pigmeus são assim
chamados para distingui-los dos
caucasianos, mais parrudos, que
são os pigteus.

---

pintura
(*painting*), s.f.

A arte de proteger superfícies
planas contra o clima e de
expô-las aos críticos.

Antigamente, a pintura e a
escultura combinavam-se na
mesma obra: os antigos pintavam
suas estátuas. A única aliança atual
entre as duas artes é que o moderno
pintor cinzela seus clientes.

pirataria
(*piracy*), s.f.

Comércio sem camisa de força, como Deus o criou.

pirronismo
(*pyrrhonism*), s.m.

Antiga filosofia, batizada por seu inventor. Consistia em uma descrença absoluta em tudo, exceto pelo pirronismo. Seus modernos adeptos fizeram esse acréscimo.

plagiar
(*plagiarize*), v.t.

Adotar o pensamento ou o estilo de outro autor que a pessoa jamais leu.

plágio
(*plagiarism*), s.m.

Coincidência literária composta de algo vergonhoso que o antecedeu e de algo honroso que vem depois.

planejar
(*plan*), v.t.

Importar-se com qual é o melhor método de obter um resultado acidental.

platitude
(*platitude*), s.f.

O elemento fundamental e glória especial da literatura popular. Um pensamento que ronca com palavras fumegantes. A sabedoria de um milhão de tolos na expressão de um bronco. Sentimento fóssil em uma pedra artificial. Moral sem fábula. Tudo que é mortal em uma verdade já falecida. Uma meia taça de leite-com-mortalidade. A sambiquira de um pavão sem penas. Uma água-viva minguando na praia do mar do pensamento. O cacarejo que sobrevive ao ovo. Um epigrama dissecado.

platônico
(*platonic*), adj.

Relativo à filosofia de Sócrates. Amor platônico é o nome que os tolos dão para o afeto entre uma incapacidade e um fracasso.

plebeu
(*plebeian*), s.m.

Antigo romano que no sangue de seu país manchou apenas suas mãos. Distingue-se do patrício, que era uma solução saturada.

plebiscito
(*plebiscite*), s.m.

Votação popular para descobrir qual a vontade do soberano.

plenipotenciário
(*plenipotentiary*), adj.

Que tem plenos poderes. Um ministro plenipotenciário é um diplomata que possui absoluta autoridade sob condição de jamais usá-la.

pleonasmo
(*pleonasm*), s.m.

Exército de palavras escoltando um pensamento de baixa patente.

pobreza
(*poverty*), s.f.

Lixa fornecida para os dentes dos ratos da Reforma. O número de planos para sua abolição iguala ao dos reformadores que sofrem dela, somado ao dos filósofos que não sabem nada sobre o assunto. Suas vítimas se distinguem pela posse de todas as virtudes e por sua fé em líderes para conduzi-las à prosperidade, onde creem que essas virtudes sejam desconhecidas.

poesia
(*poetry*), s.f.

Forma de expressão peculiar da Terra além das revistas.

polícia
(*police*), s.f.

Força armada para proteger e compartilhar.

polidez
(*politeness*), s.f.

A mais aceitável hipocrisia.

poligamia
(*polygamy*), s.f.

Casa de expiação, ou capela expiatória, mobiliada com vários bancos penitenciais, em oposição à monogamia, que tem apenas um.

política
(*politics*), s.f.

Luta de interesses disfarçada de disputa de princípios. A condução dos negócios públicos para obter vantagens pessoais.

político
(*politician*), s.m.

Enguia no lodo fundamental sobre o qual se ergue a superestrutura da sociedade organizada. Quando serpenteia, ele confunde a agitação de seu rabo com o tremor do edifício. Comparado com o estadista, sofre a desvantagem de estar vivo.

pólvora
(*gunpowder*), s.f.

Expediente empregado pelas nações civilizadas para a resolução de disputas que podem se tornar problemáticas se deixadas irresolvidas. A maior parte dos autores atribui a invenção da pólvora aos chineses, mas com provas não muito convincentes. Milton diz que ela foi inventada pelo Diabo para dispersar os anjos, e essa opinião parece ter como indício a seu favor a escassez de anjos. Além disso, conta com a cordial concordância do honorável James Wilson, ministro da Agricultura.

O ministro Wilson se tornou interessado na pólvora por meio de um evento ocorrido na fazenda experimental do governo no distrito de Colúmbia. Certo dia, muitos anos atrás, um patife imperfeitamente reverente às profundas realizações e ao caráter pessoal do ministro presenteou-o com um saco de pólvora, apresentando-a como sendo a semente da *Flamejorrenda boquiabertias*, um cereal patagônico de grande valor comercial, admiravelmente adaptado a esse clima. O bom ministro foi instruído a espalhar a semente por um sulco e depois cobrir com terra. Ele imediatamente o fez e construiu uma linha contínua por todo o caminho ao longo de um campo de 10 acres, quando foi levado a olhar para trás por um grito do generoso doador, que imediatamente derrubou um fósforo aceso no sulco no ponto inicial. O contato com a terra tinha umedecido um pouco a pólvora, mas o assustado funcionário se viu perseguido por uma alta e galopante coluna de fogo e fumaça em feroz evolução. Ele permaneceu paralisado e atônito por um instante, depois se lembrou de um compromisso e, deixando tudo para trás, se ausentou dali com celeridade tão surpreendente que, aos olhos dos espectadores ao longo da rota escolhida, ele parecia um extenso risco escuro que se prolongava com incrível rapidez no decurso de sete vilas, recusando-se audivelmente a ser consolado. "Deus do céu! O que é isso?", gritou um assistente de agrimensor, cobrindo os olhos e observando a linha do agricultor que logo sumia e dividia em dois o horizonte visível. "Aquilo", disse o agrimensor, olhando descuidadamente para o fenômeno e novamente concentrando sua atenção em seu instrumento, "é o Meridiano de Washington".

populista
(*populist*), s.2g.

Patriota fóssil do início do período agrícola, encontrado na antiga pedra-sabão vermelha do solo de Kansas: caracteriza-se por um tamanho incomum das orelhas, que, segundo alguns naturalistas, dá a ele o poder de voar, embora os professores Morse e Whitney, seguindo linhas independentes de pensamento, engenhosamente tenham apontado que, se ele o tivesse, iria para outro lugar. No pitoresco discurso de seu período, do qual alguns fragmentos chegaram até nós, ele era conhecido como "O Problema do Kansas".

P

pôquer
(*poker*), s.m.

Jogo que dizem ser jogado com cartas por algum propósito que este lexicógrafo desconhece.

porco
(*pig*), s.m.

Animal (*Porcus omnivorus*) intimamente associado à espécie humana pelo esplendor e pela vivacidade de seu apetite que, no entanto, é inferior em escopo, pois ele não come carne suína.

portátil
(*portable*), adj.

Exposto a propriedade variável por meio das vicissitudes da posse.

Se o patrimônio que
carrega não ergueu
E o antigo dono dele não se esqueceu
A impropriedade é portátil, penso eu.

— Worgum Slupsky

porto
(*harbor*), s.m.

Lugar onde navios se abrigam contra o carregamento e ficam expostos à fúria da alfândega.

português
(*portuguese*), s.m.

Gansos de uma espécie nativa de Portugal.* Em geral não têm penas e são imperfeitamente comestíveis, mesmo quando recheados com alho.

* Aqui Bierce faz um trocadilho, intraduzível, entre a palavra "português" (portuguese, em inglês) e "gansos" (geese).

---

positivismo
(*positivism*), s.m.

Filosofia que nega nosso conhecimento do Real e afirma nossa ignorância do Aparente. Seu expoente mais prolixo é Comte; o mais abrangente, Mill; e o mais denso, Spencer.

---

possuído
(*obsessed*), adj.

Tomado por um espírito mau, como o porco gadareno e outros críticos. A possessão já foi mais comum do que é hoje. Arasthus nos conta de um camponês que a cada dia da semana era ocupado por um diabo diferente e, aos domingos, por dois. Eles eram vistos com frequência, sempre andando à sombra dele, quando ele tinha sombra, mas foram finalmente expulsos pelo tabelião da aldeia, um homem santo; no entanto levaram consigo o camponês, pois ele sumiu completamente. Um demônio retirado de uma mulher pelo arcebispo de Reims correu pelas ruas, perseguido por uma centena de pessoas, até chegar ao campo aberto, onde, dando um salto mais alto do que o pináculo de uma igreja, escapou em um pássaro. Um capelão do exército de Cromwell exorcizou um demônio que possuíra um soldado jogando o soldado à água, tendo o Diabo vindo à tona. O soldado, infelizmente, não o fez.

---

posteridade
(*posterity*), s.f.

Corte recursal que reverte o julgamento dos contemporâneos de um autor popular, sendo o autor do recurso seu obscuro concorrente.

---

potável
(*potable*), adj.

Próprio para beber. Diz-se que a água é potável; na verdade, alguns afirmam ser nossa bebida natural, embora mesmo eles a achem palatável apenas quando estão sofrendo da doença recorrente conhecida como sede, para a qual serve de remédio. Em nada se pôs tão diligente empenho em todas as épocas e países, à exceção das menos civilizadas, quanto em inventar substitutos para a água. Afirmar que essa aversão geral a tal líquido não tem base no instinto de preservação de nossa espécie é ser pouco científico – e sem a ciência nós somos como cobras e sapos.

praga
(*plague*), s.f.

Em tempos antigos, uma punição geral dos inocentes como advertência a seu governante, como no conhecido exemplo de Faraó, o Imune. A praga como hoje temos a felicidade de conhecer é meramente a natureza manifestando fortuitamente sua agressividade despropositada.

prazer
(*pleasure*), s.m.

A menos odiosa forma de desânimo.

pré-adâmico
(*pre-adamite*), s.m.

Membro de uma raça experimental e aparentemente insatisfatória que antecedeu a Criação e viveu em condições que não são facilmente concebíveis. Melsius acreditava que habitassem "o Vácuo" e fossem algo entre os peixes e os pássaros. Pouco se sabe sobre eles, além do fato de

terem dado uma esposa a Caim e uma controvérsia aos teólogos.

pré-existência
(*pre-existence*), s.f.

Fator não levado em conta na criação.

pré-histórico
(*prehistoric*), adj.

Pertencente a um período antigo e a um museu. Que antecede a arte e a prática de perpetuar a fraude.

Ele viveu em um período
pré-histórico,
Num mundo que era louco
e até fantasmagórico.
Vivesse após divina Clio e
seu invento
Em ordem terem colocado
todo evento
Não ia ver nada fortuito
ou divertido,
Só as mentiras que ela impõe
a nosso ouvido.

— Orpheus Bowen

precedente
(*precedent*), s.m.

Em Direito, uma decisão, regra ou prática prévia que, na

ausência de um estatuto definitivo, tem a força e a autoridade que um juiz decidir conferir-lhe, simplificando assim enormemente sua tarefa de fazer o que quiser. Como há precedente para tudo, ele só precisa ignorar os que vão contra seu interesse e ressaltar os que estão alinhados a seu desejo. A invenção do precedente eleva o julgamento legal do estágio rudimentar do ordálio à nobre atitude de um arbítrio que pode ser dirigido.

precipitado
(*precipitate*), adj.

Anteprandial.

Precipitado em tudo,
aquele moço
Agiu primeiro, depois
foi ao almoço.

— Judibras

preço
(*price*), s.m.

Valor acrescido de uma soma razoável pelo desgaste da consciência por exigi-lo.

preconceito
(*prejudice*), s.m.

Opinião errante sem formas visíveis de sustentação.

predestinação
(*predestination*), s.f.

Doutrina segundo a qual todas as coisas ocorrem de acordo com o programado. Essa doutrina não deve ser confundida com a da predeterminação, que significa que todas as coisas são programadas, mas não afirma que ocorrerão, sendo essa apenas uma implicação de outras doutrinas às quais se vincula. A diferença é grande o suficiente para ter causado um dilúvio de tinta na cristandade, sem falar no sangue coagulado. Com a distinção entre as doutrinas bem clara na cabeça e crendo reverentemente em ambas, é possível ter esperanças de escapar à perdição se você for poupado.

predeterminação
(*foreordination*), s.f.

Essa parece uma palavra fácil de definir, mas, quando eu penso que pios e eruditos teólogos passaram longas vidas explicando-a e escreveram bibliotecas para explicar suas explicações; quando lembro que nações foram divididas e batalhas sangrentas foram causadas pela diferença entre predeterminação e predestinação e milhões de tesouros foram gastos no esforço de provar e desprovar sua compatibilidade com o livre-arbítrio e com a eficácia da oração, do louvor e de uma vida religiosa, relembrando esses horrendos fatos na história da palavra, fico intimidado diante do poderoso problema de seu significado, rebaixo meus olhos espirituais, temendo contemplar sua portentosa magnitude, reverentemente descubro minha cabeça e humildemente remeto-a a Sua Eminência cardeal Gibbons e Sua Graça bispo Potter.

predileção
(*predilection*), s.f.

Estágio preparatório da desilusão.

preferência
(*preference*), s.f.

Um sentimento, ou estado mental, induzido pela crença errônea de que uma coisa é melhor do que outra.

Um antigo filósofo, expondo sua convicção de que a vida não é melhor do que a morte, foi questionado por um discípulo por

que, então, ele não morria. "Porque", ele respondeu, "a morte não é melhor do que a vida".

É mais longa.

preguiça
(*laziness*), s.f.

Injustificável compostura em pessoa de baixa extração.

prelado
(*prelate*), s.m.

Sacerdote da igreja com grau superior de santidade e um cargo gordo. Pertencente à aristocracia celestial. Um cavalheiro do Senhor.

prender
(*arrest*), v.t.

Deter formalmente alguém acusado de fazer algo inusitado.

Deus fez o mundo em seis dias e foi preso no sétimo.

— "*A versão não autorizada*"

prerrogativa
(*prerogative*), s.f.

Direito de um soberano de agir mal.

presbiteriano
(*presbyterian*), s.m.

Sujeito convicto de que as autoridades que dirigem a Igreja devem ser chamadas de presbíteros.

presente
(*present*), s.m.

A parte da eternidade que separa o domínio da decepção do reino da esperança.

presidência
(*presidency*), s.f.

Na política americana, é o porco engordurado da brincadeira tradicional – na qual os participantes precisam pegar o animal untado em óleo.

presidente
(*president*), s.2g.

Figura dominante em um pequeno grupo de homens dos quais se sabe com certeza – e apenas em relação a eles – que uma imensa quantidade de seus compatriotas não os escolheria para chegar à Presidência.

Pois se isso é honra eu penso ser
ainda maior

Passar por isso sendo mero espectador.
Repare e veja se eu me engano
quando noto:
Não há ninguém que tenha a mim
negado um voto!
Não me xingaram nem chamaram de
serpente –
Pelo que eu sei seria eleito presidente
Na aclamação. Gritai, patifes
boquiabertos
Eu vou passando com ouvidos bem
abertos!

— Jonathan Fomry

pressa
(*hurry*), s.f.

A rapidez dos trapalhões.

presságio
(*omen*), s.m.

Sinal de que algo acontecerá caso nada aconteça.

prevaricador
(*prevaricator*), s.m.

Mentiroso em estado larvar.

primaz
(*primate*), s.m.

Chefe de uma igreja, especialmente de uma igreja

estatal sustentada por contribuições involuntárias. O primaz da Inglaterra é o arcebispo de Cantuária, um amável velhinho que ocupa o Palácio de Lambeth quando vivo e a Abadia de Westminster quando morto. Frequentemente ele está morto.

---

primeiro de abril
(*april fool*), s.m.

A tolice de março com outro mês acrescentado à sua insensatez.

---

probabilidade
(*prospect*), s.f.

Uma perspectiva, em geral proibitiva. Uma expectativa, em geral proibida.

Oh sopra sempre, brisa, sopra e voa
Sobre Ceilão sopra bem forte.
Lá toda probabilidade é boa
Com exceção, claro, da morte.

— Bispo Sheber

---

probóscide
(*proboscis*), s.f.

Órgão rudimentar de um elefante que substitui para ele o garfo e a faca que a evolução ainda lhe nega. Para fins humorísticos, é popularmente chamada de tromba.

Questionado sobre como sabia por que um elefante demorava em viagem, o ilustre Joaquin Miller deu um olhar reprovador a seu algoz e respondeu distraído: "Porque ele tromba", e pulou de um alto promontório para o mar. Assim pereceu por seu orgulho o mais famoso humorista da Antiguidade, deixando para a humanidade um pesaroso legado! Não surgiu nenhum sucessor digno do título, embora o sr. Edward Bok, do *The Ladie's Home Journal*, seja muito respeitado pela pureza e pela doçura de seu caráter.

---

processo
(*trial*), s.m.

Investigação formal destinada a comprovar e a deixar registrado o caráter imaculado de juízes, advogados e jurados. Para obter esse efeito, é necessário garantir que haja um contraste com a pessoa a que se dá o nome de réu, prisioneiro ou acusado. Se o contraste fica bastante claro, essa pessoa passará por tormentas tais que deem a esses virtuosos cavalheiros uma confortável percepção de sua imunidade, que se soma à de seu valor. Em nossa época, o acusado normalmente é um ser humano, ou um socialista, mas em épocas medievais, animais, peixes, répteis e insetos eram levados a julgamento. Um animal que tivesse assumido forma humana ou praticado bruxaria era devidamente preso, julgado e, se condenado, morto pelo carrasco. Insetos que devastassem plantações de grãos, pomares e parreirais eram intimados a comparecer diante de um tribunal civil e, depois dos testemunhos, da argumentação e da condenação, se continuassem *in contumaciam*, o assunto era levado a um alto tribunal eclesiástico, onde eram solenemente excomungados e se tornavam anátema. Em uma rua de Toledo, alguns porcos que tinham perversamente corrido por entre as pernas do vice-rei, aborrecendo-o, foram presos, julgados e punidos. Em Nápoles, um asno foi condenado a ser queimado na fogueira, mas a sentença parece não ter sido executada. D'Addosio relata, usando os registros dos tribunais, muitos julgamentos de porcos, bois, cavalos, galos, cães, bodes etc., em grande medida, acredita-se, tendo como finalidade a melhoria de sua conduta e de sua moral. Em 1451, houve um processo contra as sanguessugas que infestavam alguns lagos nas proximidades de Berna, e o bispo de Lausanne, instruído pelo corpo docente da Universidade de Heidelberg, determinou que alguns dos "vermes aquáticos" fossem levados perante a magistratura local. Isso foi feito e as sanguessugas, tanto as que estavam presentes quanto as ausentes, receberam ordem de deixar os locais que haviam infestado dentro de três dias sob pena de cair em "maldição divina". Nos volumosos registros dessa *causa celebre*, não há nada que mostre se os infratores recorreram contra a punição ou se deixaram aquela inóspita jurisdição.

---

profecia
(*prophecy*), s.f.

Arte e prática de vender a credibilidade de alguém para entrega futura.

---

projétil
(*projectile*), s.m.

O árbitro final das disputas internacionais. Antigamente essas disputas eram resolvidas pelo contato físico dos querelantes, com os argumentos simples que a lógica da época permitia – a espada, a lança e assim por diante. Com o crescimento da prudência nos assuntos militares, o projétil passou a ser cada vez mais valorizado, e hoje é tido em alta estima pelos mais corajosos. Seu defeito capital é exigir a presença pessoal no momento da propulsão.

como a nós mesmos e que faz tudo o que sabe para nos tornar desobedientes ao mandamento.

propriedade
(*property*), s.f.

Qualquer bem material, sem valor específico, que possa ser possuído por A apesar da ganância de B. O que quer que satisfaça a paixão por posses de alguém e a frustre em todos os demais. Objeto de breve cobiça humana e longa indiferença.

prova
(*proof*), s.f.

Indício que tem mais aparência de plausível do que de improvável. O depoimento de duas testemunhas dignas de confiança, em vez de apenas uma.

providencial
(*providential*), adj.

Inesperado e conspicuamente benéfico àquele que o descreve.

próximo
(*neighbor*), s.m.

Alguém que, segundo o mandamento, devemos amar

publicar
(*publish*), v.t.

Em assuntos literários, tornar-se o elemento fundamental de um cone de críticos.

puritana
(*prude*), s.f.

Cafetina escondida atrás das costas de sua conduta.

Q

quiromancia
(*palmistry*), s.f.

O 947º método (de acordo com a classificação de Mimbleshaw) de obter dinheiro por meio de falsos pretextos. Consiste em "ler o caráter" nas linhas que se formam ao fechar a mão. A simulação não é totalmente falsa: é realmente possível ler o caráter de maneira muito precisa desse modo, pois as linhas de todas as mãos submetidas claramente formam a palavra "tolo". A impostura consiste em não ler a palavra em voz alta.

quixotesco
(*quixotic*), adj.

Absurdamente cavalheiresco, como Dom Quixote. É impossível ter uma percepção da beleza e da excelência desse incomparável adjetivo quando se tem a infelicidade de saber que o nome do cavalheiro se pronuncia Kir-rô-te.

Se a ignorância permitisse um dia
Banirmos todos a filologia
Saber bem espanhol tolo seria.

— Juan Smith

quociente
(*quotient*), s.m.

Número que mostra quantas vezes uma quantia de dinheiro pertencente a uma pessoa está contida no bolso de outra – normalmente o número se aproxima da quantidade de vezes que o dinheiro pode ser pego lá.

quórum
(*quorum*), s.m.

Número suficiente de membros de um corpo deliberativo para que eles façam tudo o que desejam. No Senado dos Estados Unidos, o quórum é formado pelo presidente da Comissão de Finanças e por um mensageiro da Casa Branca; na Câmara, pelo presidente e pelo Diabo.

R

r.i.p.
(*r.i.p.*), abrev.

Abreviação desleixada de *requiescat in pace*, que atesta uma indolente boa vontade para com os mortos. De acordo com o erudito dr. Drigge, porém, as letras originalmente significavam nada mais do que *reductus in pulvis*.

rabdomante
(*rhadomancer*), s.m.

Aquele que usa um bastão de adivinhação para prospectar metais preciosos no bolso de um tolo.

rabecão
(*hearse*), s.m.

O carrinho de bebê da morte.

rabo
(*tail*), s.m.

A parte da coluna de um animal que transcendeu seus limites naturais para estabelecer uma existência independente em um mundo próprio. Exceto no estado fetal, o homem não tem rabo, uma privação da qual ele atesta ter uma consciência hereditária e intranquila, pelo uso do fraque nos homens e do vestido de cauda nas mulheres, e por uma perceptível tendência de ornamentar a parte da roupa em que deveria estar, e sem dúvida em alguma época esteve, o rabo. Essa tendência é mais observável nas fêmeas da espécie, em quem a consciência ancestral é forte e persistente. Os homens com rabo descritos por lorde Monboddo em geral são vistos hoje como produto de uma imaginação excepcionalmente suscetível a influências geradas na era dourada de nosso passado piteco.

ração para vermes
(*worms'-meat*), s.f.

Produto final do qual somos a matéria-prima. Conteúdo do Taj Mahal, do Tombeau Napoléon e do Grantarium. A ração para vermes em geral dura menos do que a estrutura que a abriga, mas "também isso deve passar". Possivelmente a obra mais tola em que um ser humano pode se envolver é a construção de um túmulo para si mesmo. O propósito solene não apenas não dignifica como somente acentua por contraste sua sabida futilidade.

Ó tolo ambicioso! Mera exibição!
Não faz nenhum sentido essa dedicação

A uma habitação que tem
por morador
Alguém que já não tem sentido da visão.

Não importa que construas
mausoléu gigante,
As mil ervas daninhas se-
guem adiante
E põem tudo abaixo como fosse nada
No que pra ti parece apenas
um instante.

O tempo para os mortos voa como o
vento,
Pois quando todo o mármore for pó,
atento:
Levanta e te espreguiça, solta um bom
bocejo –
Parecerá a ti que foste há um
momento.

Como que a tua tumba deve ser perene
Até que o próprio Tempo chegue ao
fim solene?
Qual a vantagem tua de ficar ali,
Apenas uma mancha numa pedra
indene?

— Joel Huck

---

raciocinar
(*reason*), v.i.

Pesar as probabilidades na
balança do desejo.

---

racional
(*rational*), adj.

Desprovido de qualquer ilusão,
salvo as da observação, da
experiência e da reflexão.

---

radicalismo
(*radicalism*), s.m.

O conservadorismo de amanhã
injetado nos assuntos de hoje.

---

rádio
(*radium*), s.m.

Mineral que provê calor e
estimula o órgão com o qual o
cientista é um tolo.

---

rainha
(*queen*), s.f.

Mulher por quem o reino é
governado quando há um rei e por
meio de quem se governa quando
não há.

---

ralé
(*rabble*), s.f.

Em uma República, aqueles que
exercem suprema autoridade,
contrabalançada por eleições
fraudulentas. A ralé é como o
santo Simurgh da fábula árabe –

onipotente sob a condição de que não faça nada. (A palavra vem do aristocratês e não tem equivalente exato em nossa língua, mas significa, mais ou menos, "porco imponente".)

ranzinza
(*caviler*), s.2g.

Um crítico de nosso próprio trabalho.

rapacidade
(*rapacity*), s.f.

Providência sem trabalho. A economia de esforço.

rarebit
(*rarebit*), s.m.

Molho galês também conhecido como "*Welsh rabbit*" (coelho galês) por aqueles que não têm senso de humor, que insistem que a receita não leva coelho. A esses se deve solenemente explicar que o alimento conhecido como carne de onça não vem de uma onça e que o *riz-de-veau à la financière* não é o sorriso de um bezerro preparado segundo a receita de uma banqueira.

razão
(*reason*), s.f.

Propensitato de preconceito.

razoável
(*reasonable*), adj.

Acessível ao contágio de nossas próprias opiniões. Hospitaleiro ao convencimento, à dissuasão e à evasão.

realidade
(*reality*), s.f.

O sonho de um filósofo louco. Aquilo que restaria em um caldeirão ao depurar um fantasma. O núcleo de um vácuo.

realismo
(*realism*), s.m.

A arte de retratar a natureza como ela é vista pelos sapos. O charme que inunda uma paisagem pintada por uma toupeira ou uma história escrita por uma lagarta.

realmente
(*actually*), adv.

Talvez; possivelmente.

rebaixamento
(*abasement*), s.m.

Atitude mental decente e costumeira na presença de riqueza e poder. Particularmente adequada em um empregado ao falar com o empregador.

rebelde
(*rebel*), s.2g.

Proponente de um novo desgoverno que falhou em implantá-lo.

rebelião
(*riot*), s.f.

Entretenimento popular fornecido aos militares por espectadores inocentes.

receita
(*prescription*), s.f.

O palpite de um médico sobre o que vai prolongar melhor a situação com o menor dano ao paciente.

reconciliação
(*reconciliation*), s.f.

Suspensão de hostilidades. Trégua armada com a finalidade de exumar os mortos.

reconhecer
(*acknowledge*), v.t.

Confessar. O reconhecimento dos erros dos outros é o mais alto dever imposto por nosso amor à verdade.

reconsiderar
(*reconsider*), v.t.

Buscar justificativas para uma decisão já tomada.

recontagem
(*recount*), s.f.

Na política americana, jogar novamente os dados com a concordância do jogador contra o qual eles estão viciados.

recreação
(*recreation*), s.f.

Tipo específico de tristeza para aliviar uma fadiga generalizada.

recruta
(*recruit*), s.2g.

Pessoa que se distingue do civil por seu uniforme e do soldado pela marcha.

Recém-chegado da fazenda, indústria ou rua,
A sua marcha, quando ataca ou se recua,
É uma cena militar sem um revés.
Só dois detalhes atrapalham: são seus pés.

— Thompson Johnson

---

recusa
(*refusal*), s.f.

Negação de algo desejado; como a mão de uma donzela envelhecida pedida em casamento a um pretendente rico e bonito; um valioso privilégio para uma corporação rica solicitado a um fiscal; a absolvição de um rei impenitente por um padre e assim por diante. As recusas são graduadas em escala descendente de finalidade do seguinte modo: a recusa absoluta, a recusa condicional, a tentativa de recusa e a recusa feminina. Esta última é chamada de recusa aquiescente por alguns sofistas.

---

rede de arrasto
(*seine*), s.f.

Tipo de rede para perpetrar uma mudança involuntária no ambiente. Para pegar peixes, são feitas com material resistente e grosseiro, mas as mulheres são pegas com mais facilidade com um tecido singularmente delicado que usa como lastro pequenas pedras lapidadas.

Jogou Satã rede de renda ao mar
(As pedras preciosas eram lastro).
Depois tentou, olhando, imaginar
O que teria pego nesse rastro.

Pegou todas as almas femininas –
Colheita de uma enorme dimensão!
Mas antes que atracasse nas marinas
Fugiram pelos furos do arrastão.

— Baruch de Loppis

---

redenção
(*redemption*), s.f.

Absolvição dos pecadores da pena imposta por seus pecados, por meio do assassinato da deidade contra a qual pecaram. A doutrina da redenção é o mistério fundamental de nossa santa religião, e quem nela crer não perecerá, mas terá vida eterna na qual tentará compreendê-la.

Livrar o homem da tormenta do pecado
É meu dever e sei que agir será preciso;
Mas sei também que pô-los lá no paraíso
É bem difícil sem os anjos a seu lado
E sem a chama que lhes faz purificados.

Sou um novato no que tange
à redenção:
Pois uso ainda a velha crucificação.

— Golgo Brone

redundante
(*redundant*), adj.

Supérfluo; desnecessário; *de trop*.

Disse o Sultão: "Há prova mais do que abundante
De que esse cão mau e herege é redundante".
"Não sei o resto", respondeu o grão-vizir,
"Mas a cabeça é excessiva e tem de ir".

— Habeeb Suleiman.

O sr. Debs* é um cidadão redundante.

— Theodore Roosevelt

*   Eugene Debs (1855-1926), cinco
     vezes candidato à presidência dos
     Estados Unidos pelo Partido
     Socialista.

referendo
(*referendum*), s.m.

Lei que submete uma proposta legislativa ao voto popular para descobrir quão disparatada é a opinião pública.

reflexão
(*reflection*), s.f.

Ação da mente pela qual obtemos uma visão mais clara de nossa relação com as coisas de ontem e nos faz capazes de evitar os perigos com os quais não mais nos defrontaremos.

reformar
(*reform*), v.t.

Coisa que muito satisfaz os reformadores, ao contrário de reformarem-se.

refúgio
(*refuge*), s.m.

Qualquer coisa que garanta proteção a alguém que corre perigo. Moisés e Josué ofereceram seis cidades de refúgio – Bezer, Golã, Ramote, Quedés, Siquém e Hebron – para as quais alguém que matasse inadvertidamente podia fugir quando fosse perseguido por parentes do morto. Esse admirável expediente lhes oferecia um saudável exercício e permitia que desfrutassem dos prazeres da fuga; desse modo a alma do falecido era adequadamente honrada por costumes semelhantes aos jogos funerais da Grécia primitiva.

regalias
(*regalia*), s.f.pl.

Insígnias, joias e costumes distintivos de ordens antigas e ilustres como os Cavaleiros de Adão; os Visionários da Tolice Perceptível; a Antiga Ordem dos Modernos Trogloditas; a Liga da Santa Impostura; a Falange Dourada dos Membros de Falanges; a Distinta Sociedade dos Vagabundos Expurgados; a Aliança Mística dos Belos Donos de Regalias; os Cavaleiros e Damas do Cão Amarelo; a Ordem Oriental dos Filhos do Ocidente; a Confraria das Coisas Insuportáveis; os Guerreiros da Longa Reverência; os Guardiães da Colher do Grande Chifre; o Bando dos Brutos; a Ordem Impenitente dos Espancadores de Esposas; a Sublime Legião dos Notáveis Extravagantes; os Adoradores do Templo Galvanizado; os Inacessíveis Brilhantes; os Orros Urradores da Pegada Inimitável; os Janízaros do Pavão de Sopro Amplo; as Increscências Plumadas do Templo Mágico; a Grande Cabala dos Sedentários sem Deficiência; as Deidades Associadas do Comércio de Manteiga; o Jardim dos Patetas; a Afetiva Fraternidade dos Homens com Verrugas Parecidas; os Espantosos Cintilantes; as Damas do Horror; a Associação Cooperativa para Ganhar os Holofotes; os Duques do Éden; os Discípulos Militantes da Fé Desconhecida; os Cavalheiros Defensores do Cão Doméstico; os Santos Gregários; os Otimistas Resolutos; a Antiga Congregação dos Suínos Inóspitos; os Soberanos Associados da Mendacidade; os Duques-Guardiães da Latrina Mística; a Sociedade para Prevenção da Prevalência; os Reis dos Drinques; a Polida Federação dos Cavalheiros Consequentes; a Misteriosa Ordem do Arabesco Indecifrável; a Classe Uniformizada dos Gatos Piolhentos; os Monarcas do Valor e da Fome; os Filhos da Estrela do Sul; os Prelados da Banheira e da Espada.

rei
(*king*), s.m.

Pessoa do sexo masculino comumente conhecida nos Estados Unidos como "cabeça coroada", embora jamais use uma coroa e normalmente não tenha cabeça de que se possa falar.

Um rei distante muito, muito tempo atrás
Falou a seu bufão:
"Trocasse agora de lugar contigo
e em paz
Eu viveria enfim, ó meu caro rapaz –
Sem essa chateação".

"Pois a razão de prosperardes,
suserano,
Não me leveis a mal",
O bobo disse "é que, se acaso não
me engano,
De todos os bufões dos quais
sois soberano
Sou o mais liberal".

— Oogum Bem

---

reitor
(*rector*), s.m.

Na Igreja Anglicana, a terceira
pessoa da trindade paroquial,
sendo as outras duas o
cura e o vigário.

---

relicário
(*reliquary*), s.m.

Receptáculo de peças sagradas
como a verdadeira cruz, as
costelas dos santos, as orelhas da
jumenta de Balaão, o pulmão do
galo que incitou Pedro a se
arrepender e assim por diante.
Relicários são normalmente de
metal e têm uma tranca para
evitar que seu conteúdo saia e
realize milagres fora de época.
Uma pena da asa do Anjo da
Anunciação certa vez escapou
durante um sermão na igreja de
São Pedro e tanto fez cócegas nos
narizes da congregação que cada
um despertou e espirrou três

vezes. Diz-se na *Gesta sanctorum*
que um sacristão na catedral de
Canterbury surpreendeu a cabeça
de São Dinis na biblioteca. Ao ser
repreendida por seu austero
guardião, ela explicou estar em
busca do corpo de uma doutrina.
Essa indecente leviandade
enraiveceu de tal modo o
diocesano que a transgressora foi
condenada publicamente, jogada
às traças e substituída por
outra cabeça de São Dinis,
trazida de Roma.

---

religião
(*religion*), s.f.

Filha da Esperança e do Medo,
que explica à Ignorância a
natureza do Incognoscível.

"Qual é sua religião, meu filho?",
perguntou o arcebispo de Reims.
"Perdão, monsenhor", respondeu
Rochebriant; "tenho vergonha dela".
"Então por que não se torna ateu?"
"Impossível! Teria vergonha
do ateísmo."
"Neste caso, monsieur, o senhor
deveria se unir aos protestantes."

---

relógio
(*clock*), s.m.

Máquina de grande valor moral
para o homem, aliviando sua
preocupação com o futuro ao

lembrá-lo da imensa quantidade de tempo que ainda lhe resta.

"Não tenho tempo!",
reclamou num hausto
Um ocupado homem,
sempre exausto.
"Asneira", disse o preguiçoso amigo.
"Tens todo o tempo do
mundo contigo.
E há muito, sempre,
inclusive agora.
Sem ele nunca se passa
uma hora."

— Purzil Crofe

---

rememorar
(*recollect*), v.t.

Lembrar com acréscimos algo que até então era desconhecido.

---

renda
(*income*), s.f.

Indicador e medida natural e racional da respeitabilidade, sendo os padrões comumente aceitos artificiais, arbitrários e falaciosos; pois, como "*sir* Sycophas Chrysolater*" observou com justiça, "os verdadeiros uso e função da propriedade (seja em que ela consistir – moedas, ou terra, ou casas, ou mercadorias, ou qualquer coisa que possa ser por direito usada como instrumento para que alguém atinja seus fins), assim como honrarias, títulos, privilégios e postos e todos os favores e conhecimento de pessoas de qualidade ou capacidade, são apenas obter dinheiro. Segue-se que todas as coisas devem na realidade ser classificadas com base na medida em que forem úteis para esse fim; e seus possuidores devem ser classificados de acordo com isso, não devendo nem o senhor de uma propriedade improdutiva, não importando seu tamanho e antiguidade, nem aquele que seja portador de uma comenda não remunerada, nem o pobre que seja favorito de um rei serem estimados como tendo o mesmo nível de excelência daquele cujas riquezas crescem diariamente; e dificilmente aqueles cuja riqueza é estéril poderão reivindicar justamente ter direito a maiores honras do que os pobres e os desprezíveis".

---

renome
(*renown*), s.m.

Grau de distinção que fica entre a notoriedade e a fama – um pouco mais suportável do que uma e um pouco mais intolerável do que a outra. Às vezes é conferido por uma mão hostil e imprudente.

Feri todas as cordas desta lira,
Ninguém me deu sua atenção;
Me toca Ituriel e o jogo vira –
A lança é revelação.

Meu gênio, mesmo grande, não me tira,
Daquela imensa escuridão.
Pois sua voz eu mal ainda ouvira
E o sol brilhou na imensidão.

— W. J. Candleton

---

renunciar
(*resign*), v.t.

Abrir mão de um posto em nome
de uma vantagem. Abrir mão de
uma vantagem em nome de uma
vantagem maior.

Eis que Leonard Wood estaria
disposto
A plena renúncia assinar
Abre mão de seu título e até de seu
posto:
Qualquer posição militar,
Qualquer distinção militar.

Um exemplo tão nobre traz inspiração
E todos imitam o gesto:
Pois resigna-se, humilde, a inteira
nação
Ao ato do homem modesto –
Ao ato cristão e honesto.

— Politian Greame

reparação
(*reparation*), s.f.

Satisfação que se dá por ter feito
algo errado e que é deduzida da
satisfação que se sentiu ao
fazê-lo.

---

réplica
(*replica*), s.f.

Reprodução de uma obra de arte,
feita pelo artista que produziu o
original. É chamada assim para
diferenciá-la da "cópia", que é
feita por outro artista. Quando as
duas são feitas com igual
habilidade, a réplica é mais
valiosa, pois supõe-se que seja
mais bela do que parece.

---

repolho
(*cabbage*), s.m.

Conhecido vegetal que nasce em
hortas, é usado na culinária e tem
mais ou menos o tamanho e a
sabedoria da cabeça humana.

R

O repolho deriva seu nome de
Repoleio, um príncipe que ao
ascender ao trono emitiu um
decreto nomeando um Alto
Conselho do Império composto de
membros do ministério de seu
antecessor e de repolhos do
jardim real. Quando alguma das
medidas de Sua Majestade
relativas às políticas públicas

dava visivelmente errado, anunciava-se em tom solene que vários membros do Alto Conselho tinham sido decapitados, e os súditos encerravam seu burburinho e se apaziguavam.

repórter
(*reporter*), s.2g.

Autor que adivinha seu caminho até a verdade e a dissipa com uma tempestade de palavras.

"Tu és caro demais à minha alma, pois
Não poderás desmentir-me depois!"
Canta o repórter tendo ali à vista
A transcrição "fiel" de sua entrevista.

— Barson Maith

reprovação
(*reprobation*), s.f.

Em teologia, a condição de um infeliz mortal condenado desde antes de nascer. A doutrina da reprovação foi ensinada por Calvino, cuja alegria era de certa maneira diminuída pela triste sinceridade de sua convicção de que, embora alguns estivessem predestinados à perdição, outros estavam predestinados à salvação.

república
(*republic*), s.f.

Nação em que, sendo a coisa que governa e a coisa governada uma só, apenas há autoridade consentida para exigir obediência opcional. Em uma República, o fundamento da ordem pública é o hábito sempre decrescente da submissão herdada de ancestrais que, sendo governados de verdade, se submetiam por necessidade. Há tantos tipos de República quanto há gradações entre o despotismo de onde elas vieram e a anarquia a que elas levam.

réquiem
(*requiem*), s.m.

Missa pelos mortos na qual os poetas menores garantem que os ventos cantam sobre o túmulo de seus prediletos. Às vezes, como modo de oferecer uma diversão variada, eles cantam um hino fúnebre.

resenhar
(*review*), v.t.

Pôr em ação seu dom (sem nunca questioná-lo,
Embora seja pífio se alguém olhá-lo)
E lendo algum livro, ao analisá-lo,
Ler nele o que se quis já antes
de pegá-lo.

resgate
(*ransom*), s.m.

A compra daquilo que não pertence ao vendedor nem pode pertencer ao comprador. O menos lucrativo dos investimentos.

residente
(*resident*), adj.

Incapaz de ir embora.

resoluto
(*resolute*), adj.

Obstinado em um rumo que aprovamos.

respeitabilidade
(*respectability*), s.f.

A prole de uma *liaison* entre uma cabeça calva e uma conta bancária.

respirador
(*respirator*), s.m.

Aparato para ser posto sobre o nariz e a boca de um habitante de Londres, usado para filtrar o universo visível em sua passagem para os pulmões.

resplandecente
(*resplendent*), adj.

À maneira de um simples cidadão americano fingindo ser um duque em sua loja maçônica, ou ressaltando sua relevância no Esquema das Coisas como uma unidade elementar de um desfile.

Os Cavaleiros do Domínio estavam tão resplandecentes em veludo e dourado que seus amos nem os teriam reconhecido.

— Crônicas das classes

responder
(*respond*), v.i.

Dar resposta, ou exibir uma consciência de ter inspirado interesse no que Herbert Spencer chama de "coexistências externas", como Satã "se agachando como um sapo" no ouvido de Eva, respondendo ao toque da lança de um anjo. Responder por danos causados significa contribuir para a manutenção do advogado do querelante e, incidentalmente, para a compensação do querelante.

responsabilidade
(*responsibility*), s.f.

Fardo removível facilmente colocado sobre os ombros de Deus, do Destino, da Fortuna, da Sorte ou do vizinho. Quando a astrologia estava em alta, era comum jogá-la em uma estrela.

Que pena, o mundo não é
bom jamais
Pois Eva não deixou maçã em paz;
E muita gente que agora estaria
Entre os gigantes da filosofia,
Ou brincaria de algum jogo róseo
Com companheiros num clima
bem dócil,
É condenado pelo azar e roga:
"Não dá para sair daqui? Que droga!".

— O mendigo tenaz

---

responsabilização
(*accountability*), s.f.

A mãe da precaução.

"Não se esqueça", disse o grão-vizir
"Posso ser responsabilizado".
Disse o xá: "É esse o predicado
Seu que mais parece me atrair".

— Joram Tate

---

resultado
(*outcome*), s.m.

Espécie particular de desapontamento. Pelo tipo de inteligência que vê na exceção uma prova da regra, a sabedoria de um ato é julgada pelo resultado, pelo seu efeito. Isso é um disparate universal; a sabedoria de um ato deve ser julgada pelas luzes que seu autor tinha ao realizá-lo.

---

retaguarda
(*rear*), s.f.

Em assuntos militares americanos, a parte exposta do exército que está mais próxima do Congresso.

---

retaliação
(*retaliation*), s.f.

A pedra natural sobre a qual se ergue o Templo da Lei.

---

reverência
(*reverence*), s.f.

A atitude espiritual de um homem diante de Deus e de um cão diante de um homem.

---

revisor
(*proof-reader*), s.m.

Malfeitor que expia o pecado de tornar sua escrita um disparate ao permitir que o tipógrafo a torne ininteligível.

revolução
(*revolution*), s.f.

Em política, uma mudança abrupta na forma de desgoverno. Na história americana, especificamente, a substituição do governo de uma gestão pelo de um ministro, por meio do qual o bem-estar e a felicidade do povo avançaram quase meia polegada. Revoluções normalmente são acompanhadas por uma considerável efusão de sangue, mas dizem que valem a pena – esse elogio sendo feito pelos beneficiários cujo sangue não sofreu o infortúnio de ser vertido. A Revolução Francesa tem valor incalculável para o socialista moderno; quando ele puxa a corda que mexe seu esqueleto, seus gestos são indizivelmente apavorantes para os tiranos sangrentos suspeitos de fomentar a lei e a ordem.

rico
(*rich*), adj.

Depositário e sujeito a prestar contas da propriedade do indolente, do incompetente, do pródigo, do invejoso e do azarado. Essa é a visão que predomina no submundo, onde a Irmandade do Homem encontra seu desenvolvimento mais lógico e sua defesa mais sincera. Para os habitantes do mundo intermediário, a palavra significa bom e sábio.

ricos
(*riches*), s.m.pl.

Presente dos céus que significa: "Este é meu filho amado, em quem me aprazo".

— John D. Rockefeller*

A recompensa do trabalho duro e da virtude.

— J. P. Morgan**

As economias de muitos nas mãos de um.

— Eugene Debs

A essas excelentes definições o inspirado lexicógrafo sente que não tem nada de valor a acrescentar.

* John D. Rockefeller (1839-1937), magnata do petróleo.
* John Pierpont Morgan (1837-1913), banqueiro americano.

ridículo
(*ridicule*), s.m.

Palavra usada para mostrar que a pessoa a quem ela é pronunciada é desprovida de dignidade e caráter, diferentemente de quem a pronuncia. Pode ser gráfica, mimética ou meramente sorridente. Diz-se que Shaftesbury* a considerava o teste da verdade – uma afirmação ridícula, pois muitas falácias solenes passaram séculos de ridículo sem que sua aceitação popular diminuísse. O que, por exemplo, tem sido mais valorosamente zombado do que a doutrina da respeitabilidade infantil?

* Anthony Ashley-Cooper (1671-1713), conde de Shaftesbury, escritor e político inglês.

---

rima
(*rime*), s.f.

Sons concordantes no final de versos, ruins na maior parte dos casos. Os próprios versos, ao contrário do que ocorre com a prosa, em geral são chatos.

R

---

rimador
(*rimer*), s.m.

Poeta visto com indiferença ou pouco estimado.

O rimador apaga a flébil chama,
O som já cessa e a mais ninguém inflama.
Então o cão, a torto e a direito,
Expõe-nos as paixões lá do seu peito.

A lua passa na área encantada
E a olha bem, mas não entende nada.

— Mowbray Myles

---

risada
(*laughter*) s.f.

Convulsão interior que produz uma distorção dos traços e é acompanhada por ruídos inarticulados. É contagiosa e, embora intermitente, incurável. A vulnerabilidade a ataques de riso é uma das características que distinguem os humanos dos animais – esses não apenas são imunes à incitação pelo exemplo como também não podem ser impregnados pelos micróbios que têm, originalmente, a prerrogativa de causar a doença. Se o riso pode ser transmitido a animais por meio de inoculação a partir do paciente humano é questão ainda não respondida pelos experimentos. O dr. Meir Witchell afirma que o caráter contagioso da risada se deve à fermentação instantânea da saliva que se difunde em forma de jato. Em função dessa peculiaridade, ele chama a doença de *Convulsio spargens*.

rito
(*rite*), s.m.

Cerimônia religiosa ou semirreligiosa fixada por lei, preceito ou costume da qual o óleo essencial da sinceridade foi cuidadosamente retirado.

ritualismo
(*ritualism*), s.m.

Um jardim holandês de Deus onde Ele pode andar em liberdade retilínea, sem pisar na grama.

rodízio
(*table d'hôte*), s.m.

A avara concessão do restaurante à paixão universal pela irresponsabilidade.

Seu Parrudim, recém-casado,
Levou sra. P. à mesa
E comeu como um condenado,
Sem jeito e sem qualquer beleza.

"Eu enlouqueço com comida,
Esqueço tudo", disse o esposo.
"Sei", disse a noiva ali esquecida,
"Rodízio é o prazer do idoso".

— Poetas Associados

romance
(*novel*), s.m.

Um conto com enchimentos. Uma espécie de composição que tem com a literatura a mesma relação que o panorama tem com a arte. Como é longo demais para ler de uma sentada, as impressões criadas por suas sucessivas partes são sucessivamente apagadas, como no panorama. A unidade, totalidade de efeito, é impossível; pois além das últimas páginas tudo o que fica na cabeça é a mera trama do que aconteceu antes. O romance está para a literatura romântica assim como a fotografia está para a pintura. Seu princípio fundamental, a probabilidade, corresponde à realidade literal da fotografia e o coloca sem dúvida na categoria de relato; as asas livres do romancista, por outro lado, permitem-lhe ir às mais incríveis altitudes da imaginação que ele possa atingir; e os três primeiros fundamentos da arte literária são imaginação, imaginação e imaginação. A arte de escrever romances está há muito morta em toda parte, exceto na Rússia, onde é nova. Paz às suas cinzas – algumas das quais ainda vendem muito.

rostro
(*rostrum*), s.m.

Em latim, o bico de uma ave ou a proa de um navio. Nos Estados Unidos, sinônimo de púlpito, local do qual um candidato a um cargo expõe de maneira enérgica a sabedoria, a virtude e o poder da plebe.

rum
(*rum*), s.m.

De maneira genérica, bebidas inflamáveis que causam loucura em abstêmios completos.

rumor
(*rumor*), s.m.

Uma das armas prediletas para os assassinos de caráter.

Irresistível tanto à cota quanto ao escudo,
Não há quem dele se liberte ou se defenda,
Ó meu rumor, és bem veloz e sempre agudo,
Contra o oponente és quem mais quero na contenda.
Que sejam dele o vil e oculto inimigo,
E a mão inútil sobre a caixa de boatos.
Que seja minha a língua dona do castigo,
Feroz e má ao lembrar sempre falsos fatos.

Assim eu mato sem um golpe o oponente
E mal celebro a sua queda já iminente
Preparo a alma para um novo combatente.

— Joel Buxter

russo
(*russian*), s.m.

Pessoa com corpo de caucasiano e alma de mongol. Um tártaro emético.

s

sabá
(*sabbath*), s.m.

Festival semanal que tem sua origem no fato de que Deus fez o mundo em seis dias e foi preso no sétimo. Entre os judeus, o respeito ao dia foi reforçado por um mandamento do qual esta é a versão cristã: "Lembra de, no sétimo dia, fazer que teu próximo o guarde". Ao Criador pareceu adequado e oportuno que o Sabá fosse o último dia da semana, mas os primeiros Pais da Igreja tinham outros pontos de vista. Tão grande é a santidade do dia que até o Senhor, tendo uma duvidosa e precária jurisdição sobre os que vão ao mar (e para dentro dele), o mandamento é obedecido com reverência, como se vê na versão do quarto mandamento para águas profundas que vemos a seguir:

No sétimo dia não vás às galés,
Vai limpar o cabo e lixar o convés.

O convés hoje já não é lixado, mas o cabo ainda dá ao capitão a oportunidade de demonstrar um pio respeito pelo decreto divino.

sabedoria
(*lore*), s.f.

Conhecimento – especialmente daquele tipo que não deriva do caminho normal seguido pela instrução, mas que vem da leitura de livros ocultos ou da natureza. Esse último tipo é chamado de folclore e abrange mitos e superstições populares. Em *Mitos curiosos da Idade Média*, de Baring-Gould, o leitor encontrará vários desses mitos e superstições rastreados, por meio de várias pessoas em linhas convergentes, até uma origem comum na Antiguidade remota. Entre esses estão as fábulas de "Teddy, o Matador Gigante", "O adormecido John Sharp Williams", "Capuzinho Vermelho e o truste do açúcar", "Bela e Brisbane", "Os sete vereadores de Éfeso", "Rip Van Fairbanks" e assim por diante. A fábula com que Goethe se relaciona tão afetuosamente sob o título de "O elfo" era conhecida 2 mil anos atrás na Grécia como "O povo e a indústria nascente". Um dos mitos mais gerais e antigos é o conto árabe de "Ali Babá e os quarenta Rockefellers".

sacerdotalista
(*sacerdotalist*), s.2g.

Aquele que crê que um clérigo é sacerdote. Negar essa grave doutrina é o maior desafio imposto à Igreja Episcopal pelos neodicionaristas.

sacerdote
(*clergyman*), s.m.

Homem que assume a gestão de nossa vida espiritual como método de melhorar sua vida temporal.

saciedade
(*satiety*), s.f.

O sentimento que se tem pelo prato depois de comer o que havia nele, madame.

sacramento
(*sacrament*), s.m.

Solene cerimônia religiosa à qual estão associados variados graus de autoridade e significado. Roma tem sete sacramentos, mas as igrejas protestantes, sendo menos prósperas, acreditam só ter como arcar com dois, e de santidade inferior. Algumas seitas menores não têm nenhum sacramento – economia vil pela qual indubitavelmente serão condenadas.

sagrado
(*sacred*), adj.

Dedicado a algum propósito religioso; que tem um caráter divino; que inspira pensamentos ou emoções solenes; como o Dalai Lama no Tibete; o Moogum de M'bwango; o templo dos Símios no Ceilão; a vaca na Índia; o crocodilo, o gato e a cebola no antigo Egito; o múfti de Moosh; o pelo do cachorro que mordeu Noé etc.

O que não for sagrado é, sim, profano;
O sacro traz proveito ao diocesano,
O resto é do demônio e do
seu plano.

— Dumbo Omohundro

salamandra
(*salamander*), s.f.

Originalmente, um réptil que habitava o fogo; mais tarde, um imortal antropomorfo, mas ainda pirófilo. Hoje se acredita que as salamandras estejam extintas, já que o último relato que temos de que alguém avistou uma delas foi em Carcassone, onde o abade Belloc a exorcizou com um balde de água benta.

santo
(*saint*), s.m.

Pecador morto, revisto e editado.
   A duquesa de Orléans conta que o velho e irreverente caluniador, marechal Villeroi, que na juventude conhecera São Francisco de Sales, disse, ao

ouvir chamarem-no de santo: "Fico feliz por ouvir que *monsieur* De Sales é santo. Ele gostava de dizer coisas indelicadas e costumava trapacear no jogo de cartas. Em outros assuntos era um perfeito cavalheiro, apesar de ser um tolo".

---

sapo
(*frog*), s.m.

Réptil com pernas comestíveis. A primeira menção aos sapos na literatura profana se dá na narrativa que Homero faz da guerra entre eles e os camundongos. Pessoas céticas duvidaram de que Homero fosse autor da obra, mas o erudito, engenhoso e industrioso dr. Schliemann* resolveu de vez a questão ao descobrir os ossos dos sapos mortos. Uma das formas de persuasão moral pelas quais se suplicou ao faraó que atendesse os israelitas foi uma praga de sapos, mas o faraó, que gostava deles num fricassê, observou, com estoicismo verdadeiramente oriental, que podia resistir tanto quanto os sapos e os judeus; então o programa foi modificado. O sapo é um cantor diligente, tendo boa voz, mas nenhum ouvido. O libreto de sua ópera favorita, do modo como foi escrita por Aristófanes, é breve, simples e eficiente – "brekekex-koax":

a música é aparentemente do eminente compositor Richard Wagner. Cavalos têm um sapo em cada casco – uma provisão previdente da natureza, que lhes permite brilhar em uma corrida com barreiras.

* Heinrich Schliemann (1822-1890), arqueólogo que escavou o sítio histórico de Troia em 1871.

---

saquear
(*plunder*), v.t.

Tomar propriedade de outrem sem observar a decente e costumeira discrição do roubo. Efetuar uma mudança de propriedade com o discreto acompanhamento de uma banda militar. Apoderar-se dos bens de A e B, fazendo C lamentar a oportunidade perdida.

---

sarcófago
(*sarcophagus*), s.m.

Entre os gregos, caixão que, feito de certo tipo de pedra carnívora, tinha a propriedade peculiar de devorar o corpo nele colocado. O sarcófago conhecido pelos modernos obsequiógrafos normalmente é produto da arte do carpinteiro.

satã

(*satan*), s.m.

Um dos erros lamentáveis do Criador, do qual ele se arrependeu rasgando as vestes e depositando cinzas sobre a cabeça. Ao ser declarado arcanjo, Satã se tornou censurável por diversos motivos e, por fim, foi expulso do paraíso. A meio caminho de sua queda, ele parou, baixou a cabeça refletindo por um instante e, por fim, voltou. "Tem um favor que eu gostaria de pedir", ele disse.

"Diga."

"O homem, pelo que entendo, está prestes a ser criado. Ele precisará de leis."

"O quê, miserável! Tu que estás destinado a ser o adversário dele, desde a aurora da eternidade cheio de ódio pela sua alma – tu pedes o direito de fazer-lhe as leis?"

"Perdão; o que eu desejo pedir é que o homem tenha a permissão para que as faça ele mesmo."

E assim foi determinado.

sátira

(*satire*), s.f.

Tipo obsoleto de composição literária em que os vícios e as tolices dos inimigos do autor eram expostos com imperfeita suavidade. Neste país, a sátira nunca gozou de uma existência que não fosse débil e incerta, pois sua alma é a inteligência aguda, da qual somos tristemente deficientes, sendo o humor que com ela confundimos, como todo humor, tolerante e simpático. Além disso, embora os americanos tenham sido "dotados por seu Criador" de abundantes vícios e tolices, em geral não se sabe que essas sejam qualidades repreensíveis, o que faz o satirista ser visto pela população como um patife amargo e o eterno grito de suas vítimas pedindo socorro sempre ter aprovação de toda a nação.

Saúdo a ti, ó Sátira! Que a
tua glória
Relembre sempre a múmia, mas
também a história.
Pois tu também és morta e
já estás condenada –
Tua alma está no inferno
(e lá é muito usada).
Tivesse nisso a Bíblia sido respeitada
Serias pela lei de injúria
inocentada.

— Barney Stims

sátiro

(*satyr*), s.m.

Um dos poucos personagens da mitologia grega que teve reconhecimento na mitologia hebraica (Levítico, XVII, 7). O sátiro era de início um membro da comunidade dissoluta, tendo uma vaga submissão a Dioniso, mas passou por muitas transformações e melhorias. Não é incomum que o confundam com o fauno, uma criação mais nova e mais decente dos romanos, que era menos parecida com um homem e mais semelhante a um bode.

---

scarabæus
(*scarabee*), s.m.

O mesmo que escaravelho.

Se hoje está sob a nogueira
É que um erro cometeu.
Ia por terra estrangeira
E ao ouvir tocar a banda
Quis dançar a sarabanda
Mas falou "Scarabæus".
Falou disso a tarde inteira
E ela (seria a mais linda do harém)
Ouviu em silêncio. Sua pele também,
Com manchas de luz, era linda e trigueira –
Morrer por um scarabæus
E por uma lembrança tardia,
meu Deus.
Triste destino!
Pois puseram-no sob este piso
Onde agora ele aguarda o Juízo,
Pobre menino.
Um trocadilho, "de quina pra lua"
Assombra a cova e já recua.
Morrer por um scarabæus!

— Fernando Tapple

---

segunda-feira
(*monday*), s.f.

Em países cristãos, o dia que se segue ao jogo de beisebol.

---

seguro
(*insurance*), s.m.

Um engenhoso jogo de azar moderno em que o jogador tem permissão para gozar da confortável convicção de que está ganhando do sujeito que cuida da banca.

CORRETOR DE SEGUROS: Caro senhor, esta é uma bela casa – por favor, deixe-me segurá-la.

DONO DA CASA: Com prazer. Por favor, torne o prêmio anual tão baixo que, quando, de acordo com as tabelas de seu atuário, ela provavelmente for destruída pelo fogo, eu terei pago a você bem menos do que o valor de face da apólice.

CORRETOR DE SEGUROS: Ó meu caro, não – nós não teríamos como fazer isso. Devemos fixar o prêmio de modo a que o senhor tenha pago mais.

DONO DA CASA: Como, então, posso pagar por isso?

CORRETOR DE SEGUROS: Ora, sua casa pode se incendiar a qualquer momento. Teve a casa do Smith, por exemplo, que –

DONO DA CASA: Poupe-me – pelo contrário, teve a casa do Brown, e a do Jones, e a do Robinsons, que –

CORRETOR DE SEGUROS: Poupe- me!

DONO DA CASA: Vamos nos entender. Você quer que eu pague mais na suposição de que algo irá ocorrer antes do tempo estabelecido por você para que isso ocorra. Em outras palavras, você espera que eu aposte que minha casa não irá durar tanto quanto você diz que ela provavelmente irá durar.

CORRETOR DE SEGUROS: Mas se sua casa queimar sem seguro será uma perda total.

DONO DA CASA: Peço que me perdoe – pelas tabelas do seu próprio atuário, eu devo provavelmente ter economizado, quando ela queimar, todos os prêmios que de outra forma eu teria pago a você – o que soma mais do que o valor de face da apólice que esses prêmios comprariam. Mas suponha que ela queime, sem seguro, antes da época em que seus números se baseiam. Se eu não tivesse como pagar isso, como você poderia caso ela estivesse segurada?

CORRETOR DE SEGUROS: Ah, nós recuperaríamos isso em outros negócios mais felizes com outros clientes. Virtualmente, eles pagam por suas perdas.

DONO DA CASA: E virtualmente, então, eu não ajudo a pagar pelas perdas deles? As casas deles não têm a mesma probabilidade de queimar antes de eles terem pago a você o tanto que você deve pagar a eles? O caso fica assim: você espera receber mais dinheiro de seus clientes do que você paga a eles, não?

CORRETOR DE SEGUROS: Certamente; caso não fizéssemos isso –

DONO DA CASA: Eu não daria meu dinheiro a você. Muito bem então. Se é certo, com referência à totalidade de seus clientes, que eles percam dinheiro com você, é provável, com referência a cada um deles, que eles também perderão. São essas probabilidades individuais que fazem a certeza agregada.

CORRETOR DE SEGUROS: Não vou negar isso – mas olhe os números neste panf –

DONO DA CASA: Deus me proteja!

CORRETOR DE SEGUROS: O senhor falou em poupar os prêmios que de outro modo me pagaria. Não é mais provável que o senhor esbanje esse dinheiro? Nós oferecemos ao senhor um incentivo para economizar.

DONO DA CASA: A disposição de A para cuidar do dinheiro de B não é exclusiva das seguradoras, mas como instituição de caridade vocês merecem

S

respeito. Aceite esse reconhecimento de um Meritório Objeto.

---

selenita
(*lunarian*), s.2g.

Habitante da Lua, em oposição ao lunático, aquele em quem a Lua habita. Os selenitas foram descritos por Luciano, Locke e outros observadores, mas sem que houvesse muita concordância. Por exemplo, Bragellos afirma que eles são anatomicamente idênticos ao homem, mas o professor Newcomb diz que eles são mais como as tribos das colinas de Vermont.

---

selo
(*seal*), s.m.

Marca impressa em certos tipos de documentos para atestar sua autenticidade e autoridade. Às vezes é posto sobre cera e anexado ao papel, às vezes é posto no próprio papel. Selar, nesse sentido, é a sobrevivência de um antigo costume de inscrever em papéis importantes palavras ou sinais cabalísticos para dar-lhes eficácia mágica independentemente da autoridade que eles representam. No Museu Britânico estão preservados muitos papéis antigos, a maioria de caráter sacerdotal, validados por pentagramas necromantes e outros instrumentos, frequentemente letras iniciais das palavras a conjurar; e em muitos exemplos estas estão anexadas do mesmo modo como os selos são hoje colocados nas cartas. Como quase todo costume, rito ou hábito irracional e aparentemente sem sentido dos tempos modernos teve origem em alguma coisa útil antiga, é agradável ver um exemplo de tolice antiga evoluindo ao longo das eras até se transformar em algo realmente útil. Nossa palavra "sincero" deriva de *sine cero*, sem cera, mas os eruditos não concordam entre si se isso se refere à ausência de sinais cabalísticos ou ao fato de as cartas serem formalmente fechadas ao escrutínio público. Cada opinião sobre o assunto servirá a quem tiver necessidade imediata da hipótese. As iniciais L.S., comumente adicionadas às assinaturas de documentos legais, significam *locum sigilis*, o local do selo, embora o selo já não seja usado – um exemplo admirável de conservadorismo que distingue o homem dos animais que perecem. As palavras *locum sigilis* são uma humilde sugestão de lema para as ilhas Pribyloff se algum dia elas decidirem ocupar seu lugar como um estado soberano da União Americana.

sem-teto
(*houseless*), adj.

Aquele que pagou todos os impostos sobre os artigos domésticos.

senado
(*senate*), s.m.

Corpo formado por anciões encarregados de nobres tarefas e delinquências.

senhorita
(*miss*), s.f.

O título com que marcamos as mulheres solteiras para indicar que elas estão no mercado. Senhorita (srta.), senhora (sra.) e senhor (sr.) são as três palavras mais evidentemente detestáveis do idioma, tanto na sonoridade quanto no sentido. Em inglês, duas (*"miss"* e *"misses"*) são corruptelas de *"mistress"* (amante) e uma (*"mister"*), de *"master"* (senhorio). Na abolição geral dos títulos sociais neste país, elas milagrosamente escaparam para nos atormentar. Se é necessário que as tenhamos, sejamos coerentes e criemos uma para os homens solteiros. Ouso sugerir sandeu, abreviado como sd.

sepiolite
(*meerschaum*), s.f.

(Literalmente, espuma do mar, que muitos erroneamente supõem ser feita disso.) Bela argila branca que, por conveniência, ao ser colorida de marrom é transformada em cachimbos para tabaco fumados pelos trabalhadores envolvidos nessa indústria. O objetivo de colori-la não foi revelado pelos fabricantes.

De sepiolite foi comprar
O seu cachimbo um dia
Um bom rapaz que fez jurar
Que a cor lhe mudaria!

E se isolou de todo o mundo
Não ia mais ao centro.
Fumava desde cedo e, imundo,
Fumava noite adentro.

Seu cão morreu, pobre animal,
Em meio às terras sujas.
Havia mato e no quintal
Voavam as corujas.

"Me dá um dó desse coitado",
Falou uma vizinha,
Já tendo com outros pilhado
Aquilo que ele tinha.

Achou um homem num barranco
Seu corpo cor de cobre.
Disse: "O cachimbo ainda é branco,
Mas coloriu o pobre".

A história tem uma moral,
Que é, faça o que for,
Não entre em jogo desigual
Contra outro jogador.

— Martin Bulstrode

---

sepultura
(*grave*), s.f.

Lugar onde jazem os mortos
esperando a vinda do estudante
de medicina.

Ao lado de algum túmulo eu parei, na
relva –
Havia espinhos sobre a pedra fria;
Ouvi os ventos que silvavam pela selva,
Mas isso o dorminhoco não ouvia,

Falei para um simplório que estava ao
meu lado:
"Não ouve mais o som da brisa, o
pobre!".
"É claro", afirmou ele, "já morreu,
coitado –
Não ouve nada quem a terra cobre".

"Verdade", eu disse, "É triste mas pura
verdade –
A morte a todo o nosso ser embota!"
"Senhor, não sei se entendo bem mas é
que não há de
Se ver o morto dando cambalhota."

Ajoelhei-me e então orei:
"Ó Criador,
Misericórdia a este filho teu!".

Vendo, o matuto disse a mim: "Olhe o
senhor
Não conhecia o tipo mais do que eu".

— Pobeter Dunko

---

sereia
(*siren*), s.f.

Um dos vários prodígios musicais
famosos por tentativas vãs de
dissuadir Ulisses de viver nas
ondas do mar. Figurativamente,
qualquer mulher com uma
promessa esplêndida, um
propósito dissimulado e um
desempenho decepcionante.

---

serpentear
(*meander*), v.t.

Proceder de maneira sinuosa e
sem objetivo. A palavra em inglês,
meander, vem do antigo nome de
um rio 200 quilômetros ao sul de
Troia, que virava para lá e para cá
num esforço para não ouvir
gregos e troianos se vangloriando
de suas façanhas.

---

sicofanta
(*sycophant*), s.2g.

Aquele que se aproxima dos
grandes rastejando para que não
o mandem dar meia-volta com um
pé na bunda. Às vezes é um editor.

A sanguessuga magra fica bem
contente
De à presa pôr-se em algum ponto já
doente
Até que, a pele esturricada
de mau sangue,
De indigestão faleça à lama
de algum mangue.
Do mesmo modo o sicofanta calunia
O ponto fraco do indivíduo e, com
alegria,
Devora e sorve como aquela
sanguessuga
Mas ao final ele não morre, subjuga.
Meu bom Gelasma, se prestasses
compromisso
De honrar um bode e te pagassem o
serviço
E se provasses sem deixar refutação
Que a barba dele é mais sagrada que a
de Aarão;
Se te prestasses a louvar o seu odor
Por tua paga e também pelo
teu amor,
Enfim o mundo lucraria por te ter
E aos ricos maus darias tu um
desprazer –
O teu favor – ao nobre bode dedicado –
Por um momento os deixaria bem de
lado.
Não basta a avaros milionários a
pilhagem
Que nos impõem das tarifas à
passagem,
Ou com maldita consciência que
assegura
Voar a infâmia mais tranquila e mais
escura,
E, renegando que saquearam nosso
espólio,

Roubar o pão (no que eles chamam
"monopólio"),
Ainda precisam que lhes lambas a bota
imunda
E que tu implores pra que chutem tua
bunda?
E tu precisas arrastar até o final
A sicofântica tendência? E a
um sinal,
Pela avidez só de agradar, até
te abalas
A convocar pobres famintos a suas
valas?
Ao grande Morgan tu dedicas teus
poemas
E a Havemeyer* cantas odes
sem problemas!
Que fez Satã para não ter o teu favor?
Pois ele é rico, mas não tem o
teu louvor.

*   William Frederick Havemeyer
       (1804-1874), industrial de refino
       de açúcar.

---

sílfide
(*sylph*), s.f.

Ser imaterial, mas visível, que
habitava o ar quando este era um
elemento e antes de ser
fatalmente poluído por fumaça de
fábricas, gás de esgoto e outros
produtos semelhantes da
civilização. As sílfides eram
aparentadas aos gnomos, às
ninfas e às salamandras, que
habitavam, respectivamente, a
terra, a água e o fogo, todos hoje

insalubres. As sílfides, como galinhas aéreas, eram machos e fêmeas, sem nenhum objetivo aparente, pois caso tivessem prole precisariam fazer seus ninhos em lugares inacessíveis, e nunca um filhote foi visto.

Quando a maçã comeu tão fora da estação.
Porém a história é irreal e é só simbólica,
E na verdade Adão sofreu só de uma cólica.

— G.J.

silogismo
(*syllogism*), s.m.

Fórmula lógica que consiste em uma premissa maior, uma premissa menor e uma incongruência. (*Ver* LÓGICA.)

simbólico
(*symbolic*), adj.

Que se refere a símbolos e ao uso e à interpretação dos símbolos.

Nosso remorso dizem vir da consciência,
Mas é o estômago que tem tal incumbência,
Pois reparei que quando alguém cai em pecado
Seu corpo fica quase sempre meio inchado,
Ou sofre de outra repulsiva situação
Nas suas tripas, onde habita a compaixão.
Na minha crença há um só modo de pecar,
E que é comer sempre algo pobre no jantar.
Adão sofreu não foi à toa a maldição

símbolo
(*symbol*), s.m.

Algo que representa ou significa algo. Muitos símbolos são meros "sobreviventes" – coisas que já não tendo utilidade continuam a existir porque herdamos a tendência de fabricá-las; como urnas funerárias entalhadas em monumentos memoriais. Antigamente elas eram urnas reais que continham as cinzas dos mortos. Não conseguimos parar de fazê-las, mas podemos dar a elas um nome que esconda nosso desamparo.

sobrecarregar-se
(*overwork*), v.t.pron.

Doença perigosa que atinge altos funcionários públicos desejosos de ir pescar.

sofisma
(*sophistry*), s.m.

O método controverso de um oponente, que se distingue daquele usado por nós por sua insinceridade superior e pela maior capacidade de enganar. Esse método é o dos sofistas tardios, uma seita grega de filósofos que começou ensinando a sabedoria, a ciência, a arte e, logo, tudo aquilo que os homens deviam saber, mas que se perdeu em um labirinto de subterfúgios e em uma névoa de palavras.

Os "fatos" do oponente ele rebate
E mostra que o sofisma é um disparate;
E quem recorre a tal maldade, jura,
Acaba sendo presa da loucura.
Não é verdade: e aqui isso eu realço,
Menor pressão te deixa menos falso.

— Polydore Smith

sofrimento
(*affliction*), s.m.

Processo de aclimatação que prepara a alma para outro mundo mais amargo.

soldado raso
(*private*), s.2g. e adj.

Cavalheiro pertencente às Forças Armadas com o cassetete de um marechal de campo (no original, "field-marshal") na mochila e um embotamento em sua esperança.

solitário
(*friendless*), adj.

Que não precisa conceder favores. Desamparado pela sorte. Viciado em enunciar a verdade e o senso comum.

sozinho
(*alone*), adj.

Em má companhia.

O sílex e o aço, quando lado a lado,
Criaram chama e revelaram afinal
A ideia que ela, a pedra, e ele, o metal,
Sozinhos tinham em segredo desejado.

— Booley Fito

subalterno
(*dependent*), adj.

Que confia na generosidade de outrem para obter o apoio que não teria como conseguir apelando ao medo.

sucesso
(*success*), s.m.

O único pecado imperdoável que alguém pode cometer contra seus semelhantes. Na literatura, e especialmente na poesia, os elementos do sucesso são bastante simples e expostos de maneira admirável nos versos a seguir, do reverendo padre Gassalasca Jape, intitulados, por algum motivo misterioso, "John A. Joyce"*.

Ó bardo ambicioso, leve algum volume
E a prosa tenha por parâmetro.
Use gravata rubra e um bom olhar sem lume
E seus cabelos em hexâmetro.
Com pensamento magro serás corpulento
E com cabelos longos já terás talento.

* John Alexander Joyce (1842-1915), poeta contemporâneo de Bierce.

---

suficiente
(*enough*), adv.

Tudo que há no mundo, caso você goste.

Suficiente já vale um banquete – é um fato.
Mais do que isso já vale um banquete no prato.

— Arberly C. Strunk

sufrágio
(*suffrage*), s.m.

Expressão de uma opinião por meio de um voto. O direito ao sufrágio (considerado tanto um privilégio quanto um dever) significa, da maneira como normalmente é interpretado, o direito de votar no homem que outro homem escolheu, e é altamente valorizado. A recusa em fazer isso leva o nome feio de "falta de civismo". O sujeito que não tem civismo, porém, não pode ser adequadamente denunciado por seu crime, pois não há alguém com legitimidade para acusá-lo. Se o acusador é igualmente culpado, não tem direito a voz no tribunal da opinião; caso contrário, ele lucra com o crime, pois a abstenção de A dá maior peso ao voto de B. A ideia do sufrágio feminino significa dar a uma mulher o direito de votar em quem um homem mandar. Baseia-se na responsabilidade feminina, que de certo modo é limitada. A mulher mais ávida por deixar de lado sua anágua para lutar por seus direitos é a primeira a pular de volta para dentro dela quando ameaçada com chibatadas por ter feito mau uso deles.

suíno
(*hog*), s.m.

Ave notável pela generosidade de seu apetite e por servir para ilustrar o nosso. Entre os maometanos e os judeus, o suíno não é bem-visto como artigo de alimentação, mas é respeitado pela delicadeza e pela melodia de sua voz. É principalmente como cantor que o pássaro é estimado; diz-se que o coro de uma jaula cheia fez chorar duas pessoas ao mesmo tempo. O nome científico desse passarinho é *Porcus Rockefelleri*. O sr. Rockefeller não descobriu o suíno, mas ele é considerado seu por direito de semelhança.

superar
(*outdo*), v.t.

Fazer um inimigo.

suspensão
(*respite*), s.f.

Pausa nas hostilidades contra um assassino condenado, para permitir que o Executivo determine se o homicídio pode não ter sido cometido pelo promotor. Qualquer pausa na continuidade de uma expectativa desagradável.

Altgeld* em sua cama incandescente
Suplica ao vil demônio à sua frente:

"Suspende, ó vil chapeiro, este tormento
Inda que apenas por um só momento.

"Pois lembra que na Terra
eu perdoei
Os teus em Illinois, quando era rei."

"Seu tolo! Pois por isso estás
no inferno,
No fogo inextinguível, forte
e eterno.

"Mas como me dá pena o teu estado
Vou dar-te suspensão como
um agrado.

"Na pausa nada vai te fazer mal,
Nem a memória de quem tu és, que tal?"

No céu houve um silêncio pavoroso
Ao ver o inferno ser tão caridoso.

"Ó bom demônio, dure a suspensão
O mesmo que eu daria a ti, irmão."

"Pois dura o tempo que os teus egressos
Levaram para ter os seus regressos."

Altgeld ficou já todo arrepiado
Enquanto era virado pr'outro lado.

— Joel Spate Woop

* John Peter Altgeld (1847-1902), governador do Illinois que perdoou três homens condenados por um ato terrorista.

t

(*t*), cons.

A vigésima letra do alfabeto inglês, era absurdamente chamada de *tao* pelos gregos. No alfabeto do qual o nosso procede, ela tinha a forma de um rústico saca-rolhas da época e, quando estava sozinha (o que era mais do que os fenícios jamais fizeram), significava *Tallegal*, traduzida pelo erudito dr. Bronwrigg como aguardente.

tarifa

(*tariff*), s.f.

Taxas crescentes sobre importações destinadas a proteger o produtor nacional contra a ganância de seu consumidor.

Sentou tristonho Satanás, testa na mão,
Pensando o quanto estava caro ter carvão;
Pois foi o inferno anexado tardiamente
E era do sul um novo estado independente.

Dizia ele: "Era correto e até bem justo
Que o combustível me viesse sem ter custo.
A contragosto, pelo preço desse insumo,
Sou obrigado a reduzir o meu consumo –
E é execrável ver as minhas belas grelhas

Só com as cinzas, sem as chamas tão vermelhas.
O que é que esperam? Meu desejo mais sincero
É bem tostá-los, todos sabem que é o que eu quero.
Mas pra manter o fogo aceso é que eu me acabo.
Essa tarifa leva à fraude até o Diabo!
Estou falido e meu negócio tão modesto
Tem concorrência em todo tipo desonesto.
Ao ver a imprensa este Diabo chora e sofre,
Pois ganham longe do meu cheiro mau de enxofre;
Os bacharéis, aproveitando essa desgraça,
Contra mim mesmo abusam da minha trapaça.
Os meus remédios já receitam os doutores
(Embora em vão) para tentar negar favores
De minhas presas, o que muito a mim me insulta,
Só para ter alguém que pague por consulta;
Os sacerdotes pelo exemplo ensinam tudo
Que eu mesmo ensino (sem que faça isso contudo);
E os estadistas, como eu, prometem mais
Do que conseguem descumprir a seus iguais.
A concorrência é grande e é tanto e tal o peso
Que ergo um clamor – e a minha paga é só o desprezo.

Já que desdenham minha dor
e até meu pranto,
Pelos diabos! Eu agora vou
ser santo!".
Mas isso cria um mal-estar na facção
Republicana, que é onde santos
todos são.
A concorrência era malvista lá e por
isso
Queriam logo no Diabo dar sumiço!
Chifres cruzaram e bateram, frente a
frente,
Nesse debate que era atroz e
inclemente,
Até que nisso os esquecidos
democratas
Viram-se fortes e falavam por
bravatas.
Para evitar uma derrota tão difícil,
Os oponentes decretaram armistício;
Mas não queriam reduzir aquela taxa
Assim tão santa, e só puseram fim ao
racha
Ao decidir que o corajoso amotinado
Tinha direito a receber um ordenado
Por cada alma que caísse em seu
inferno
E que esse prêmio era devido
e que era eterno.

— Edam Smith

---

tartaruga
(*tortoise*), s.f.

Animal criado providencialmente
para dar ocasião aos seguintes
versos do ilustre Ambat Delaso.

Para minha tartaruga de estimação

Amiga, não és graciosa, tu és feia;
Em marcha teu corpo, eu bem sei,
cambaleia.

Também não és bela; parece serpente
A tua cabeça e ela dói certamente.

Teus pés a um anjo fariam chorar.
Verdade, recolhe-os quando vais deitar.

Eu sei, não és bela, mas
tens com certeza
No corpo, na espinha uma certa firmeza.

Firmeza com força (um
titã és de forte!)
Os grandes bem sabem
usar desse porte –

Não é meu desejo – mas
vejas com calma:
Não tens – me perdoes
dizer – uma alma.

Então, pra ser franco,
sincero e fiel:
Prefiro ser tu e que tu sejas eu.

Talvez algum mundo
melhor no futuro,
Co'o homem extinto, já
esteja maduro

Pra ver tua prole assumir o poder,
Depois de tal alma surgir e crescer.

Saúdo teu nome, ó quelônio rotundo,
Pois é o teu destino salvar este mundo.

Ó pai do Possível, recebe
a homenagem
De um reino que encerra já
a sua passagem!

Futuro distante, o meu
ser subjugas:
Espero nos tronos só haver tartarugas.

Por medo da lei vejo que
o imperador
Recolhe a cabeça a seu
casco, em pavor.

Um rei que carregue nas
suas entranhas
A casa em que mora, e não
só suas banhas.

Alguém que se eleito
para presidente
Não puna nem mate quem
for dissidente.

Que não tenha nunca
atirado por trás
Numa tartaruga (isso nem
é eficaz);

A Marcha da Mente uma
só calmaria,
E dela por medo ninguém correria;

É lento o progresso, e
também sossegado,
"Com calma" é o lema da
Igreja e do Estado.

Feliz, tartaruga, é o
regime quelônio

Que tanto me anima – é com ele que
eu sonho!

E o Éden teria já visto esta ação
Tivesses tu posto a correr nosso Adão.

---

taxa per capita
(*head-money*), s.f.

Tributo pago de acordo com o
número de pessoas.

Há muito tempo viveu
um imperador
Que a cada súdito mandava um coletor.
Mas mesmo o povo se espremendo até
o final
Não melhorava o caixa da casa real.
Pois os prazeres elevados,
que o monarca
E suas damas apreciam,
pedem arca
Sempre mui cheia. E assim, em fila, os
cobradores
Compareceram ante o rei
e sem pudores
Pediram que ele sugerisse desta feita
Alguma ideia que aumentasse a
receita.
"Já são tão grandes as demandas deste
Estado
Que os dez por cento que são hoje
coletados
Não dão mais conta. E por favor,
reflita, ó sir,
Se dando um décimo podemos existir
Co' o que nos resta." Respondeu o rei
então:
"Cortaram custos dessa

vossa operação?".
Disseram "Sim, todos os
garrotes que eram d'ouro
Vendemos já e agora usamos os de
couro
Para apertar a goela dos
contribuintes.
E só de ferro são os fórceps, sem
requintes –
E bem mitigam o prazer que
o avarento
Sente ao negar aquilo que
dá tanto alento
A nosso rei". O real rosto
a essa hora
Mostrou-se muito ensombrecido. "Eis
a questão.
A crise é grave, tendes uma sugestão?"
"Ó Rei dos Homens", disse o porta-voz,
"o Estado
Autorizando, cobraríamos imposto
Por habitante e a receita nós com
gosto
Dividiríamos com vossa majestade".
E como o sol depois de grande
tempestade,
O imperador iluminado fez-se e riu:
"Assim decreto e como não sou
nunca vil
E me preocupo em ser deveras
generoso
Decreto todos nesta sala já de gozo
De isenção plena deste novo e
bom tributo.
Pra que não pensem, entretanto, que
eu reputo
O vosso grupo como mais
merecedor
E pense alguém que só fiz
isso por favor

Para vocês terem maneiras
de escapar
Dessa cobrança que eu bem
sei impopular,
Vocês agora vão ter outra reunião
Com um ministro que resolve
confusão".
Saiu da sala de seu trono e a seguir
Surgiu um tipo em silêncio e
a brandir
Perto do rosto bem coberto co'um
capuz,
Grande machado nos seus fortes
braços nus!

— G.J.

tecnicalidade
(*technicality*), s.f.

Em um tribunal inglês, um sujeito
chamado Home foi julgado por
calúnia, por ter acusado seu
vizinho de assassinato. Suas
palavras exatas foram: "*Sir*
Thomas Holt pegou um cutelo e
bateu com ele na cabeça do seu
cozinheiro, de modo que um lado
da cabeça caiu sobre um ombro e
o outro lado sobre o outro ombro".
O réu foi absolvido por instrução
do tribunal, já que os doutos
juízes afirmaram que as palavras
não implicavam uma acusação de
assassinato, pois não afirmavam
que o cozinheiro havia morrido,
sendo isso apenas uma inferência.

tédio
(*tedium*), s.m.

Ennui, o estado ou condição daquele que está aborrecido. Muitas etimologias extravagantes da palavra foram criadas, mas uma autoridade do porte do padre Jape diz que ela vem de uma fonte bastante óbvia – as primeiras palavras do antigo hino latino *Te Deum laudamus*. Nessa etimologia aparentemente natural há algo que nos entristece.

tela
(*picture*), s.f.

Representação bidimensional de algo que é aborrecido em três dimensões.

"Olhai a tela de Daubert, grande pintor!
Saiu da própria vida." Eu peço, se assim for,
Ó Deus, tirai a mim também, como um favor.

— Jali Hane

T

telefone
(*telephone*), s.m.

Uma invenção do Diabo que anula algumas das vantagens de manter a distância uma pessoa desagradável.

telescópio
(*telescope*), s.m.

Instrumento que tem relação com o olho semelhante à que o telefone tem com o ouvido, permitindo que objetos distantes nos importunem com uma infinidade de detalhes desnecessários. Por sorte, não vem com uma campainha que nos convoque ao sacrifício.

tenacidade
(*tenacity*), s.f.

Certa qualidade da mão humana em sua relação com a moeda do reino. Atinge seu desenvolvimento máximo na mão da autoridade e é considerada equipamento útil para que se construa carreira na política. Os seguintes versos ilustrativos foram escritos por um cavalheiro californiano em um alto posto político, que fez o seu relato:

A sua mão é tão tenaz e
tão fechada
Que de seu punho, eu garanto, escapa
nada.
Podes untar com que quiseres uma
enguia
Até que fique inteira escorregadia –
Não muda nada – a sua mão tem tal
pressão
Que o debater desse animal será
em vão!
Por sorte dele quem respira
é seu nariz,

Se fosse a mão estava mal
o infeliz,
Pois eis que é tal e é tão grande
a sua ganância
Que ia inspirar uma lufada em grande
ânsia.
"Qual é o problema?", dizem os mais
joviais.
Ia inspirar, mas não soltava
nunca mais.

---

teosofia
(*theosophy*), s.f.

Antiga crença que compreende toda a certeza da religião e todo o mistério da ciência. Os modernos teosofistas afirmam, assim como os budistas, que vivemos um número incalculável de vezes neste planeta, em diversos corpos, porque uma vida não é longa o bastante para nosso desenvolvimento espiritual, ou seja, uma vida não é suficiente para que nos tornemos tão sábios e bons quanto escolhemos desejar ser. Ser absolutamente sábio e bom – isso é a perfeição; e o teosofista tem uma visão tão aguçada que percebeu que tudo que deseja melhorar acaba por atingir a perfeição. Observadores menos competentes estão dispostos a excetuar os gatos, que não parecem mais sábios nem melhores do que eram no ano anterior. A maior e mais produtiva dos recentes teosofistas foi a falecida madame Blavatsky, que não tinha gatos.

---

terra
(*land*), s.f.

Parte da superfície da Terra considerada como propriedade. A teoria de que a terra é propriedade sujeita a posse e controle privados é o fundamento da moderna sociedade, e é eminentemente digna da superestrutura. Levada à sua conclusão lógica, significa que alguns têm o direito de impedir outros de viver; pois o direito de possuir implica o direito de ocupar com exclusividade; e de fato leis de invasão são aprovadas onde quer que a propriedade da terra seja reconhecida. Segue-se que, se toda a área da *terra firma* for possuída por A, B e C, não haverá lugar para D, E, F e G nascerem, ou, nascendo como invasores, para existirem.

Em pleno mar eu vou viver,
Meu lar é sobre a profundeza,
Pois sei que poderei manter,
O que nos deu a natureza.
Batem-me sempre de chibata
Se um dia em terra me demoro.
Por isso sei que tenho inata
A vocação de comodoro!

— Dodle

tinta
(*ink*), s.f.

Vil composto de sulfobiliato de ferro, goma arábica e água, usado principalmente para facilitar a inoculação da idiotia e promover crimes intelectuais. As propriedades da tinta são peculiares e contraditórias: pode ser utilizada para construir reputações e destruí-las; para denegri-las e clareá-las; mas, em geral e de maneira mais aceitável, é usada como argamassa para unir as pedras de um edifício da fama e como reboco para esconder posteriormente a qualidade enganosa do material. Existem homens chamados jornalistas que criaram banhos de tinta pelos quais algumas pessoas pagam para neles mergulhar, e outras para sair deles. Não é incomum ocorrer a uma pessoa que pagou para entrar pagar o dobro para sair.

tipos
(*type*), s.m.pl.

Pedaços pestilentos de metal suspeitos de destruir a civilização e o esclarecimento, apesar de sua evidente função neste incomparável dicionário.

tolo
(*fool*), s.m.

Pessoa que permeia o domínio da especulação intelectual e se propaga pelos canais da atividade moral. Ele é onificente, oniforme, oniperceptivo, onisciente, onipotente. Foi ele quem inventou as letras, a impressão, a ferrovia, o barco a vapor, o telégrafo, a platitude e o círculo das ciências. Ele criou o patriotismo e ensinou a guerra às nações – fundou a teologia, a filosofia, o direito, a medicina e Chicago. Estabeleceu os governos monárquico e republicano. Ele sempre existiu e sempre existirá – é tolo hoje como o era quando a aurora da criação o contemplou. Na manhã dos tempos, ele cantava sobre colinas primevas e, no meio-dia da existência, encabeçou a procissão dos seres. Sua mão maternal foi afetuosamente coberta no ocaso da civilização, e no crepúsculo ele prepara a refeição noturna do homem com leite-e-moralidade e ajeita a coberta do túmulo universal. E, depois que todos nós nos tivermos retirado para a noite eterna do oblívio, ele se sentará para escrever uma história da civilização humana.

torta
(*pie*), s.f.

Um batedor do ceifeiro cujo nome é Indigestão.

O cadáver tinha a torta fria em alta estima.

— Reverendo dr. Mucker
(no sermão durante os funerais de um nobre britânico)

A torta fria é um comestível
Americano e horrível.
Por ela estou sob esta terra
Tão longe da minha Inglaterra.

— (Da lápide de um nobre britânico em Kalamazoo)

---

tortura
(*rack*), s.f.

Instrumento argumentativo muito usado no passado para convencer devotos de uma religião falsa a aderir à verdade viva. Como chamado aos não convertidos, a tortura jamais teve eficácia particular e hoje não é muito estimada pela população.

---

tosco
(*low-bred*), adj.

Crescido em vez de criado.

---

trabalho
(*labor*), s.m.

Um dos processos pelos quais A adquire propriedade para B.

---

trégua
(*truce*), s.f.

Amizade.

---

trigo
(*wheat*), s.m.

Cereal com o qual se pode fazer com alguma dificuldade um uísque tolerável e que é usado também para fazer pão. Dizem que os franceses comem mais pães *per capita* do que qualquer outro povo, o que é natural, pois só eles sabem como fazê-lo de modo palatável.

---

trindade
(*trinity*), s.f.

No teísmo múltiplo de certas igrejas cristãs, três deidades totalmente distintas que são coerentes com a existência de uma única. Deidades subordinadas das religiões politeístas, como demônios e anjos, não são dotadas do poder de se combinar e devem reivindicar individualmente sua pretensão a serem adoradas e a receber sacrifícios. A Trindade é um dos mais sublimes mistérios de nossa santa religião. Ao rejeitarem-na por ser incompreensível, os unitários traem sua noção inadequada dos fundamentos teológicos. Na religião, cremos apenas no que não compreendemos, exceto no caso de uma doutrina ininteligível que contradiz outra incompreensível. Nesse caso, acreditamos que a primeira seja parte da segunda.

---

triquinose
(*trichinosis*), s.f.

A resposta do porco aos proponentes da suinofagia.

Moses Mendelssohn*, ao ficar doente, mandou chamar um médico cristão, que imediatamente diagnosticou a doença do filósofo como triquinose, mas diplomaticamente a chamou por outro nome.

"O senhor precisa imediatamente de uma mudança de dieta", ele disse, "o senhor precisa comer 200 gramas de carne de porco a cada dois dias".

"Porco?", gritou o paciente – "porco? Nada me levará a tocar a carne deste animal!".

"Tem certeza?", o médico perguntou sério.

"Juro!"

"Ótimo! – então eu me encarrego de curá-lo."

*   Moses Mendelssohn (1729-1786), filósofo e rabino alemão.

troglodita
(*troglodyte*), s.2g.

Especificamente, um habitante das cavernas do período Paleolítico, posterior à árvore e anterior ao apartamento. Uma famosa comunidade de trogloditas habitou com Davi na caverna de Adulam. A colônia era formada por "todo homem que se achava em aperto, todo homem endividado e todo homem de espírito desgostoso" – em suma, todos os socialistas de Judá.

---

truste
(*trust*), s.m.

Na política americana, uma grande corporação composta na maior parte de trabalhadores parcimoniosos, viúvas de poucas posses, órfãos sob a tutela de guardiões e tribunais, além de muitos outros malfeitores e inimigos públicos semelhantes.

---

túmulo
(*tomb*), s.m.

A Casa da Indiferença. Hoje os túmulos são por senso comum revestidos de certa santidade, mas, quando já são habitados há muito tempo, não se considera pecado abri-los e saqueá-los, e o famoso egiptólogo dr. Huggyns explica que um túmulo pode ser "visitado" sem culpa depois que seu ocupante terminou de "odorar", o que significa que a alma foi exalada. Esse ponto de vista razoável hoje é em geral aceito pelos arqueólogos, o que tornou muito mais respeitável a ciência da Curiosidade.

U

ubiquidade
(*ubiquity*), s.f.

O dom ou poder de estar em todos os lugares ao mesmo tempo, mas não em todos os lugares o tempo todo, que é a onipresença, um atributo que pertence apenas a Deus e ao éter luminífero. Essa importante distinção entre a ubiquidade e a onipresença não estava clara para a Igreja Medieval e houve muito derramamento de sangue em função disso. Certos luteranos, que afirmavam a presença de Cristo em todos os lugares, eram conhecidos como ubiquitários. Por esse erro sem dúvida foram condenados, pois o corpo de Cristo está presente apenas na Eucaristia, embora esse sacramento possa ser realizado em mais de um lugar ao mesmo tempo. Em tempos recentes, a ubiquidade nem sempre foi compreendida – nem mesmo por *sir* Boyle Roche*, por exemplo, que afirmava que um homem não poderia estar em dois lugares ao mesmo tempo a não ser que fosse um pássaro.

*   Boyle Roche (1736-1807), político irlandês famoso por seus discursos, em que trocava expressões e confundia metáforas.

ultimato
(*ultimatum*), s.m.

Na diplomacia, última exigência antes de recorrer a concessões. Tendo recebido um ultimato da Áustria, o ministro turco fez uma reunião para apreciá-lo.

"Ó servo do Profeta", disse o xeique do Chibuque ao mamoosh do Exército Invencível, "quantos invencíveis soldados temos em nossas forças?".

"Defensor da Fé", respondeu o dignitário depois de examinar seus memorandos, "são numerosos como as folhas da floresta!".

"E quantos impenetráveis navios de guerra aterrorizam os corações de todos os porcos cristãos?", perguntou ele ao imame da Marinha Sempre Vitoriosa.

"Tio da Lua Cheia", foi a resposta, "digne-se de saber que são como as ondas do mar, a areia do deserto e as estrelas do céu!".

Durante oito horas a larga sobrancelha do xeique do Chibuque Imperial ondulou-se com indícios de profundos pensamentos: ele estava calculando as chances na guerra. Depois, "filhos dos anjos", disse ele, "a sorte está lançada! Devo sugerir ao ulemá do Ouvido Imperial que aconselhe à inação. Em nome de Alá, o conselho está dispensado."

uma vez
(*once*), loc.

O suficiente.

unção
(*unction*), s.f.

Ato de untar ou engordurar. O ritual da extrema-unção consiste em tocar com óleo consagrado por um bispo várias partes do corpo de alguém que está ocupado morrendo. Marbury relata que, depois de o ritual ser ministrado a certo nobre inglês perverso, se descobriu que o óleo não fora consagrado adequadamente e não era possível conseguir outro. Quando informado disso, o homem doente disse enfurecido: "Então estarei condenado se eu morrer!".

"Meu filho", disse o padre, "é isso que tememos".

ungir
(*anoint*), v.t.

Untar um rei ou outro grande funcionário que já é suficientemente escorregadio.

Se os soberanos pelos sacerdotes são ungidos,
Os porcos gordos devem governar, não ser comidos.

— Judibras

unitário
(*unitarian*), s.m.

Aquele que nega a divindade de um trinitário.

universalista
(*universalist*), s.2g.

Aquele que nega as vantagens do inferno a pessoas de outras religiões.

urbanidade
(*urbanity*), s.f.

O tipo de civilidade que observadores urbanos atribuem a habitantes de todas as cidades, exceto Nova York. Sua expressão mais comum é ouvida nas palavras "Perdoe-me", e não é incompatível com o desprezo aos direitos alheios.

Numa colina ao pôr do sol,
Pensava o dono de um paiol –
Por um presságio atormentado –
Quando do céu caiu assim
Dilacerado humano rim!
Voou paiol pra todo lado.
Com o chapéu em sua mão
Falou: "Senhor, peço perdão,
Não vi que estava carregado".

— Swatkin

uso
(*usage*), s.m.

Primeira pessoa da trindade literária, sendo a segunda e a terceira o costume e a convenção. Imbuído de decente reverência pela Tríade Sagrada, um industrioso escritor pode ter a esperança de produzir livros que sobreviverão enquanto durar a moda.

uva
(*grape*), s.f.

Ó nobre fruta, que és tema de Homero,
Anacreonte e de Khayyam;
Tu tens já o elogio mais sincero
De gente acima deste fã.

A lira em minha mão é bem modesta,
Não tem o som que tu mereces:
Aceita pois um mais humilde gesto –
Irei matar quem te escarnece.

Feliz eu vou furar com minha lança
Os bebedores d'água e os chatos
Que com bebida enchem a pança –
Pois não tolerarei tais atos.
Derrama, que o conhecimento esvai
Se falta o fruto da parreira.
Dá a morte aos tolos da Lei Seca e cai
Em toda a praga da videira!

— Jamrach Holobom

vaidade
(*vanity*), s.f.

Homenagem que o tolo paga ao valor do asno mais próximo.

O cacarejo dizem ser mais estridente
Quando nos ovos não há
nada de vital;
Os galináceos num estudo emocional
Que dizem ter elaborado
sobre a gente
Afirmam ser entre escritores evidente
Que quanto menos seu
autor é genial
Mais alardeia seu produto; e afinal,
De uma galinha não é muito diferente.
Pois vede à frente dessa banda um militar,
Casaca d'ouro e calças que rebrilham tanto,
Soberbo, em pompa e na coragem não tem par.
Cruel, severo, atemoriza e causa espanto!
Só uma virtude, quem diria,
é a que ele tem:
Numa batalha não ia ferir ninguém.

— Hannibal Hunsiker

valor
(*valor*), s.m.

Virtude militar que combina vaidade, dever e a esperança de um jogador.

"Por que paraste?", rugiu o comandante de uma divisão em Chikamauga que tinha determinado um ataque; "avante, senhor, agora mesmo".

"General", disse o comandante da brigada delinquente, "estou convencido de que qualquer mostra adicional de valor por minhas tropas irá levá-los a colidir com o inimigo".

velhice
(*age*), s.f.

Aquele período da vida em que agravamos os vícios que ainda nos agradam amaldiçoando aqueles que não temos mais a iniciativa de cometer.

velho
(*old*), adj.

Naquela fase da utilidade que não é inconsistente com a ineficiência geral, como um *homem velho*. Desacreditado pelo lapso de tempo e ofensivo ao gosto popular, como um livro *velho*.

"Um livro velho?", disse Goby, "Não tolero!
Meus pães e livros ou são novos ou não quero".
A natureza esse princípio reconhece
E a cada dia um novo tolo nos fornece.

— Harley Shum

verdade
(*truth*), s.f.

Engenhosa combinação de desejo e aparência. A descoberta da verdade é o único objetivo da filosofia, que é a mais antiga ocupação da mente humana e tem uma real perspectiva de existir com atividade cada vez maior até o fim dos tempos.

verdadeiramente
(*really*), adv.

Aparentemente.

vereador
(*alderman*), s.m.

Criminoso astuto que encobre seus roubos secretos com a aparência de uma pilhagem descarada.

verso branco
(*blank-verse*), s.m. e adj.

Pentâmetros iâmbicos não rimados – o tipo de verso inglês mais difícil de escrever de maneira aceitável; um tipo, portanto, muito usado por aqueles que não são capazes de escrever qualquer tipo de verso de maneira aceitável.

vida
(*life*), s.f.

Conserva espiritual que impede o corpo de apodrecer. Vivemos diariamente sob a apreensão de perdê-la; no entanto, quando a perdemos, ela não nos faz falta. A pergunta "Vale a pena viver?" tem sido muito discutida; especialmente pelos que pensam que não vale, muitos dos quais escreveram extensamente em favor de sua visão e que, respeitando cuidadosamente as leis da saúde, gozaram por longos anos das honrarias que a exitosa controvérsia lhes rendeu.

"A vida não vale o esforço,
eis um fato",
Cantava um saudável
e jovem gaiato.
Adulto, mantinha seu
ponto de vista
E quanto mais velho,
era mais pessimista.
Mas quando aos 80
o chutou um brigão,
Gritou: "Vá buscar o
meu cirurgião".

— Han Soper

V

vidente
(*clairvoyant*), s.2g.

Pessoa, normalmente uma mulher, que tem o poder de ver aquilo que é invisível a seu cliente, especificamente o fato de que ele é uma besta.

vinho
(*wine*), s.m.

Suco de uva fermentado conhecido pela Liga das Mulheres Cristãs como "bebida" e às vezes como "rum". O vinho, senhora, é o segundo melhor presente de Deus para o homem.

violino
(*fiddle*), s.m.

Um instrumento que causa comichão no ouvido humano por meio da fricção do rabo de um cavalo nas entranhas de um gato.

"Ainda enquanto queimes, Roma, sou sincero,
Meu violino vou tocar",
lhe disse Nero.
"Insisto", disse Roma, "faz o teu pior,
Teu violino é um pretexto a meu favor".

— Orm Pludge

virtudes
(*virtues*), s.f.pl.

Certas abstenções.

vituperação
(*vituperation*), s.f.

Sátira, como compreendida por tolos e por todos os que sofrem de deficiência de inteligência.

viúva
(*widow*), s.f.

Figura patética que o mundo cristão concordou em ver de maneira humorística, embora a ternura que Cristo sentia pelas viúvas fosse uma das características mais marcantes de seu caráter.

voto
(*vote*), s.m.

Instrumento e símbolo do poder que um homem livre tem para se fazer de tolo e para arruinar o seu país.

w, dábliu
(*w, double u*), cons.

É, entre todas as letras do alfabeto inglês, a única que tem um nome embaraçoso, sendo monossilábicos os nomes das demais. Essa vantagem do alfabeto romano em relação ao grego é a mais valorizada depois de soletrar alguma palavra grega simples, como *epixoriambikos*. Mesmo assim, acreditam hoje os eruditos que outros fatores além da diferença entre os dois alfabetos podem ter tido efeito sobre o declínio "da glória que foi a Grécia" e da ascensão "da grandeza que foi Roma". Não se pode duvidar, porém, que, ao simplificar o nome do W (chamando-o de "wow", por exemplo), nossa civilização poderia ser, se não impulsionada, pelo menos tolerada.

wall street
(*wall street*), s.próp.

Símbolo do pecado a ser repreendido por todo demônio. A crença de que Wall Street é um covil de ladrões serve de esperança a todos os ladrões malsucedidos de que eles podem ter lugar no paraíso. Mesmo o grande e bom Andrew Carnegie* fez do tema sua profissão de fé.

Já contra os rentistas
conclama a uma guerra
O intrépido Carnegie: "Só infes-
tam a Terra!".
Ó Carnegie, Carnegie, tua luta cancela.
O vento do slogan que enfune
a tua vela,
E volta à tua ilha de perpétua bruma.
Põe já em silêncio o teu
fole e a tua pluma;
Ben Lomond retira seu
filho da briga –
Que deixe Wall Street
e adiante prossiga!
Enquanto ainda tem nem
que seja um tostão
Quem não quer herdar o que há nesta mão?
Melhor recuar da guerra
das finanças:
Se mal elas vão, tu mais
lento avanças.
Pr'alguém entre o rei
das finanças e o mar
Ó Carnegie, Carnegie,
é bom menos falar!

— (Um banco anônimo)

*   Andrew Carnegie (1835-1919), empresário e filantropo americano de origem escocesa. O poema faz várias referências a essa origem.

washingtoniano
(*washingtonian*), s.m.

Membro de uma tribo da região do Potomac que trocou o privilégio de

governar a si próprio pela
vantagem de um bom governo.
Para fazer-lhe justiça, deve-se
dizer que ele não desejava isso.

Tiraram dele o voto e no lugar
Cederam-lhe o direito a um ganha-pão.
Em vão – pois quer de volta o
seu "patrão"
Pra de seu pão poder lhe separar.

— Offenbach Stutz

whangdepootenawah
(*whangdepootenawah*), s.f.

Na língua ojibwa, desastre; aflição
inesperada que atinge alguém
duramente.

Se perguntas de onde vem o riso,
Essa audível gargalhada,
Com a boca bem aberta,
Distorcendo o maxilar,
Balançando o diafragma
Como as ondas do oceano,
Um tapete chacoalhado,
Eu te digo, te respondo:
Vem do fundo da minh'alma
Dos penhascos, lá do abismo
De minh'alma vem o riso,
Como a fonte, o borbulhar,
Como rio pelo vale,
Faz alerta e simboliza
Meu humor feliz de agora.
Se perguntas mais além –
Por que o fundo da minh'alma,
E o porquê dos tais abismos
Desse espírito me arranca

Essa audível gargalhada,
Eu te digo, eu te respondo
Com o coração, bum-bam,
Índio honesto, língua pura:
William Bryan* pegou sim,
Pegou a Whangdepootenawah!

Mas será que aquilo é um grou
Lá no brejo até os joelhos,
Em silêncio até os joelhos
Co'as asinhas bem cruzadas
E o pescoço recolhido,
Com seu bico, envergonhado,
Enfiado no seu peito
A cabeça retraída,
Com os ombros rebaixados?
Mas será que o grou ao vento
Tremeria desse jeito
Desejando ter morrido,
Como ocorre co' pardal?
Não, não é o grou de pé
Nesse cinza e frio brejo,
Cinza e frio até os joelhos.
É o inigualável Bryan
Percebendo que pegou
Pegou a Whangdepootenawah!

* William Jennings Bryan
  (1860-1925), político americano
  três vezes candidato à presidência
  e alvo de ironia por ter sido o
  principal acusador no caso Scopes,
  que tentava proibir o ensino da
  evolução nos Estados Unidos.

W

x
(*x*), cons.

É uma letra inútil em nosso alfabeto, mas que se mostrou invencível quando atacada pelos reformistas da ortografia e, assim como eles, durará tanto quanto a língua. O X é o símbolo sagrado de 10 dólares e, em palavras inglesas como *Xmas*, *Xn* etc., significa Cristo, não, como popularmente se supõe, por representar a cruz, mas por corresponder, no alfabeto grego, à inicial de seu nome – *Xristos*. Caso representasse uma cruz simbolizaria Santo André, que "deu seu testemunho" em uma cruz que tinha essa forma. Na álgebra da psicologia, X simboliza a mente feminina. As palavras que começam com X são gregas e não têm definição em um dicionário-padrão de inglês.

xerife
(*sheriff*), s.m.

Nos Estados Unidos, o chefe do Executivo de um condado, cujas tarefas mais características, em alguns estados do Oeste e do Sul, são prender e enforcar os trapaceiros.

X

zanzibarita
(*zanzibari*), s.2g.

Habitante do sultanato de Zanzibar, na costa leste da África. Os zanzibaritas, um povo guerreiro, são mais conhecidos neste país em função de um incidente diplomático ameaçador que ocorreu há alguns anos. O cônsul americano na capital ocupava uma residência de frente para o mar e para uma faixa de praia. As pessoas da cidade, para choque da família dessa autoridade e apesar de repetidos protestos do próprio, insistiam em usar a praia para se banhar. Certo dia uma mulher foi até a beira da água e estava se abaixando para tirar o que vestia (um par de sandálias) quando o cônsul, irritado até não mais poder, atirou com uma arma de caçar passarinhos na parte mais conspícua de seu corpo. Infelizmente para a *entente cordiale* que existia entre as duas grandes nações, ela era a sultana.

zênite
(*zenith*), s.m.

O ponto dos céus diretamente acima de um homem em pé ou de um repolho em crescimento. Não se considera que um homem na cama ou um repolho na panela tenham um zênite, embora esse ponto de vista sobre o assunto tenha causado em certa época uma divergência considerável entre os eruditos, alguns deles afirmando que a postura do corpo era imaterial. Esses eram chamados de horizontalistas, e seus oponentes, verticalistas. A heresia horizontalista foi por fim extinta por Xanobus, o rei-filósofo de Abara, um fervoroso verticalista. Ao entrar em uma assembleia de filósofos que estavam debatendo o tema, ele depositou uma cabeça humana decepada aos pés de seus oponentes e pediu que eles determinassem seu zênite, explicando que o corpo estava pendurado pelos pés do lado de fora. Ao observarem que era a cabeça de seu líder, os horizontalistas se apressaram a dizer-se convertidos a quaisquer opiniões que a coroa pudesse ter, e o horizontalismo assumiu seu lugar entre as *fides defuncti*.

zeus
(*zeus*), s.próp.

O principal deus grego, adorado pelos romanos como Júpiter e pelos americanos modernos como Deus, Ouro, Plebe e Cachorro. Alguns exploradores que tocaram o litoral dos Estados Unidos e um que afirma ter penetrado por uma distância considerável em seu interior pensaram que esses quatro nomes simbolizavam várias deidades distintas, mas, em sua obra monumental sobre as religiões sobreviventes, Frumpp insiste que os nativos são monoteístas e cada um tem apenas a si mesmo como deus, a quem adora por meio de vários nomes sagrados.

---

ziguezaguear
(*zigzag*), v.i.

Mover-se adiante de maneira incerta, indo de lado a lado, como alguém que carrega o fardo do homem branco. (Vem do nome inglês da letra Z, *zed*, e de *jag*, palavra islandesa de significado desconhecido.)

Seu zedejaguear era tão basto, em cunha,
Que alhures nem algures ninguém o transpunha;
Pois por passar a salvo e sem nenhum receio,
Assaz fui compelido a me esgueirar no meio.

— Munwele

---

zoologia
(*zoology*), s.f.

A ciência e a história do reino animal, incluindo seu rei, a mosca doméstica (*Musca maledicta*). O pai da zoologia foi Aristóteles, como universalmente se admite, mas o nome de sua mãe não chegou até nós. Dois dos mais ilustres expoentes da ciência foram Buffon e Oliver Goldsmith, com os quais aprendemos (*L'histoire générale des animaux* e *A history of animated nature*) que a vaca doméstica muda de chifres a cada dois anos.

Primeira edição
© Editora Carambaia, 2016

Esta edição
© Editora Carambaia
Coleção Acervo, 2018
1ª reimpressão, 2023

Título original
The Devil's Dictionary
[Nova York/
Washington, 1911]

Preparação
Murilo Ohl

Revisão
Ricardo Jensen de Oliveira
Vanessa Gonçalves
Ana Lima Cecilio

Projeto Gráfico
Bloco Gráfico

CIP-BRASIL. CATALOGAÇÃO NA
PUBLICAÇÃO/SINDICATO NACIONAL DOS
EDITORES DE LIVROS, RJ/
B487d/2. ed./Bierce, Ambrose, 1842-1914/
Dicionário do Diabo/Ambrose Bierce;
tradução e apresentação Rogerio W. Galindo.
[2. ed., reimpr.] São Paulo: Carambaia, 2023.
288 p.; 20 cm. [Acervo Carambaia, 1]
Tradução de: *The Devil's Dictionary*
ISBN 978-85-69002-38-3
1. Humorismo americano. I. Galindo,
Rogerio W. II. Título. III. Série.
23-82184/CDD 817/CDU 82-7(73)

Meri Gleice Rodrigues de Souza
Bibliotecária – CRB 7/6439

Diretor-executivo Fabiano Curi

Editorial
Diretora editorial Graziella Beting
Editoras Livia Deorsola e Julia Bussius
Editora de arte Laura Lotufo
Editor-assistente Kaio Cassio
Assistente editorial/direitos autorais Pérola Paloma
Produtora gráfica Lilia Góes

Relações institucionais e imprensa Clara Dias
Comunicação Ronaldo Vitor
Comercial Fábio Igaki
Administrativo Lilian Périgo
Expedição Nelson Figueiredo
Atendimento ao cliente Meire David
Divulgação/livrarias e escolas Rosália Meirelles

Fontes
Untitled Sans, Serif

Papéis
Pólen Bold 70 g/m²

Impressão
Ipsis

Editora Carambaia
Av. São Luís, 86, cj. 182
01046-000 São Paulo SP
contato@carambaia.com.br
www.carambaia.com.br

ISBN
978-85-69002-38-3